◆国家社会科学基金一般项目（12BWW051）

Manliness in African American Literature

非裔美国文学中的男性气概研究

隋红升　著

ZHEJIANG UNIVERSITY PRESS
浙江大学出版社

缩略语对照

（本书引用以下作品的内容时直接用缩写和页码注明）

ARS	*A Raisin in the Sun*	《太阳下的葡萄干》
AWHT	*And Then We Heard the Thunder*	《随后我们听到雷声》
DM	*The Dahomean*	《达荷美人》
LC	*Lonely Crusade*	《孤独的征战》
MBMF	*My Bondage and My Freedom*	《我的枷锁和我的自由》
RT	*Roots*	《根》
SBF	*The Souls of Black Folk*	《黑人的灵魂》
TLGC	*The Third Life of Grange Copeland*	《格兰奇·科普兰的第三生》
YB	*Youngblood*	《杨布拉德》

目 录

绪 论

正如性别伦理学家苏珊·弗兰克·帕森斯(Susan Frank Parsons)所言,性别是思考我们人性的一种主要方式,是人性自我反思的一种方式。①从学科的角度来看,对性别的思考在整个人文科学中有着重要的地位。②从社会实践的角度来看,很多具体工作又最终落实在性别分工上,甚至可以说性别是家庭和社会工作的一种组织形式和执行手段。很多道德观念就是通过性别话语得以表现的,很多社会职责就是通过性别规范得以实践的。另外,性别既然是思考人性和自我反思的一种方式,那么这同时也是完善社会个体人格、优化民族素质的一个重要切入点和突破口。

与种族和阶级一样,性别也是社会个体的一大身份,性别意识是人类永远无法摆脱和消弭的一种身份意识,对人的思想和行为有着深远的影响。性别问题是人类的基本问题之一,值得我们进行持续的关注和研究。坦诚地面对和研究性别问题,是人类文明的标志,也是社会思想启蒙的一大组成部分,这也是 20 世纪 70 年代以来性别研究兴起并成为各大学府和社会机构密切关注的一个研究领域的重要原因。从发生学的角度来看,性别研究是由女性主义催生的一个学术领域,但相比之下又有了明显的进步。正如学者指出的那样,"女性主义评论家仅仅将注意力集中在女性一方身上,必然不能真实、全面地反映整个男女权力关系的图景"③。相比之下,性别研究在两性的关注度方面开始趋于平衡,之前备受忽略的

---

① 帕森斯.性别伦理学.史军,译.北京:北京大学出版社,2009:17.
② 帕森斯.性别伦理学.史军,译.北京:北京大学出版社,2009:20.
③ 龚静.销售边缘男性气质——彼得·凯里小说性别与民族身份研究.成都:四川大学出版社,2015:67.

男性特质①问题开始成为研究对象,并且取得了丰硕的成果。另外,研究者的态度和立场也更为客观公正,更多地站在两性平等的角度审视种种性别问题。

就已有研究成果的学科分布来看,社会学可谓一枝独秀,在学术概念的创立和研究范式的建构方面做出了突出的贡献,以 R. W. 康奈尔(R. W. Connell)为首的社会学家的男性研究理论几乎引领了整个学界的男性研究,成为当代男性研究的主导范式。在文学研究领域,由于受先入为主的社会学研究范式的影响,学界对文学在男性特质认知和表征方面体现出来的学科特性缺乏足够的重视。很多学者在援引、借鉴康奈尔等学者的男性研究概念和理论视角时,没有意识到"文学文本并非是纯粹的社会文本和政治文本,它拥有自身的特点和规律"②。这也导致文学在男性特质研究方面具有的学科优势没有得到充分的重视,文学作品在男性特质定义和认知方面蕴含的丰厚思想资源没有得到充分的挖掘。本研究就是基于这样的一种理论语境和社会需求展开的。

第一节　研究对象与研究意义

本书的研究对象是非裔美国文学(African American literature)中的男性特质书写,属于群体作家的文学专题研究,重点考察非裔美国文学对美国乃至西方现代男性气质的回应和反思,并在此基础上深入探究文学家对当代男性气概的定义和重构策略。

男性气概一直是非裔美国文学中的一大主题,有着悠久的书写传统。在《詹姆斯·鲍德温、欧内斯特·盖恩斯和奥格斯特·威尔逊作品中的男性气概》(*Black Manhood in James Baldwin, Ernest J. Gaines, and August Wilson*, 2002)中,美国著名的男性气概研究学者凯斯·克拉克

---

①　主要包括男性气质、男性气概、男子气概、男子气或男子汉气概等概念,不同的时代、文化群体和学科有着不同的概念选择和理解,对此本书也尝试着做出一定的辨析。

②　王晓路,等.文化批评关键词研究.北京:北京大学出版社,2007:259.

(Keith Clark)强调了男性气概在非裔美国男性作家创作中的重要性,指出:"黑人男性作家对男性气概和主体性的关注几乎到了痴迷的程度。"① 这一论断也在中国学者那里得到回应:"自哈莱姆文艺复兴起,黑人男性的觉醒与成长一直是黑人男性作家感兴趣的题材。"②纵观整个非裔美国文学创作史,除了切斯特·海姆斯(Chester Himes)、约翰·基伦斯(John O. Killens)、亚历克斯·哈里(Alex Haley)、欧内斯特·盖恩斯(Ernest J. Gaines)等黑人男性作家的诸多典型作品外,黑人女性作家对男性气概同样有着浓厚的兴趣。其中,左拉·赫斯顿(Zora N. Hurston)的《他们的眼睛望着上苍》(*Their Eyes Were Watching God*)、托妮·莫里森(Toni Morrison)的《所罗门之歌》(*Song of Solomon*)、艾丽斯·沃克(Alice Walker)的《紫颜色》(*The Color Purple*)和《格兰奇·科普兰的第三生》(*The Third Life of Grange Copeland*)、格洛丽亚·内勒(Gloria Naylor)的《布鲁斯特街的男人们》(*The Men of Brewster Place*)以及洛林·汉斯贝利(Lorraine Hansberry)的剧作《太阳下的葡萄干》(*A Raisin in the Sun*),都是男性气概书写的典型之作。

非裔美国作家之所以对男性气概主题如此痴迷是与美国黑人的特殊历史遭遇与经历分不开的。在旷日持久的奴隶制和种族歧视的迫害下,美国黑人男性气概得不到正常建构和实践,经常处于被压抑和阉割的状态,或者以一种扭曲的方式进行伸张,给自己和家人带来严重的伤害。正因为如此,在男性气概书写方面,非裔美国文学有着其他民族或国别文学难以比拟的广度和深度,有着相当大的典型性和代表性,为拓展和深化当今人类男性气概的认知和研究提供了宝贵的素材和丰厚的思想资源。

---

① Clark, Keith. *Black Manhood in James Baldwin, Ernest J. Gaines, and August Wilson*. Urbana, IL: University of Illinois Press, 2002:67. 本书凡是出自英文原著(无论是文学作品还是理论著作)的引文,都是笔者本人翻译,特此说明。

② 王守仁,吴新云.性别·种族·文化:托妮·莫里森的小说创作.北京:北京大学出版社,2004:73.

第二节　研究现状与研究趋势

在国外,男性特质是社会学领域中性别研究(gender studies)的一个核心概念,从 20 世纪 60 年代末以来逐渐引起学界重视。对这一概念的研究经历了平缓的 70 年代和 80 年代初期之后,于 80 年代末获得突飞猛进的发展。到目前为止,各种男性特质的研究著作和论文可谓汗牛充栋,已有数百本专著出版。其中,康奈尔的著述最受国内学者的关注,其观点被引用的情况也远远多于其他男性研究学者。另外,大卫·吉尔默(David Gilmore)、贝尔·胡克斯(Bell Hooks)、迈克尔·基梅尔(Michael Kimmel)、雷金庆(Kam Louie)等学者的著述也开始得到国内学者们的重视,但哈维·曼斯菲尔德(Harvey Mansfield)、约瑟夫·普莱克(Joseph Pleck)、维克多·希德勒(Victor Seidler)、约翰·斯道尔坦伯格(John Stoltenberg)等重要的男性特质学者的著述得到的重视还不够。就已有的学术成果来看,主要存在着三大话语体系和研究趋势。

第一种可以称为多元并存论和权力导向论,也是当今学界著述最多、影响力最大的一个流派。这一派别以康奈尔为代表,拥有众多的追随者。康奈尔的代表作《男性气质》(*Masculinities*,1995)不仅于 2003 年翻译成中文在国内出版,而且也使男性气质这一概念成了各个领域男性特质研究的主要概念。康奈尔意识到男性气概的现实复杂性和多元并存性,提倡男性气概的复数概念,并且按照权力关系把男性气质分为支配性(或霸权性)、从属性、共谋性和边缘性四种类型,认为这四种类型会共存于某个具体社会形态之中。从他的性别立场上看,他属于典型的亲女性主义者(pro-feminist),甚至"放弃自己的生物性别而采用女性性别来践行自己对女性主义的同情"①。其运思方式和关注对象也有着很多女性主义的印记,比较关注两性间的权力关系、性别政治、性别公正等议题,对男性气

---

① 龚静.销售边缘男性气质——彼得·凯里小说性别与民族身份研究.成都:四川大学出版社,2015:60.

质持较强的反思和批判的态度,认为男性气质与父权制和男权文化有着某种程度的共谋关系。

　　第二种是危机与终结论。由卡尔·拜得纳里克(Karl Bednarik)于1968年最早提出,之后又分别于1993年、1994年、1998年在斯道尔坦伯格、罗杰·霍尔洛克斯(Roger Horrocks)、约翰·麦克因斯(John MacInnes)等学者那里得到回应。其中,麦克因斯是典型的终结论代表,其代表作《男性的终结》(The End of Masculinity,1998)的中文版于2002年在国内出版,这也是较早被译介到国内学界的男性特质研究专论。在该著作中,麦克因斯语出惊人,甚至否定了作为身份特征的男性气质的存在:

　　　　作为个体的财富、特征品质及身份特征的男性气质实际上是不存在的。这意味着,定义一种或若干种男性气质的努力注定毫无结果,并且同时意味着,以这种意义上的男性气质的概念去解释现在世界上的男女差异——男性是如何获得更大的权力、更多的资源和更高的地位的——恐怕同样毫无裨益。我将论证,男性气质仅仅作为各种意识形态及幻想而存在,即关于男人应该是什么样的,它有助于男人和女人去理解他们的生活。如果情况是这样,那些劝导男人怎样改变自己的男性气质以支持性别平等斗争的争论便毫无意义了——因为男人怎么能去变革并不存在的东西呢?[①]

　　这种有着浓厚后结构主义色彩的论调只能说在理论上有一定的道理,但忽略了两个重要层面。一方面,从理论上讲,绝大多数的伦理规范和道德体系都是人类从无到有建构起来的。男性特质作为一个有着几千年文化史并且至少在短期内不会消亡的文化建构之物,谈论其本身是否本该存在已经毫无意义。问题的关键在于如何对这一文化概念进行正确

---

　　① 麦克因斯.男性的终结.黄菡,周丽华,译.南京:江苏人民出版社,2002:3.

认知、改造和引导，去其糟粕，取其精华，从而发扬其正面积极的因素，制约和防范其潜在的破坏性。另一方面，男性气质和女性气质的文化建构也并非空穴来风、没有根据，而是建立在两性差异和性别角色基础之上的。尽管当今社会日趋中性化，但两性在生理和心理上的差异也是不容忽视的。

第三种是超越与重构论，由基梅尔、胡克斯、希德勒等一小批学者提出。他们在对当下性别气质规范与性别角色观念反思的基础上提出对西方现代男性气质的变革与超越。其中，基梅尔是最值得关注的一位。作为当今国际男性研究领域的权威人物，他在男性特质研究方面有着更为开阔的学术视野，集社会学、心理学、历史学、文化学等学科视野于一身，而且有着相当高的人文关怀。其代表作《美国男子气概文化史》(*Manhood in America*：*A Cultural History*，2006)对美国主流社会延续两百多年的"自造男人"(self-made man)式男性气质进行了系统的梳理和评判，对当今人类反思西方现代男性气质的本质、把握当代男性气质危机的根源有着重要启示。但由于其社会学学者的身份及其在男性特质研究方面所受到的传统女性主义思维模式的影响，他的研究更多地停留在对现代男性气质种种弊病的质疑和批判方面，在对当代男性气概理想的建构方面还没有太多的著述。尽管如此，其在《美国男子气概文化史》的结语中提出建构一种"民主性男子气概"(democratic manhood)①的设想，表明他已经意识到重构当代男性气概理想的重要意义和迫切性。在社会学男性气质研究范式几乎一统天下的格局下，基梅尔等有着相当高的人文关怀的学者发出的声音相对比较微弱，其超越与重构的设想和策略还不成体系。然而，无论是从男性研究的理论创新层面，还是从推动当今人类对男性特质的正确认知、建构与实践的现实层面，这一研究趋势都有着较好的学术前景和较高的社会价值。正是基于对这一学术现状和研究趋势的把握，除了对男性气概的种种刻板成见和现代男性气质的必要反思

---

① Kimmel, Michael S. *Manhood in America*：*A Cultural History*. 2nd ed. New York：Oxford University Press，2006：254-257.

外,当代男性气概理想的人文重构将是本书的重心所在。

与社会学领域在男性气概研究方面所取得的丰硕成果相比,文学领域对这一主题的研究则略显单薄,在研究深度和广度以及理论建构方面,都还有很大的提升空间。尽管如此,已有越来越多的文学研究者开始展开对这一主题的研究,《菲力克批评:男性气概与二十世纪文学》(*Phallic Critiques*:*Masculinity and Twentieth-Century Literature*,1984)、《男性气概的书写:二十世纪小说中的男性叙事》(*Writing Masculinities*:*Male Narratives in Twentieth-Century Fiction*,1999)、《海明威舞台上的男性气概》(*Hemingway's Theaters of Masculinity*,2003)等著作也不断问世。在非裔美国文学研究领域,男性气概这一主题尤其受到学界的重视,并且陆续有专著出版。这类作品有凯斯·克拉克的专著《詹姆斯·鲍德温、欧内斯特·盖恩斯和奥格斯特·威尔逊作品中的男性气概》、菲利普·奥格(Philip Auger)的《非人之地上生活的土生子:鲍德温、沃克、怀德曼和盖恩斯小说中美国黑人男性气概的改写》(*Native Sons in No Man's Land*:*Rewriting Afro-American Manhood in the Novels of Baldwin*,*Walker*,*Wideman*,*and Gaines*,2000)等。这些著作基本上都是关于单个作家或少数几个作家的研究,考察的范围窄,时间跨度短,无法最大限度地呈现诸多非裔美国文学作品在对男性气概的刻板成见或现代男性气质的反思以及对男性气概理想的重构方面蕴含的宝贵思想。

国内学界对这一主题的研究虽然已有近十年的学术历程,但无论在数量上还是质量上,都还很难与国际学界形成平等对话。不过随着国内学界学术国际化程度的加强以及对男性特质研究的逐步重视,近几年国内学界在男性特质研究文献的原版引进、译介和研究方面都取得了一定的成绩。在国外男性特质研究文献的原版引进方面,引进的主要作品有迈克尔·基梅尔与迈克尔·梅斯纳(Michael A. Messner)合编的《男性的世界》的第六版(2005)和詹俊锋、洪文慧与刘岩编著的《男性身份研究读本》(2010)。前者为足本引进,后者属于重要论文或著作节选的汇编和导读。在国外男性研究学术专著的译介方面,主要作品有弗兰克·莫特(Frank Mort)的《消费文化:20世纪后期英国男性气质和社会空间》

(2001)、约翰·麦克因斯的《男性的终结》(2002)、R. W. 康奈尔的《男性气质》(2003)、里奥·布劳迪(Leo Braudy)的《从骑士精神到恐怖主义:战争和男性气质的变迁》(2007)、哈维·曼斯菲尔德的《男性气概》(2009)、雷金庆的《男性特质论:中国社会与性别》(2012)、迈克尔·基梅尔与迈克尔·梅斯纳合编的《男性的世界》的第八版(2012)、罗伊·鲍迈斯特(Roy Baumeister)的《部落动物:关于男人、女人和两性文化的心理学》(2014)以及王政、张颖主编的在男性研究方面的重要论文选译集《男性研究》(2012)。

以上原版引进、导读和翻译工作为国内学者了解国外研究动态、促进国内男性特质研究做出了积极的贡献。可以看出,从 2000 年到现在的十几年中,国内学界一直在关注男性特质研究的学术动态,不断引进该领域的新的研究成果,说明男性特质研究在逐渐引起更多学者的重视。根据中国知网提供的统计数据,截止到 2016 年 11 月 30 日,关于男性特质的论文有 312 篇。其中,以男性气质为主题词的论文有 209 篇,男性气概 47 篇,男子气概 37 篇,男子汉气概 15 篇,男性特质 4 篇。以男性气质这一主题词为例,从 2011 年到 2016 年年底,每年都有 20 多篇论文发表。但在研究范式上大多数学者采用的是以康奈尔为代表的社会学男性研究视角,对曼斯菲尔德等人文学者的研究成果不够重视。另外,从研究重心来看,学者们对现代男性气质的反思和批判比较充分,但在如何走出现代男性气质困境、重构男性气概理想方面,思路有点单一,过度倚重社会学的权力话语,缺乏人文视野和观照,在现代男性气质种种弊端的超越以及当代男性气概理想重构方面没有太多建树。基于这一学术研究现状,本书除了对现代男性气质的种种问题进行必要的反思,将会对非裔美国文学中男性气概的重构策略进行深入剖析。

从出版的著作方面看,方刚的《男性研究与男性运动》(2008)是国内第一本男性气概研究的专著,除了对康奈尔的男性气质概念和理论进行梳理,还结合中国男性气概的文化特点,提出了"男性气概的刚性趋势、柔性趋势、刚柔相济趋势"①。他的《男公关：男性气质研究》(2011)用社会学质性研究方法,通过对深圳夜总会中男性性工作者的跟踪调查,呈现了中国社会特定男性群体的男性特质认知与实践状貌,对国内学界男性特质研究做出了一定的贡献。詹俊锋的《性别之路：瑞文·康奈尔的男性气质理论探索》(2015)对康奈尔的男性气质理论进行了系统的梳理,并用其理论视角对几个典型的影视文本进行批评实践,对国内学界男性特质理论的发展有着相当大的推动作用。另外,男性特质话题也逐渐引起了传媒领域的重视。在《媒介与性别：女性魅力、男子气概及媒介性别表达》(2014)中,徐艳蕊对跨文化语境中的男性气质以及男性气质的改写等问题进行了探讨。此外,由南京大学(主编何成洲教授)和布朗大学(主编王玲珍教授)合编的《性别、理论与文化》(Gender, Theory and Culture)中,男性形象与男性特质也是一个重要话题。

在文学研究领域,刘慧英的《走出男权传统的樊篱：文学中男权意识的批判》(1995)比较犀利地分析了中国文学中的男权文化、男女关系格局的变迁等与男性气概密切相关的话题。隋红升的《危机与建构：欧内斯特·盖恩斯小说中的男性气概研究》(2011)对盖恩斯小说中男性气概的思想内涵及其实践性多元建构策略进行了深入的研究。其中,盖恩斯本人对男性气概的界定在一定程度上体现了文学家心目中的男性气概特性："男性气概是指有必要显示人性的那一时刻。那一时刻你拒绝退缩,你的良知不允许你逃避。不管是去帮助一个孩子,还是去帮助一个醉汉,不管它是什么,你的人格尊严要求你采取行动。这就是我孜孜以求的男性气概。"②可以说,盖恩斯对男性气概的这种态度和立场有着较强的代表性,体现了很多文学家对男性气概的内在德性和精神品质的强调,而不是纠缠于两性间的权力争夺。这也提醒我们在研究文学作品中的男性特质话题时,要注意文学在这一文化命题表征方面体现出来的学科属性和人文特质。

---

① 方刚.男性研究与男性运动.济南：山东人民出版社,2008：43.

② 隋红升.危机与建构：欧内斯特·盖恩斯小说中的男性气概研究.杭州：浙江大学出版社,2011：30.

　　2015 年学界出版了两本以男性气质为主题词的文学研究专著,给文学领域男性专题的持续性研究增添了活力。龚静的新作《销售边缘男性气质——彼得·凯里小说性别与民族身份研究》(2015)重点考察了凯里小说中民族身份的男性气质建构议题,并且在男性气质研究的概念与定位的章节中考察了男性气质研究与 20 世纪 70 年代兴起的男人运动之间的区别,以及文学批评中的男性气质研究现状。尤其值得肯定的是,该著作在概念使用方面并没有把男性气质与男性气概混为一谈,没有把前者当作可以顶替和覆盖后者的概念,而是在不同的语境和场合使用不同的概念,体现出其对男性特质理解的准确性。虽然该著作的主题词是男性气质,但对男性气概品质也有一定的涉猎。比如在区分绅士男性特质与普通劳工阶层所推崇的男性特质时作者这样说道:“植根于普通劳工阶层的男性推崇‘男子汉气概’(manliness),与‘绅士’概念强调美德和品格不同,‘男子汉气概’强调活力、刚强和力量等身体特征。在道德层面,‘男子汉气概’也更重视果敢、勇气、坚韧等品质。”①这种对学术概念的辨析意识是值得肯定的,有利于提升男性研究领域在概念使用方面的准确性和规范性。该著作谈到以康奈尔为代表的男性气质学者都表现出相当的亲女性主义的倾向,在研究思路和范式上也与后者有着相当的亲缘关系。这也提醒我们在援引康奈尔等男性研究学者的理论和观点时,要有所取舍,尤其对其秉承的女性主义思维模式要保持一定的思辨态度,因为当今的男性研究如果过多地承袭传统的女权或女性主义的思维模式,就很难在理论方面有所突破和创新,也很难为当今人类性别文明的发展做出贡献。

　　另外一本男性特质研究专著是浦立昕的《身份建构与男性气质:舍伍德·安德森小说研究》(2015),是以男性气质为视角对外国作家进行的个案研究,重点讨论了父亲、作者、国家身份建构与男性气质之间的关系,尤其讨论了“英雄工匠”男性气质的建构对于缓解美国文化中的“女性化”焦

---

① 龚静.销售边缘男性气质——彼得·凯里小说性别与民族身份研究.成都:四川大学出版社,2015:100.

虑、走出男性气质危机的重要意义。在男性气质研究的宗旨方面,该著作指出:"男性气质研究旨在考察男性行为、实践、价值观和判断力,在此基础上关注和构建男性气质的方式和途径,着重研究男性与女性、男性之间的权力关系等问题,力图从理论上构建一个性别研究理论,并从不同视角来探讨社会性别问题。"①可以说,以康奈尔为代表的诸多学者强调的权力关系视域是社会学在男性研究领域做出的一大贡献。即便在文学批评实践过程中,权力关系也可以帮助我们审视作品中的人物在男性特质认知方面的误区以及人物之间诸多矛盾冲突的根源,因此该视角的这一学术价值是值得肯定的。

同时我们还要充分地认识到文学作品所书写的男性特质具有的丰富性和复杂性,需要借助多种理论视角或学科,才能确定问题的性质,才能找到问题的根源和解决途径。其中,备受忽略的人文学科中的诸多概念和思想,在走出现代男性气质困境、重构当代男性气概理想方面有着重要的理论价值和现实意义。有鉴于此,本书在理论资源和研究视角方面,不仅借鉴了社会学所侧重的权力关系研究范式,还吸收和借鉴了人类学、历史文化学、政治哲学、美德伦理学等更具人文特性的学科领域的男性研究成果,并在本书理论探索部分旗帜鲜明地提出当代男性气概理想的人文重构议题,有力地促进人文学科在当今人类对男性特质的正确认知、建构与实践方面做出应有的贡献。

第三节　基本思路与研究内容

本书的主体部分主要审视非裔美国文学作品对其所处社会主流文化男性特质的反思,尤其是对美国自19世纪中后期盛行的"自造男人"式男性气质的反思,以及对真正男性气概思想品质的定义和重构。所以,对现代男性气质的反思与对当代男性气概理想的重构就构成了本书的一个主

---

① 浦立昕.身份建构与男性气质:舍伍德·安德森小说研究.南京:南京大学出版社,2015:23.

导思路。本书主要采用文本细读的方法,通过对作品中的人物形象分析,结合作品的叙事结构,研究非裔美国文学作品对男性特质的书写状貌,反思男权思想、传统性别角色观念、财富以及"自造男人"式男性气质模式给作品中人物的思想和行为带来的误导与对其人格和品性造成的扭曲和异化,审视作品中的人物对其真正男性气概理想的重构历程,以期对当下男性研究的丰富和拓展以及当今人类对男性气概的正确认知、建构与实践有所启示。全书主体部分由十章构成,第一、二章的主要内容是概念辨析与理论探索,第三章到第十章依次对《根》《达荷美人》《我的枷锁和我的自由》《杨布拉德》《孤独的征战》《随后我们听到雷声》《太阳下的葡萄干》《格兰奇·科普兰的第三生》等八部男性气概书写的典型作品进行文本分析。

第一章主要对男性气概的语义、全球范围内存在的文化基础、男性气概的思想内涵以及文学作品中男性气概主题的书写传统和诗学特质进行研究,论证了这一文化命题和学术概念作为一个西方文论关键词在文学研究中的确当性与合法性。

第二章主要对男性气概和男性气质这两个男性研究中的易混概念进行辨析,主要从词源史与文化史、定义范围与褒贬评判、价值取向与价值标准、建构方向和实践方式等方面对两个概念进行区分,并在结论中提出当代男性气概人文重构议题,旨在解决当今男性研究领域在概念使用方面存在的不准确和不规范问题,深化人们对男性气概思想文化内涵的理解,纠正学界和广大民众长期以来对男性气概的错误认知,从而希望能为走出男性气质困境、重构男性气概理想做出一定的理论贡献。

第三章探讨文学巨著《根》中18世纪非洲部族社会的男性气概状貌。把这部同时获得普利策奖和美国国家图书奖的鸿篇巨制当作本研究的第一个文本分析对象有着三方面的考虑。首先,这部以人类学笔调创作的文学作品有利于我们更好地了解和认识人类社会早期的男性气概思想内涵,有利于我们更好地对男性气概进行定性和定位,更好地认识传统男性气概所强调的思想内涵、评判标准和价值取向。其次,作为其作者哈里的非洲祖先,作品中的昆达等非洲黑人男性在男性气概认知、建构与实践过程中所取得的经验和存在的问题对于当今人类男性气概的认知和建构有着重要的文化镜像作用。再次,由于该作品所书写的是从非洲到美国七代黑人的经历,并且非洲早期部族社会中的男性气概的思想内涵也传播到了美国,成为当代美国黑人男性气概的一个重要的文化之源,因而该书对我们审视和定位非裔美国文学中的男性气概有着一定的导向作用。

　　第四章继续对当代美国黑人男性气概进行文化探源,重点分析论证了弗兰克·耶比(Frank Yerby)的历史小说《达荷美人》所展现的 19 世纪非洲部族社会男性气概状貌。在第三章分析的《根》中,虽然昆达有效地遵从和践行了该部落男性气概的种种规范,让自己的思想和行为达到了该部落的男性气概标准,但他在男性气概实践过程中也出现了刻板僵化的问题,比如对情感的过度压抑、对该部落男性气概体系中渗透的男权思想缺乏批判的意识等等。由于昆达在成年后不久就被奴隶贩子抓走,沦为美国种植园的奴隶,这些问题便始终没有得到正面思考和解决。而在《达荷美人》中纳瑟努这一男性人物身上,读者看到了男性个体走出、超越这些误区和局限的可能性。首先,在男性气概的认知方面,该作品所书写的男性气概模式不再片面地仅仅把勇武、强硬和理性等因素看作是男性气概的评判标准,而是为其注入了慈柔、仁爱等情感因素。其次,在男性气概的建构与实践方面,这种男性气概模式与战争和杀戮保持了一定的批判距离,体现出对生命的珍视与热爱,从而使其具有了更多的人道主义精神。再次,纳瑟努之所以能够实践这种富有人性高度与人道主义精神的男性气概模式,能够实现对自我的恪守与对流俗的抗拒,正是因为他始终坚持了一种"真实性"原则,这也为当今男性气概的认知与建构提供了一种可供借鉴的独特视野与参照模式。

　　在第五章中,我们跟随着昆达和纳瑟努的足迹来到美国,进入美国奴隶制时期,在最能再现该时期黑奴经历的,也是非裔美国文学最初的文学形式——奴隶叙事(slave narrative)中探寻美国黑人男性气概状貌。本章所选的文本是最具代表性的,也是影响力最大的奴隶叙事作品,即弗雷德里克·道格拉斯(Frederick Douglass)的《我的枷锁和我的自由》。作为奴隶叙事中男性气概书写的典型之作,《我的枷锁和我的自由》不仅旗帜鲜明地提出了男性气概(manhood)的概念,而且在美国非裔文学中第一次翔实地叙述了黑人男性气概从压抑到萌发,再到建构和完善的过程,构成该作品一条重要的叙事线索。另外,该作品中的男性气概理念在很大程度上影响了后来的黑人作家和政治领袖。因此把这部作品看作开启了非裔美国文学男性气概书写传统是比较中肯的。

第六章探讨了约翰·基伦斯的一部获普利策奖提名的长篇巨著《杨布拉德》所再现的从 20 世纪初到 20 世纪 30 年代末美国南方黑人男性气概的状貌,重点探讨在阶级剥削和种族歧视双重压迫下黑人男性气概的建构策略问题,论证了个体的勇敢和自律、两性的和谐、黑人内部的团结以及反阶级压迫和种族歧视斗争的组织性分别是黑人男性气概建构的人格基础、伦理基础和政治基础,既彰显了传统男性气概共通的人格与伦理特性,又触及了美国黑人男性气概独特的政治策略。

第七章详细分析了切斯特·海姆斯的长篇巨著《孤独的征战》所再现的 20 世纪 40 年代美国平民社会中黑人男性气概状貌,讨论了该作品对男权思想及其性别角色观念的反思与对真正男性气概理想的重构历程。这部作品可以被视作男性特质书写方面经典中的经典。20 世纪 70 年代的性别以及男性研究所触及的诸多学术和现实问题在该作品中都有所体现,体现了文学对人类性别问题思考的前瞻性。男主人公李·戈登由对美国男权思想及其性别角色观念的盲目认同与遵从到幻灭以及对真正男性气概重构的过程,也是他从孤独、恐惧和幽闭的心理困境中走出,变得勇敢、自信、豁达并且对生命充满热爱和对未来充满希望的过程,还是其在阶级压迫和种族歧视的困境中实现自我救赎的过程。这一过程构成了该作品的一条重要叙事线索,使该作品充满叙事张力和艺术感染力。

第八章分析了基伦斯的另一部鸿篇巨制《随后我们听到雷声》所再现的 20 世纪 40 年代二战期间美国军营中的黑人男性气概状貌。这部获得普利策奖提名的长篇小说可谓当代黑人男性气概书写的"圣经",不仅对"自造男人"式美国现代男性气质有着深刻的反思,而且通过人物独白对真正男性气概的思想内涵进行了直接定义,也在很大程度上体现了文学家对男性气概的态度和立场,进一步体现了文学在男性气概表征方面所具有的人文特性。另外,该作品通过对主人公男性气概复苏历程的详细叙述，强调了人格尊严、正义、荣誉和兄弟情谊等因素在主人公超越狭隘的个人中心主义、重获勇气、走出心灵困境的过程中所起到的作用，对真正男性气概的诸多精神品质进行了全面再现。

第九章分析了著名的非裔女性作家洛林·汉斯贝利的剧作《太阳下的葡萄干》所再现的 20 世纪 50 年代的黑人男性气概。作为第一部获得纽约戏剧评论界奖的非裔美国女性作家的剧作，该作品向观众和读者展示了现代男性气质的一个重要价值取向和评判标准——财富——对黑人男青年瓦尔特的误导，及其在这种财富梦的蛊惑下做出的种种不义、不智之举。恰恰随着主人公瓦尔特财富梦的幻灭，他的真正男性气概才得以回归，在白人面前展现出无与伦比的勇气和尊严，体现出该作品对过于看重财富、权力等外在因素的美国现代男性气质的反思和批判，以及对一种更加注重男性内在人格与精神品质的男性气概理想的倡导和重构。

第十章探讨了艾丽斯·沃克的长篇小说《格兰奇·科普兰的第三生》所再现的 20 世纪初一直到风起云涌的 20 世纪 60 年代两代黑人的男性气概问题。该作品深刻地揭示了男性气概的认知误区以及人格缺陷在布朗菲尔德最终沦为恶魔的过程中所扮演的角色，同时也向读者展示了格兰奇摆脱美国现代男性气质的桎梏、实现真正男性气概品德回归的过程，这一过程也是格兰奇实现自我救赎、获得"第三次生命"的过程。通过对格兰奇男性气概重构和自我救赎过程的书写，该作品强调了敢爱敢恨的勇气、仁慈之心与悲悯之情以及自我反思和审判的精神在男性气概体系中的重要意义，丰富和拓展了当下人们对男性气概的认知和研究视野。

第一章　男性气概：语义探源、文化基础、思想内涵和诗学特性

　　男性气概,俗称男子气概、男子汉气概或丈夫气概,是一个有着悠久历史的文化概念。经过一代代的历史传承与文化建构,男性气概已经成为一种根深蒂固的文化心理,是男性人格尊严与身份确证的标志,影响和左右着人们的思想和行为。即便在当今所谓的"中性社会"(gender-neutral society),男性气概也是在人们日常生活、大众传媒和文学作品等众多领域出现频率极高的一个关键词。

　　无论中国还是西方,早期的男性气概更多地被看作是一种内在的人格与意志品质,一种抵制恐惧的德性。但随着西方资本主义的兴起、现代性的侵入以及文化价值观的蜕变,人们在男性气概的评判标准方面发生了从内在导向到外在导向的转变。从 19 世纪末 20 世纪初开始,masculinity 取代了 manliness,成为表征男性特质的流行词。在中国学界,masculinity 被相应地翻译成"男性气质"。由于对权力、财富、体貌、性能力等外在因素的看重以及对内在精神品质与道德意识的忽略和淡化,男性气质在很多情况下已经不再是抵制恐惧的一种德性以及直面压力的勇气,而是一种压力与焦虑的源泉,一种异化人性的力量。随着生产型社会向消费型社会的转变以及男性在社会各个领域性别优势地位的丧失,男性气质愈发难以得到证明,因而陷入重重危机。在这种危机意识的激发下,男性气质研究自 20 世纪 70 年代以来获得了长足的发展,成为男性研究(men's studies)的核心概念。其中,社会学领域所取得的成就最为突出,也最具影响力。

　　不可否认,以社会学为主导的男性气质研究在整体上大大推动了男

性研究并拓展了性别研究视野，其强调的"权力关系"（power relationship）研究范式让人们看到了权力在男性与男性以及男性与女性之间的关系中扮演的重要角色。对于文学批评实践而言，这一研究范式为我们审视作品中人物之间的矛盾与冲突、揭示人物内心的困惑和焦虑提供了一条有效的分析途径。然而，随着男性研究的发展，以社会学为主导的男性气质研究也暴露出不少的缺陷和盲点。首先，过度强调男性气质的权力政治必然会抹杀性别问题在现实生活与文学作品中的丰富性和复杂性。其次，社会学学者在男性气质研究过程中缺乏对这一概念的历时性思考，没有把男性气质放在男性文化发展史中去考察，忽略了男性气质对传统男性气概的传承与变异，而把它看作是与"女性气质"（femininity）相联系而存在的共时性概念，这也无形中抽掉了它背后几千年的文化积淀。再次，康奈尔等社会学学者忽略了男性研究的道德与审美维度，从而丧失了一条诊治和摆脱男性气质诸多弊病的重要途径。这些不足也在一定程度上阻碍了男性研究视野的丰富和拓展，以至于在康奈尔之后的十几年中，男性研究再没出现重大的理论突破。

在这期间，一直比较沉默的人文学科开始发出自己的声音，并显示出较强的学科优势，男性研究出现了从社会学到人文学科的转向。伴随着这种转向，"男性气概"这一更具文学文化特性的学术概念开始得到重视，成为男性研究领域的另一关键词。

从 20 世纪 90 年代开始，一些有着历史眼光、文化视野与人文立场的学者开始对"男性气概"进行语义考察和文化定位。盖尔·贝德曼（Gail Bederman）的《男性气概与人类文明：美国性别与种族文化史，1880—1917》（*Manliness & Civilization: A Cultural History of Gender and Race in the United States*，1880—1917，1995）从词源学的角度细致地考察了 manliness 的语义以及与 masculinity 的区别；吉尔默的《建构中的男性气概：男性气质的文化概念》（*Manhood in the Making: Cultural Concepts of Masculinity*，1990）以大量的人类学资料雄辩地确证了男性气概在全球范围内广泛存在的文化基础、历史价值和现实意义；马丁·萨默斯（Martin Summers）的《男性气概及其反对者：黑人中产阶级与男性气质的转变，1900—1930》(*Manliness and Its Discontents：The Black Middle Class and the Transformation of Masculinity，1900—1930，* 2004)则让我们看到了造成男性气概向男性气质蜕变的社会与经济动因。这些著作在概念辨析和文化与经济基础层面为男性气概研究的深入发展扫清了障碍。

在这些著作的铺垫之下，男性气概研究在 21 世纪初进入了鼎盛阶段。其中，2006 年在男性气概研究史上具有里程碑的意义。在这一年，哈佛大学的政治哲学家曼斯菲尔德出版了男性气概的命名之作《男性气概》(*Manliness*，2006)，确立了这一关键词的学术地位，使之成为男性研究的另一核心概念。这本著作梳理和考察了自古希腊以降男性气概在西方思想史中的文化内涵，在男性气概的概念属性、定义和评判标准等方面为男性气概研究做出了卓越的贡献。这本专著的出版也标志着男性研究人文视角的正式确立，人文学科在男性研究领域拥有了一席之地。该著作也于 2009 年以《男性气概》为书名在国内正式出版。另外，著名男性研究学者基梅尔的《美国男子气概文化史》的第二版也在这一年出版。这是一本集历史、文化与文学为一体的学术专著，体现了基梅尔作为男性研究专家极为开阔的学术视野和理论高度，进一步丰富和拓展了男性气概的研究视野，尤其在消除现代男性气质的种种弊端、重构当代男性气概理想等方面做出了卓越的贡献。

本章从男性气概对应的几个英文术语的语义辨析、男性气概在全球范围内存在的文化基础、男性气概的定义和基本文化内涵、男性气概的文学书写传统和诗学特性四个方面对这一关键词的概念属性、价值取向、评判标准、历史与现实意义以及美学价值等进行深入分析。

第一节　与男性气概对应的几个英文术语

作为一个学术概念，"男性气概"主要由 manliness、masculinity、manhood 和 machismo 译介而来。但由于这四个英文概念在词源、语义、语体等方面存在一定的差异，除了"男性气概"之外，它们在很多语境中还可以分别译成"男性气质""男子气概"或"男子汉气概"。因此,对这些英文概念进行适当的语义辨析,不仅有利于促进这些概念译介和使用的规范化,而且有利于我们在比较中更为准确地把握男性气概的思想内涵。

在四个英文概念中,与"男性气概"最为对等的是 manliness。要想弄清楚这一概念的含义,首先需要对其形容词 manly 有所了解。现代英语词典的鼻祖萨缪尔·约翰逊(Samuel Johnson)把 manly 解释为"firm; brave; stout; undaunted; undismayed"(坚定的;勇敢的;坚强的;无畏的;不气馁的)[①]。较为权威的《新牛津英汉双解大词典》(*The New Oxford English-Chinese Dictionary*,2007)对 manly 的英文解释是 "having or denoting those good qualities traditionally associated with men, such as courage, strength, and frankness"[②]。我们不妨将之译为"拥有或指代传统上与男性相关的勇敢、坚强和坦率等优良品质",即"有男子汉品质的,有男子气概的"[③]。作为 manly 的名词形式,manliness 显然是指"勇敢、坚强和坦率等优良品质"。

在西方学界,男性气概所强调的这种内在品质也引起了部分学者的重视。结合《世纪大词典》(*The Century Dictionary*)1890 年对 manliness 的解释,贝德曼对 manliness 的语义展开了深入剖析:

> 根据该词典的定义,"有男性气概的"(manly)一词具有我们现在所说的道德维度:"有男性气概的"一词集合了让男人高尚并且使其名副其实地拥有男性气概的最高理念。"有男性气概的"被定义为"具有男人特有的品质;思想和行为具有独立性;坚强、勇敢、宽宏大量等"。该词与"受人尊敬的"和"高尚的"两词

---

① Williams, Andrew P. *The Image of Manhood in Early Modern Literature*: *Viewing the Male*. Westport, CT: Greenwood Press, 1999:73.

② 本词典编译出版委员会.新牛津英汉双解大词典.上海:上海外语教育出版社,2007:1291.

③ 本词典编译出版委员会.新牛津英汉双解大词典.上海:上海外语教育出版社,2007:1291.

同义。"男性气概"(manliness)指的是"让一个男人配当男人的品格和行为"。换句话说,"男性气概"汇集了一个男人具有的备受维多利亚中产阶级称颂的所有值得尊敬和富有道德的品性。实际上,历史学家们也恰当地使用了"男性气概"这一术语来表示"维多利亚时期的男性气概理想"——比如性行为的自我克制、强大的意志力以及坚强的性格。①

可见,manliness 在英文中的语义与中文中的"男性气概"内涵是比较一致的,所强调的都是勇敢、坚强、自我克制等内在人格与意志品质,都含有一定的道德诉求,而且都基本上是褒义词,是男性获得他人尊重的美德。这一语义与曼斯菲尔德的著作《男性气概》(*Manliness*, 2006)对 manliness 的定义不谋而合。学者刘玮也很好地把握了这一界定,比较准确地把该著作的书名译成《男性气概》,并在"译后记"中这样解释道:"英文里的 manliness 大概可以与中文里的'阳刚之气''大丈夫气魄''男子汉气概'对应,或者像这里译成的'男性气概'(选择这个译法是因为它更能表现与性别的关系,而且在某种意义上也更中性一点——可好可坏)。"②这一译法已经被许多学者接受,成为国内男性研究领域继"男性气质"之后的另一重要概念。

从词源学上看,masculinity 是 19 世纪末期以来用来描述男性气概的概念,正如贝德曼所说的那样,"1890 年之后,masculine 和 masculinity 开始更为频繁地被使用"③。从某种意义上讲,masculinity 是 manliness 的现代版本,是现代人们心目中的男性气概,体现的是现代人对男性性别气质、性别角色和性别价值的理解和表征。从这个意义上讲,masculinity

---

　　① Bederman, Gail. *Manliness & Civilization*: *A Cultural History of Gender and Race in the United States*, *1880—1917*. Chicago: The University of Chicago Press, 1995: 18.

　　② 曼斯菲尔德. 男性气概. 刘玮, 译. 南京: 译林出版社, 2009: 366.

　　③ Bederman, Gail. *Manliness & Civilization*: *A Cultural History of Gender and Race in the United States*, *1880—1917*. Chicago: The University of Chicago Press, 1995: 18.

也可以翻译成"男性气概",只不过这种现代男性气概与传统男性气概在定义范围和评判标准方面已经有所不同,包含了诸如权力、财富、体貌、发肤和性能力等很多外在因素,甚至在一定程度上背离了传统男性气概的本质。另外,由于康奈尔等社会学者经常把 masculinity 看作是与 femininity 相对的概念,而后者通常被翻译成"女性气质",在这种情况下,中国学界把 masculinity 翻译成"男性气质"是比较确当的。

与"男性气概"比较对等的另外两个英文概念是 manhood 和 machismo。从字面意义上看,manhood 在权威词典中的一个英文解释是"qualities traditionally associated with men, such as courage, strength, and sexual potency"①,即"传统上与男人相关的诸如勇敢、坚强等品质和性能力",也就是人们常说的"男子气概"或"男子汉气概"。从这一简短的释义可以看出,与 manliness 一样,manhood 同样非常关注男性的内在素养,同样把勇敢与坚强等人格品质当作其思想内涵和判定标准,这一点与学界对 manhood 的定义是基本一致的。因此,作为学术概念,manhood 同样可以翻译成"男性气概"。但从语体上看,由于 manhood 更为通俗化和口语化,是日常生活、文学作品和大众传媒中的惯用概念,因此在很多非学术语境中还可翻译成"男子气概"或更为通俗的"男子汉气概"。

另外,manhood 还可以看作是一种贯通历史、跨越时空的文化概念,有时可以看作是男性气概的总体称谓,是对男性的人格品质甚至灵魂进行的整体想象和价值判断,关涉的是男性尊严、男性价值和男性身份。通俗来讲,有无男性气概意味着一个男人是否是真正的男人。就此而言,"告诉一名男人他没有男子气概是对他的自我同一性的很大威胁"②。虽然它的具体定义和评价标准要根据具体时代和社会而定,要么依照 19 世纪末之前的"男性气概"(manliness)标准,要么依照 19 世纪末以来的"男性气质"(masculinity)标准,但无论采用的是哪种定义和标准,manhood

---

① 本词典编译出版委员会.新牛津英汉双解大词典.上海:上海外语教育出版社,2007:1290.

② 鲍迈斯特.部落动物:关于男人、女人和两性文化的心理学.刘聪慧,刘洁,袁荔,等译.北京:机械工业出版社,2014:150.

最终指向的都是男性有没有男性气概这一事实。这一点从基梅尔对其专著《美国男子气概文化史》（*Manhood in America：A Cultural History*，2006）的命名就可看出。实际上，他这本专著的主题词 manhood 在时间跨度上既包含了传统男性气概（manliness），又包含了 19 世纪末以来的现代男性气质（masculinity）。显然，他已经把男性气质看作是传统男性气概的变体，是 19 世纪末以来人们心目中的男性气概。这也说明男性气概在男性特质表征方面是一个贯通古今的概念，具有深远的文化内涵。

除了 manliness、manhood 之外，machismo 也经常被翻译成"男性气概"或"男子气概"。该词 20 世纪 40 年代产生于墨西哥西班牙语（Mexican Spanish），之后在英美大众文化中慢慢流行起来。该词是从 macho（大男子气的，男子气概的，男子气概）衍生而来的，带有一定的大男子主义的味道。

第二节　男性气概在全球范围内存在的文化基础

随着现代男性气质问题的日益凸显，各种危机论、虚无论和终结论大行其道，传统男性气概屡屡遭受冷遇，其所崇尚的诸多优良品质也逐渐被忽略或遗忘。对于这些悲观主义论调，一些有着历史、文化视野和人文立场的学者没有随声附和，而是以一种历史唯物主义的态度，对男性气概在全球范围内得以存在的文化基础进行了广泛、翔实的考察，雄辩有力地证明了男性气概在人类生存和发展史中所起到的重要作用，展示了男性气概在人类社会中的顽强生命力。在这方面，文化人类学家吉尔默的《建构中的男性气概：男性气质的文化概念》做出了不可磨灭的贡献。

在对世界各地有关男性气概的人类学资料进行整理与分析之后，吉尔默发现世界各族人民，无论发达地区的民族还是落后地区的民族，无论白种人还是有色人种，除了塔希提岛（Tahiti）和马来西亚赛麦（Semai）等地的少数部落和民族对男性气概没有表现出多少痴迷外，绝大多数的民

族无不"热衷于表现和展示他们的男性气概"①。在南太平洋特鲁克岛
(Truk Island)，为了拥有男子汉形象，那里的男人们不惜以生命的代价去
冒险和迎接各种挑战，"如果他们一旦在这种挑战面前畏缩不前，他们就
会被其他男性和女性耻笑，被认为是娘娘腔、孩子气。年轻男子在周末打
架、吵闹、大量饮酒和追求性征服是常有的事。为了证明他们宝贵的男性
气概，他们要对死亡表现出不屑一顾的神态。男孩子们在青少年阶段要
接受割礼，在其过程中不能表现出任何的恐惧和痛苦。他们的男性气概
观念包括英勇进取、坚毅、在危险面前大胆勇敢的行为以及在威胁面前永
不退缩"②。另外，即便在一个把温和与合作看得高于一切的文化中，"男
孩子们也必须通过技能和忍耐力的考核才能获得被称作男人的资格"③。
在当代美国文学界，"男性气概是人们日常交谈中的神秘话题，是一个圣
杯、一种需要通过漫长而艰苦的考验才能获得的东西"④。在地中海地
区，"多数男性都对男性气概形象表现出无比的忠诚，因为它是他们个人
荣誉和名望的一部分。但这种形象不仅使其拥有者获得尊重，而且还给
他的家庭、家族或村落带来安全，因为这些有着同一集体身份的群体，会
受益于该男子的声望并得到它的保护"⑤。在美国，虽然男性气概备受女
权主义者的质疑和诟病，但在通俗文化和现实生活中，男性气概从来就没
有被忽略和轻视：

在美国，一种通过努力赢取的男性气概所秉承的英雄形象

---

① Gilmore, David D. *Manhood in the Making*：*Cultural Concepts of
Masculinity*. New Haven：Yale University Press, 1990：123.

② Gilmore, David D. *Manhood in the Making*：*Cultural Concepts of
Masculinity*. New Haven：Yale University Press, 1990：12-13.

③ Gilmore, David D. *Manhood in the Making*：*Cultural Concepts of
Masculinity*. New Haven：Yale University Press, 1990：15.

④ Gilmore, David D. *Manhood in the Making*：*Cultural Concepts of
Masculinity*. New Haven：Yale University Press, 1990：19.

⑤ Gilmore, David D. *Manhood in the Making*：*Cultural Concepts of
Masculinity*. New Haven：Yale University Press, 1990：31.

一直被女权主义者和所谓的被解放了的男人自己所质疑。但几十年来,男性气概的这种英雄形象在各种美国文化背景中得到广泛认可,从意大利裔美国黑帮文化到好莱坞的西部片、私家侦探故事、最近流行的兰博形象,再到孩子们玩的颇显男性气概的玩偶和游戏,可以说,男性气概的英雄形象已经在美国男性心中根深蒂固。正如人类学家罗伯特·菜文所说的那样,男性气概是一种文化组织原则,这些组织原则合在一起成为"我们的各种文化限定中的引导性神话"。[①]

看来,男性气概在美国通俗文化和现实生活中受重视的程度与其在学界所受到的评价是有所不同的。这也提醒那些对男性气概持危机论或终结论观点的学者们,缺乏历史和现实观照的判断是有失偏颇的。从起源上看,男性气概是人类在迎接挑战、克服困难的过程中积累和沉淀下来的一种人格意志品质,一种直面危险甚至死亡的勇气和胆魄。由于男性在生理上的优势,很多时候,维护家庭、部族乃至社会存续的重任往往落在男性身上。面对种种危难与挑战,男人们必须拿出点男性气概来,因为"战争需要它,狩猎需要它,女人渴望它。这就是桑比亚(Sambia)人的观点:拥有男性气概就是男性成年仪式最强劲的动力"[②]。

除了作为人类在艰难困苦的条件下生存下去所需要的一种胆魄和意志品质外,男性气概还是男性的一种内在道德约束。吉尔默认为,虽然女性在很多方面与男性没什么差别,她们也要做出一些自我牺牲的行为,而且她们也需要学会自我控制和自律,但不同之处在于:

> 女性一般情况下总是要受到男性的控制。因为男人通常行使着政治或法律上的权威,因为他们更加高大和强壮,在传统道

---

① Gilmore, David D. *Manhood in the Making: Cultural Concepts of Masculinity*. New Haven: Yale University Press, 1990: 20.

② Gilmore, David D. *Manhood in the Making: Cultural Concepts of Masculinity*. New Haven: Yale University Press, 1990: 150.

德不起作用的情况下,他们通常能够用武力或武力上的威胁强迫女性就范。然而男人,尤其在一个流行自由散漫之风的社会环境中,不总是生活在他人的统治之下,因而很难对其进行社会控制。也许正是由于这一差别的存在,社会才需要一种特殊的道德体系——真正的男性气概——来确保男性自愿接受某些恰当的行为规范。同样由于这个原因,男性气概意识形态在平等竞争的社会中更为显著。①

换句话说,"当正式的外在约束不在的时候,内化的道德规范就必须发挥作用,确保其职责的'履行'"②,这也是作为一种内在道德规范的价值所在。能够看出,吉尔默所做的这项跨文化、跨地域的人类学研究是有一定的针对性的,是对当时学术界对男性气概各种误解与诟病的回应,正如他本人所说的那样:"我在此发现的一个实际情况则是,男性气概意识形态总是把无私的慷慨——甚至到了一种自我牺牲的程度——作为一个评判标准。而且我们一再发现,'真正的'男子汉是那些给予多于索取的人,是那些为他人服务的人。真正的男子汉是慷慨的,即便错置了对象。"③

总之,吉尔默以大量的事实雄辩地向我们证明了男性气概在全球范围内存在的文化与现实基础,明白无误地指出了男性气概的历史价值与现实意义:"只要有仗要打,有战争要赢取,有高度需要跨越,有艰苦工作需要完成,我们中的一些人就必须'像男子汉那样行动'。"④可以说,即便在当今的市民社会,男性气概所秉承的精神品质在我们的日常生活中依

---

① Gilmore, David D. *Manhood in the Making*: *Cultural Concepts of Masculinity*. New Haven: Yale University Press, 1990: 221.

② Gilmore, David D. *Manhood in the Making*: *Cultural Concepts of Masculinity*. New Haven: Yale University Press, 1990: 222.

③ Gilmore, David D. *Manhood in the Making*: *Cultural Concepts of Masculinity*. New Haven: Yale University Press, 1990: 229.

④ Gilmore, David D. *Manhood in the Making*: *Cultural Concepts of Masculinity*. New Haven: Yale University Press, 1990: 231.

然有着重要的现实意义,正如吉尔默所说的那样,"我们这个复杂的、竞争性的世界需要我们具有男性气概道德规范固有的坚强自制力"①。这也是对各种危机论、虚无论和终结论的有力回应,揭露了这些悲观主义论调的非历史性和非现实性,同时也从侧面证明了男性气概研究的现实意义与学术价值。

第三节　男性气概的初始定义与文化内涵

在上述分析中,我们已经多少触及了男性气概的一些基本思想内涵。在这一部分中,我们将以政治哲学家曼斯菲尔德的《男性气概》为蓝本,结合其他学者的观点以及中国文化对男性气概的经典论述,进一步对传统男性气概定义中的六项重要品质进行分析,深入探究这一关键词在概念属性、评判标准和价值取向等方面的学术定位。

第一,男性气概最突出的品质是勇气或勇敢,是一种控制恐惧的德性(virtue)。在《男性气概》中,曼斯菲尔德通过对男性气概的词源学考察,发现"在希腊文里,男性气概(andreia)这个词被用来指勇气或勇敢(courage),是与控制恐惧有关的一种德性"②。耐人寻味的是,德性这一概念在拉丁文词源中的核心内涵也恰恰是男性气概或勇敢。根据江畅的考察,在西方,德性(virtue)这个词的一个源头来自"拉丁文的 virtus。从词源的意义看,表示男子气或勇敢"③。可见"男性气概""勇敢"和"德性"在早期人类社会中几乎是三位一体的概念,相互之间有着密切关联。在亚里士多德那里,男性气概直接等同于"勇敢",而勇敢则是"他在《伦理学》中讨论的第一种道德德性"④。阿拉斯戴尔·麦金太尔(Alasdair MacIntyre)认为在古希腊英雄时代,"勇敢是主要美德之一,也许是最主

---

①　Gilmore, David D. *Manhood in the Making*: *Cultural Concepts of Masculinity*. New Haven: Yale University Press, 1990: 230.

②　曼斯菲尔德. 男性气概. 刘玮, 译. 南京: 译林出版社, 2009: 29.

③　江畅. 德性论. 北京: 人民出版社, 2011: 23.

④　曼斯菲尔德. 男性气概. 刘玮, 译. 南京: 译林出版社, 2009: 283.

要的美德"①。里奥·布劳迪则发现罗马人同样重视勇气，非常看重战士们在"战场上的英勇表现，把它视作所有美德的象征，尽管它只不过是人类德行中的一种而已"②。

由于"德性是行为主体的一种内在品质，标识的是个体的道德人格和某种精神境界"③，把男性气概定位为一种"德性"就等于从范畴学的角度向人们彰显了男性气概定义和评判标准的内在导向性（inner-directed），提醒我们要更多地关注男性气概的内在人格与精神品质，关注人性的多元诉求，使男性气概成为一种解放的力量。同时，把男性气概与勇敢相提并论，也从侧面揭示了人类如此重视男性气概的主要原因，即对勇敢这一德性的强调。正如上文论及的那样，勇敢在古今中外任何民族和文化中都被看作是一种极为重要的人格品质，"成为勇敢的人就是成为别人可信赖的人"④。这是因为，"一个人要想有所作为，则不论是做学问还是干事业抑或求美德，其一生便注定充满艰难困苦伤害危险，如果没有勇敢精神，是绝不会成功的"⑤。这也是勇敢在古希腊被列入"四主德"、在中国被视为"三达德"之一的原因。

第二，男性气概也是一种坚定的意志力（willpower），即我们所说的刚毅或坚强。坚强这一德性也包含着一定的勇敢因素，要想做到坚强，往往也首先需要勇敢，比如"刚勇"一词实际上就已经把刚毅与勇敢两种品质结合了起来。但两者的差别也是比较明显的，勇敢强调的是胆魄，而刚毅或坚强则强调的是一种意志品质。曼斯菲尔德用"坚定主张"（assertiveness）表达了这种德性，明确地指出，"男性气概是坚定不移的，它有坚定的立场，绝不屈服、绝不允许一个人被他所处的情境决定、绝不

---

① 麦金太尔. 追寻美德：道德理论研究. 宋继杰，译. 南京：译林出版社，2011：154.

② 布劳迪. 从骑士精神到恐怖主义：战争和男性气质的变迁. 杨述伊，韩小华，马丹，等译. 北京：东方出版社，2007：18.

③ 李佑新. 走出现代性道德困境. 北京：人民出版社，2006：10.

④ 麦金太尔. 追寻美德：道德理论研究. 宋继杰，译. 南京：译林出版社，2011：155.

⑤ 王海明. 新伦理学（修订版）. 北京：商务印书馆，2008：1421.

推崇适应性或灵活性"①。吉尔默甚至认为男性气概所蕴含的坚忍不拔的意志品质是男性气概之所以重要的原因,是男性承担其角色之所必须拥有的:"男性气概狂热显然与男性角色所要求的坚忍不拔和自律的程度有关。"②强调男性气概的意志要素的还有斯宾诺莎,后者认为"坚毅这种德性是最接近男性气概的"③。

在中国,孟子把男性气概定义为"富贵不能淫,贫贱不能移,威武不能屈"。这一定义除了包含了一定的勇敢因素外,也在很大程度上强调了坚强的意志力对男性气概的重要性。中国当代作家张炜认为"硬汉的力量不仅表现为外在的阳刚,还表现为内在的意志力,在内在自我完善欲念的主宰下,凭借强大的意志力战胜生命旅途中的一切障碍,这才是最值得钦佩的硬汉子性格"④。学者王澄霞用"刚毅雄强"来描述男性气概的这种意志品质,并把它看作是男性气概的首要特征:"男性气概的特征首先是'刚毅雄强',这主要着眼于其能力或力量。小到一个家庭的衣食温饱,大到一个民族的生死存亡,都需要男性挺身而出,坚毅不拔,万难不屈。"⑤刘翠湘则认为,"百折不挠、不言失败、不放弃、不抛弃是硬汉精神的重要内涵"⑥。

第三,男性气概还体现为一种自我控制(self-control)。这一点与男性气概的意志品质有一定的关联,因为要实现自我控制,就需要有强大的意志力。自我控制之所以在男性气概定义中占据重要位置,是因为这种品质是男性个体通过种种考验的保障,正如曼斯菲尔德所说的那样,"当自我控制很困难时(比如在危险情况下),具有男性气概的人依然保持着

---

　　① 曼斯菲尔德.男性气概.刘玮,译.南京:译林出版社,2009:72.

　　② Gilmore, David D. *Manhood in the Making*: *Cultural Concepts of Masculinity*. New Haven: Yale University Press, 1990: 220-221.

　　③ 曼斯菲尔德.男性气概.刘玮,译.南京:译林出版社,2009:242.

　　④ 张伯存.1980年代"男子汉"文学及其话语的文化分析.上海师范大学学报(哲学社会科学版),2009,38(1):94.

　　⑤ 王澄霞.女性主义与"男性气概".读书,2012(12):113.

　　⑥ 刘翠湘.惠特曼诗歌的男性气质.吉首大学学报(社会科学版),2009,30(2):111.

自我控制。他明白自己的职责，且绝不后退"①。在维多利亚时期，"男性气概的口号是：'沉着冷静'和'自我控制'"②。

第四，男性气概是一种自信。曼斯菲尔德把自信看作男性气概的重要魅力所在，认为"我们被具有男性气概的人吸引是因为他将自己的自信传染给每个人"③。他认为我们之所以喜欢男性气概，是因为"具有男性气概的人拥有自信和指挥的能力。一个具有男性气概的人的自信使他独立于他人。他不会总向别人寻求帮助、指导或建议"④。为了确证自信是男性气概的典型特征，曼斯菲尔德还区分了男性自信与女性自信的差别："男性气概就是在有风险情况下的自信。问题可能是实际的危险，也可能是你的权威受到了挑战。将这两者加到一起，你就有了某种可观的风险，比如一场战斗。具有男性气概的自信或者男性气概就意味着在那种情况下有能力负起责任或具有权威。女人也有自信，但是她们不会像有男性气概的男人那样寻求有风险的情况。"⑤基梅尔则把男性个体内在的道德属性与自信联系了起来，认为"男性气概的内在体验是由道德高尚的自我向外散发出来的一种男性自信"⑥。

第五，男性气概是一种强烈的责任心和担当意识。这一点从男性气概对应的一个英文单词 manhood 本身就可看出。从年龄的角度看，manhood 与 boyhood 相对。一个有男性气概的男人的首要特点是不再有孩子气，其主要标志就是对责任的担当，正如曼斯菲尔德所说的那样，"说一个男孩不能胜任男人的工作似乎主要因为他缺乏责任感。男孩只

---

　　① 曼斯菲尔德.男性气概.刘玮,译.南京：译林出版社,2009：27.

　　② Summers，Martin. *Manliness and Its Discontents：The Black Middle Class and the Transformation of Masculinity*，*1900—1930*. Chapel Hill：The University of North Carolina Press，2004：83.

　　③ 曼斯菲尔德.男性气概.刘玮,译.南京：译林出版社,2009：29.

　　④ 曼斯菲尔德.男性气概.刘玮,译.南京：译林出版社,2009：27.

　　⑤ 曼斯菲尔德.男性气概.刘玮,译.南京：译林出版社,2009：370.

　　⑥ Kimmel，Michael S. *Manhood in America：A Cultural History*. 2nd ed. New York：Oxford University Press，2006：82.

顾自己和其他男孩,很难将注意力集中在那些成人的、有男性气概的工作上"①。更为重要的是,"具有男性气概或勇敢的人在危险情况下勇于承担责任"②。基梅尔也毫不含糊地指出,"男性气概被人们用来界定一种内在的品质,一种独立自主的能力,一种责任感"③。基梅尔还通过对男人与男孩的比较,进一步强调了责任感对男性气概的重要性:"一个男性在成为男人的同时也就意味着他不再是个男孩。在过去人们的心目中,男人能够独立自主、自我控制和承担责任,而男孩则具有依赖性,缺乏具有责任感的自控能力。这种观念也曾经一度体现在语言中。manhood 这一术语曾经与 adulthood 同义。"④责任感之于男性气概的重要性还可从早期人们对英雄主义这一相关概念的界定中看出。在美国早期的期刊中,"英雄主义被界定为一个男性的社会有用性、为他人提供的服务以及他对各种责任的认识"⑤。王澄霞也极为重视男性气概中的责任感,认为男性气概的第二个特征就是"高度的责任感",即"能够自觉地担当起维持个人、家庭、家族、民族、国家的生存和发展"⑥。毋庸置疑,男性气概品质中的责任感是男性气概的道德基石,也是让男性气概备受重视的一个重要原因。

第六,男性气概也是一种荣誉感以及对荣誉的捍卫。自古以来,男性气概与人格尊严和荣誉(honor)一直密不可分。甚至在一定意义上讲,男性气概本身就是一种荣誉,因为"'荣誉'这个词代表着尊重,而尊重对男子气概又是至关重要的"⑦。根据骑士传统,"荣誉是与个体的声望、立场

---

① 曼斯菲尔德. 男性气概. 刘玮,译. 南京:译林出版社,2009:132-133.

② 曼斯菲尔德. 男性气概. 刘玮,译. 南京:译林出版社,2009:306.

③ Kimmel, Michael S. *Manhood in America*:*A Cultural History*. 2nd ed. New York:Oxford University Press,2006:81.

④ Kimmel, Michael S. *Manhood in America*:*A Cultural History*. 2nd ed. New York:Oxford University Press,2006:14.

⑤ Kimmel, Michael S. *Manhood in America*:*A Cultural History*. 2nd ed. New York:Oxford University Press,2006:15.

⑥ 王澄霞. 女性主义与"男性气概". 读书,2012(12):113.

⑦ 鲍迈斯特. 部落动物:关于男人、女人和两性文化的心理学. 刘聪慧,刘洁,袁荔,等译. 北京:机械工业出版社,2014:152.

与人格尊严联系在一起的。但荣誉的概念也包含了男性气概(manliness)理想——被人称为懦夫是最不能忍受的侮辱。埃德蒙·伯克(Edmund Burke)是唯一一个把骑士精神与男性气概、意味深长的英雄主义与博大的情怀联系在一起的作者"①。因此荣誉需要捍卫,需要主张和宣扬,因而需要男性气概。用曼斯菲尔德的话说,"荣誉必须要被主张和宣称出来,因为自然不会给予每个人应得的荣誉"②。在他看来,"具有男性气概的人真正想要保卫的乃是他们的荣誉"③。另外,荣誉感也是男性气概的一个动力源:"荣誉是保护你个人、家庭和财产的声明,而信念体现在它们之中。男性气概特有的保护性就来源于这种荣誉感。"④荣誉也不仅仅是个人的问题,而是涉及全人类:"男性气概为个人寻求荣誉,同时也就是为全人类寻求荣誉。"⑤然而,如果缺乏正义、道德与良知的正确引导,追求个人荣誉的行为也容易沦落为一种赤裸裸的暴力,正如布劳迪所说的那样,"追求荣誉以及荣誉和家族、部落、国家之间的关系为一切赤裸裸的暴力行为提供了永远正当的理由"⑥。

作为文化建构的产物,男性气概的定义和评判标准还会因时代、民族和文化的不同而有所变化,以上所列举的勇敢、坚定的意志力、自我控制、自信、责任心和荣誉感等人格与精神品质只能说在男性气概思想体系中更具代表性和典型性,并且在古今中外各种文化形态中也具有某种普适性和共通性。这些男性气概品质除了得到文化思想界人士的肯定外,也得到了普通民众的广泛认同。学者们在有关男性气概认知的访谈中发现,多数受访者认为与男性气概"联系最为重要的主题指那些内在的品

---

① Mosse，George L. *The Image of Man*：*The Creation of Modern Masculinity*. New York：Oxford University Press，1996：18.

② 曼斯菲尔德.男性气概.刘玮,译.南京:译林出版社,2009:95.

③ 曼斯菲尔德.男性气概.刘玮,译.南京:译林出版社,2009:95.

④ 曼斯菲尔德.男性气概.刘玮,译.南京:译林出版社,2009:95.

⑤ 曼斯菲尔德.男性气概.刘玮,译.南京:译林出版社,2009:157.

⑥ 布劳迪.从骑士精神到恐怖主义:战争和男性气质的变迁.杨述伊,韩小华,马丹,等译.北京:东方出版社,2007:61.

质,如勇气、刚勇、荣誉、真挚、尊敬、自豪、谦虚和责任感"①。

　　需要补充的是,以上的界定主要还是从男性气概的词源和初始内涵展开的,但在实践过程中,男性气概美德也会发生变异,走向它的反面,甚至蜕变为一种"恶德",成为横行霸道、强取豪夺、仗势欺人等行为的驱动力。在现实中,这些恶德却往往以男性气概的幌子出现,实际上充其量是男性气概的流俗和刻板印象(stereotype),往往会给社会个体的思想和行为带来误导,甚至给自我和他人带来伤害。在这方面,中国先哲们早有警示。周敦颐用"刚"字来指代男性气概,并把男性气概分为"刚善"和"刚恶"。其中,"刚善为义,为直,为断,为严毅,为干固;恶为猛,为隘,为强梁"②。刚直、果断、严毅、干练、坚持等男性气概品质之所以被看作是正面积极的,是因为这些品质本身包含着相当的道德意蕴,有利于善行善举的实现;而凶暴、狭隘、强横等品质之所以是负面消极的,是因为这些品质放逐了道德诉求,成为恶行恶举的帮凶。

　　因此,为了更准确地把握男性气概的概念属性及其在实践过程中可能出现的蜕变,我们不妨把男性气概细分为消极的男性气概和积极的男性气概。消极的男性气概主要指男性气概的种种流俗和刻板印象,指上文所说的虚张声势、凶暴强横等特性,往往把财富、权力甚至暴力作为其价值取向和评判标准,对此我们要予以反思和批判,并与之保持距离。而积极的男性气概则主要指的是"刚善",是促成善行善举的意志品质和美德,具有更多的内在性、精神性和灵魂性,正如米兰德所说的那样:

　　　　从积极的角度来看,男子气概常常与一种道德准则相联系,这种道德准则崇尚谦虚、荣誉、尊重自己和他人以及勇气。男子气概的第二种观点中最为显著的是男子气概不是通过身体力量等外在的品质表现出来的,实际上是通过一些如自我整合、承担

----

　　① 　金梅尔,梅斯纳.心理学:关于男性(第8版).张超,等译.上海:上海人民出版社,2012:40.

　　② 　周敦颐.周子通书.上海:上海古籍出版社,2000:34.

责任、忠诚，最重要的是坚强的性格等内在品质表现出来的。[①]

这种积极的男性气概才是值得我们倡导和建构的。我们研究男性气概的一个主要任务就是把积极的男性气概——也是真正的男性气概——从种种虚张声势、低级庸俗的男性气概刻板印象中区分开来，辨识出来，在一个更高的精神层面上对之进行再定义和重构。

另外，任何一种德性都应该有区别于其他德性的标志性特征，这些特性就是它的独特价值所在，对某项德性内涵或外延的任意延伸或对之添加过多的功能或要求，只能导致其主体价值的丧失，甚至发生蜕变或异化。从某种意义上讲，20世纪以来的男性气质危机就是其定义过度泛化的结果。可以说，作为一种德性或美德，男性气概的主要特征就是以勇敢与坚强为核心的人格与意志品质，是行为主体在充满艰难险阻的条件下实现其良知良能和善行善举的精神力量。我们在对这些人格与意志品质进行弘扬的同时，还要注意对之进行必要的约束和引导，否则"独立、勇敢、理性、力量等积极、健康的品德也容易变成孤独、鲁莽、冷漠、武力等负面缺陷"[②]。

第四节　男性气概的文学书写传统与诗学特性

纵观古今中外的诸多文学作品，"男性气概"是一个重要的文学主题，有着悠久的书写传统，其定义与社会学中的"男性气质"概念有着很大差别。同时，这一主题在书写过程中也在一定程度上推动了情节发展，给作品带来叙事张力，有着重要的审美价值。

一方面，"男性气概"是作家们在谈及与男性相关话题时的惯用概念。小说家诺曼·梅勒（Norman Mailer）在探究男性气概的建构性时这样说道："没人生来就是男子汉，你要想赢得男性气概（manhood），你就得足够

①　金梅尔，梅斯纳. 心理学：关于男性（第8版）. 张超，等译. 上海：上海人民出版社，2012：35.

②　刘岩. 男性气质. 外国文学，2014（4）：111.

优秀,足够勇敢。"①可见,梅勒不仅选用了"男性气概"这一概念,而且更是把"勇敢"定位为其心目中男性气概的基调,这一点也与男性气概的传统定义不谋而合。诗人利奥纳多·克里格尔(Leonard Kriegel)则认为,"在每个时代,不只在我们的时代,男性气概(manhood)都只能赢取"②。爱默生(Ralph Waldo Emerson)非常关注男性气概的灵魂特质,"把心灵上的自主权看作是最本质的男性气概美德(manly virtue)"③。小说家舍伍德·安德森(Sherwood Anderson)同样表达出对男性气概这一概念的偏爱,认为"男人的能力就在于他的男子气概(manhood),或者说这也是男子气概的核心问题……当然如果你愿意,你可以说是男性气质(masculinity)"④。正如浦立昕所言,安德森的这句话"无疑表明安德森对'男性气质'一词的冷淡不屑的态度"⑤。可以看出,在男性气概的定义和价值取向方面,作家们秉承的是传统男性气概的评判标准,同样看重男性气概的内在人格与道德品质。

另一方面,"男性气概"也经常直接出现在文学作品之中,是对作品中男性人物的人格品质进行描述和评价的主要概念。学者们在对现当代中国文学的研究中发现,"在有关男女关系的通俗读物中,'男子汉气概'和它的关联词'男子汉'被反复提及"⑥。在英文小说中,manly、manliness和 manhood 同样是出现频率很高的概念。在理查德·赖特(Richard Wright)的《土生子》(Native Son,1940)中,别格的母亲就曾对他有过这

---

① Gilmore, David D. *Manhood in the Making*:*Cultural Concepts of Masculinity*. New Haven:Yale University Press,1990:19.

② Gilmore, David D. *Manhood in the Making*:*Cultural Concepts of Masculinity*. New Haven:Yale University Press,1990:19.

③ Kimmel, Michael S. *Manhood in America*:*A Cultural History*. 2nd ed. New York:Oxford University Press,2006:20.

④ 浦立昕.身份建构与男性气质:舍伍德·安德森小说研究.南京:南京大学出版社,2015:36.

⑤ 浦立昕.身份建构与男性气质:舍伍德·安德森小说研究.南京:南京大学出版社,2015:36.

⑥ Gilmore, David D. *Manhood in the Making*:*Cultural Concepts of Masculinity*. New Haven:Yale University Press,1990:172.

样的呵斥："哪怕你骨子里有一丁点儿男子气概（manhood），那么我们也不必住在这样的鬼地方。"①显然，这里的 manhood 一方面包含着志气、上进心、责任感等人格与道德品质，另一方面还关涉男性的尊严、价值与身份。别格的母亲痛斥别格没有男性气概，实际上就等于说他不是真正的男人。

在基伦斯的长篇巨著《随后我们听到雷声》（*And Then We Heard the Thunder*，1963）中，男主人公所罗门·桑德斯的女友布兰顿更看重他身上具有的男性气概，这也是她深爱桑德斯的原因："我爱你不是因为你外表长得英俊，而是因为你很看重自己的人格尊严与男性气概。男性气概比金钱和职位的晋升更重要。请一定记住，永远不要牺牲你的男性气概。"②这也是对男性气概定义和内涵的经典文学阐释，强调了人格尊严在男性气概内涵中的重要性。在该作品中，这种男性气概显然是主人公桑德斯勇气、胆魄和力量的一大源泉，让他在优柔寡断和顾虑重重时变得勇敢、决断和坚定。相比之下，他的妻子所看重的则是他的男性气质：他的英俊的外表、在军营中高出其他黑人的地位、将来升迁的可能性、强大的性能力等等。这些显然都是现代男性气质的定义和评判标准。这不但没有给他带来抗击军队中种族歧视的勇气，反而让他在白人面前唯唯诺诺、委曲求全，并且经常处于进退两难的境地。

可见，无论在作家心目中，还是在文学作品中，"男性气概"都是用来描述男性特质的一个重要概念，其概念属性、定义、价值取向和评判标准与"男性气质"也有着相当的差别。因此在批评实践过程中，我们要根据具体语境选择适当的概念。一般而言，如果作品中的人物把权力、财富、体貌、性能力甚至施暴能力等因素看作其男性价值和身份的评判标准，我们有理由认定他们遵从的是男性气质规范，并非真正的男性气概，充其量只能是男性气概的流俗或刻板印象。这些男性气概流俗或男性气质规范

①　Wright，Richard. *Native Son*. New York：Harper Perennial Modern Classics，2005：8.

②　Killens，John Oliver. *And Then We Heard the Thunder*. New York：Alfred A. Knopf，1963：180.

往往对作品中的人物有着巨大的影响力,左右着他们的思想和行为,给他们带来无尽的困惑、压力和焦虑,甚至让他们的人性产生异化,做出种种道德失范之事。在这种情况下,对现代男性气质种种错误导向的反思以及对新时代男性气概理想的追寻,已经成为很多现当代文学作品的一大叙事特色。

然而,由于受先入为主的社会学男性研究范式的影响,很多学者在对现代男性气质的反思过程中,没有充分参照和借鉴漫长人类历史在男性气概方面积淀下来的丰厚思想资源,因而在走出男性气质危机、重构当下男性气概理想方面没有太多的建树。从某种意义上讲,康奈尔等社会学家在男性气质研究方面秉承的是一种"性别相对论"的思维模式,认为"男性气质这个概念也是与其他概念存在天然关联的。如果没有'女性气质'相对照,它也就不会存在"①。而且他过于看重权力关系(power relationship)研究范式,注重考量男性气质与权力之间的互动关系,认为"男性气质政治的中心议题就是权力——男人通过性别关系控制社会资源的能力——以及权力造就的社会存在"②。不可否认,这种研究范式有利于我们洞悉文学作品中权力在性别问题中扮演的角色,有利于我们反思现代男性气质的种种弊端,但也存在僵化与片面等缺陷。康奈尔本人的"文学批评实践"也多少印证了这一点。

根据康奈尔的分析,美国早期作家詹姆斯·费尼莫尔·库珀(James Fenimore Cooper)的小说"表现了对沉默寡言的男性英雄主义的自觉崇拜"③,斯蒂芬·克莱恩(Stephen Crane)的《红色英勇勋章》(*The Red Badge of Courage*,1895)表达了"对勇敢者的称颂",而埃里希·马里亚·雷马克(Erich Maria Remarque)的《西线无战事》(*All Quiet on the*

---

① 康奈尔.男性气质.柳莉,张文霞,张美川,等译.北京:社会科学文献出版社,2003:92.

② 康奈尔.男性气质.柳莉,张文霞,张美川,等译.北京:社会科学文献出版社,2003:287.

③ 康奈尔.男性气质.柳莉,张文霞,张美川,等译.北京:社会科学文献出版社,2003:272.

Western Front，1929)表达了"对懦夫的痛斥"，并且后两部战争小说"都是在宣扬支配性男性气质"①。这些论断可以看作是康奈尔本人对其男性气质理论进行"文学批评实践"的结果，有着明显的简单化和模式化倾向。单就《红色英勇勋章》这部小说而言，主人公亨利·弗莱明所建构的男性气概主要是一种勇气，或者是本书前面所说的那种"控制恐惧的德性"，与康奈尔所说的那种"支配性男性气质"有着本质的区别，与父权思想也没有多少关联。正如该作品结尾处描述的那样，"他拥有了一种沉静的、不事声张的男子气概(manhood)，坚定而自信。他知道自己不会再临阵逃脱了。指挥员指向哪里，他就会冲向哪里。他已经与死亡擦肩而过，而且发现死亡也不过如此；而他，现在已经是真正的男子汉了"②。可见，这种男性气概更多的是一种内在的人格与意志品质，是一种控制恐惧的德性，并非为了实现对他者的支配和统治，因而与按照权力等级秩序定位、与父权制有着共谋关系的"支配性男性气质"是大相径庭的。

实际上，文学作品在男性书写过程中表现出来的丰富性和复杂性，是以"科学"自诩的诸多学科难以比拟的。正如曼斯菲尔德所说的那样，"科学的成果有益于肉体，而文学滋养灵魂。文学承担起那些被科学抛开和忽视的大问题，因此在男性气概的问题上，文学比科学有更多的话要说"③。曼斯菲尔德这里所说的"科学"除了自然科学外，还影射了社会学等学科。对于男性气概而言，文学所承担的"被科学抛开和忽视的大问题"其实主要是指这一概念作为一种德性所蕴含的人格、意志品质、道德与审美等方面的因素，而这些因素恰恰是社会学等领域忽略或难以涉足的。这也要求我们在文学批评实践过程中，要有一定的学科意识，明晓文学在"男性气概"书写和研究方面具有的学科优势和肩负的学科使命。

另外，作为一个诗学概念，男性气概还承载着相当大的叙事功能，具

---

① 康奈尔.男性气质.柳莉,张文霞,张美川,等译.北京:社会科学文献出版社,2003:297.

② Crane, Stephen. *The Red Badge of Courage*. Ware, Hertfordshire: Wordsworth Editions, 1995：117-118.

③ 曼斯菲尔德.男性气概.刘玮,译.南京:译林出版社,2009:76.

有相当大的美学价值。这也要求我们在具体文学批评实践中,除了关注文学作品在男性气概的定义、价值取向和评判标准等方面表现出来的态度和立场外,还要关注男性气概在文学作品中的审美特性。一方面,在很多文学作品中,人物对男性气概的认知、建构与实践过程本身就构成一条叙事线索。另一方面,作品中人物与其所处社会中的男性气概规范的互动往往也让作品充满矛盾与冲突,给作品带来叙事张力。正如本书第七章在分析小说《孤独的征战》时所论及的那样,由于缺乏对男性气概的正确认知以及对美国现代男性气质规范的盲目认同与遵从,主人公戈登不能与妻子平等、和谐地相处,无法和她齐心协力、共同经营他们的婚姻生活,而是把妻子当成自己竞争、征服和统治的对象。这不仅给他的婚姻带来危机,也让他的事业与人生陷入困境,让他始终生活在恐惧、空虚和孤独之中。在这部男性气概书写的典型之作中,从对美国男性气质的盲目认同与遵从到对它的反思,再到对真正男性气概的认知、建构与实践的过程,贯穿了该作品的整个叙事,推动了作品故事情节的发展,有效地增强了作品的思想性与艺术性。而在弗兰克·耶比的小说《达荷美人》中,主人公纳瑟努则在认知、建构与实践其男性气概过程中秉承了一种"真实性"原则,坚持了对自我、良知与真情实感的恪守与对性别流俗观念的抗拒。这也体现了他的一个勇敢坚强、敢作敢当但同时又不乏悲悯之心与人道主义精神的理想男性形象。在他践行这种"真实的"(authentic)男性气概的过程中,他的思想和行为与那些盲目认同与遵从男性气概流俗或刻板印象的人经常产生矛盾和冲突,这也让小说故事情节起伏跌宕,充满艺术感染力。

小　结

经过以上论述,我们大体上弄清楚了男性气概作为一个学术概念的由来、它在全球范围内得以广泛存在的文化基础、它作为一种德性或美德的几项重要品质以及它的文学书写传统和诗学特性。可以看出,传统男性气概的定义和评判标准是内在导向性的,更多地强调勇敢、坚强、自我控制、自信心、责任心和荣誉感等内在人格意志品质。但同时我们也必须清楚，从伦理学的角度上讲，男性气概这种德性是一种道德规则，因而要"从属于、支配于和决定于善恶原则、仁爱原则、公平原则等一切道德原则"①。也就是说，男性气概本身也要接受"善恶""仁爱""公平"等更高层次道德原则的约束，当它与其他德性或道德规则发生冲突时，要服从善恶、人道、仁爱与公正等更高道德原则的指导。另外，男性气概本身不应当被看作是最终目的，男性气概的价值也不完全取决于其自身，而是要看其所推动和促成的主体行为的性质。在这方面，西方人在极力称颂勇敢与坚强等人格与意志品质，甚至把它们当作最重要的德性或美德的同时，对这些品质可能出现的扭曲和蜕变则缺乏足够的防范意识，这一点是值得我们引以为戒的。作为一个诗学概念，男性气概不仅是很多文学作品中的一个重要主题，有着悠久的书写传统，而且还承载着相当大的叙事功能，具有极大的美学价值，是一个我们洞悉诸多文学现象背后的社会与文化动因、破解人物心理困境和思想误区的有效批评视角或方法。

---

① 王海明.新伦理学(修订版).北京:商务印书馆,2008:1389.

第二章　男性气概与男性气质：
男性研究领域两个易混概念辨析

　　男性气概与男性气质是两个既有区别又有联系的概念，但国内学界起初并没有注意到两者之间的微妙区别，把它们当成仅在表达习惯和话语方式上有所区别的概念，经常用一个概念替代或覆盖另一个概念，要么一律使用男性气质，要么一律使用男性气概。随着男性研究总体水平的提高，这种现状近几年来有所改变。在龚静以"男性气质"为主题词的专著《销售边缘男性气质——彼得·凯里小说性别与民族身份研究》中，"男子汉气概"这一概念被使用了 40 多次；詹俊峰在其专著《性别之路：瑞文·康奈尔的男性气质理论探索》中也多次用到"男子气概"这一概念，说明学界已经开始意识到两个概念的区别。但由于国内学界对这两个概念缺乏正面、系统的辨析，以至于在这两个概念的译介和使用方面还存在着相当大的不准确性和不规范性。

　　因此，弄清楚这两个概念在内涵与外延上的联系与区别，是国内男性研究或性别研究领域亟待解决的问题。结合哲学、人类学、社会学、文化学等学科领域对于男性气概和男性气质的研究成果，本章从词源史与文化史、定义范围与褒贬评判、价值取向与评价标准、建构方向与实践方式等四个方面对这两个概念进行辨析，旨在解决当今男性研究领域在概念使用方面存在的不准确和不规范问题，纠正学界和广大民众长期以来对男性气概的错误认知，把真正的男性气概理想与种种男性气概刻板成见、现代男性气质区分开来。在结论中，本章正式提出当代男性气概人文重构议题，希望为走出现代男性气质困境、重构男性气概理想做出一定的理论贡献。

第一节　词源史与文化史方面的差异

从词源史与文化史的角度看,男性气质(masculinity)是传统男性气概(manliness 或 manhood)在现代性侵扰下的文化变体,是在消费主义背景下形成的"具有示范效应的关于男人之所以为男人的一系列特质的描述"[①]。从一定意义上讲,男性气质是现代人用来表征男性气概的术语,甚至可以看作是对传统男性气概的误读。

这一点首先从两个概念出现的先后就可看出。男性气概(manliness 或 manhood)在西方是 20 世纪之前人们用来评价、描述和激励男性的用语,而男性气质(masculinity)则主要是 19 世纪末 20 世纪初开始用来表述男性特质和确证男性身份的概念。在康奈尔看来,"男性气质并非自古有之,而是与欧洲近代文化中的个人主义和两性差异观念息息相关,因而是一个较为新近的历史产物"[②]。起先,masculinity 在绝大多数词典中并没有作为一个单独词条列出。根据贝德曼的考察,"在整个 19 世纪,名词 manliness 被广泛使用。而在 1890 年之前,《韦氏大词典》一直把 masculinity 认定为'罕见'词语。在很多情况下,早期的词典完全省略了 masculinity 这一词条"[③]。masculinity 的出现与它的形容词 masculine 作为男性描述语的流行有关。随着 masculine一词的普遍使用,一个与之相对应的名词也就成了时代之所需。因此,"在 19 世纪中期,从法语引入的一个新名词——masculinity——开始逐渐流行了起来"[④]。从那以后,"每

---

① 刘岩.男性气质.外国文学,2014(4):106.

② 詹俊峰.性别之路:瑞文・康奈尔的男性气质理论探索.桂林:广西师范大学出版社,2015:75.

③ Bederman, Gail. *Manliness & Civilization:A Cultural History of Gender and Race in the United States*, *1880—1917*. Chicago:The University of Chicago Press, 1995:19.

④ Bederman, Gail. *Manliness & Civilization:A Cultural History of Gender and Race in the United States*, *1880—1917*. Chicago:The University of Chicago Press, 1995:19.

当男人们想唤起人们对一种不同类型的雄性力量的想象时,他们就会更多地使用'有男性气质的'(masculine)和'男性气质'(masculinity)"①。这一点在基梅尔那里也得到呼应,后者同样认为"在20世纪开始之际,男性气概(manhood)逐渐被男性气质(masculinity)代替,后者指的是与女性气质(femininity)相对的一套行为特征和态度。男性气质是需要不断展示的东西,个体要不断质问自己是否拥有男性气质——以免因给人太女性化的印象而让自己名声扫地"②。

在这两个概念辨析方面做出相当大贡献的另一位重要学者是萨默斯。他不仅注意到了20世纪初以来美国人在男性气概认识和概念使用方面发生的变化,而且还从经济结构的角度反观这种变化的社会动因,认为从生产型社会到消费型社会的转变是造成男性气概定义变化的主要原因:

> 随着美国由生产型社会到消费型社会的转变,在20世纪初始的三十年中,美国人在按照主流文化标准怎样才能算得上一个男人这一问题上表达了不同的理解。一种男性气质(masculinity)的现代思潮代替了19世纪早期的男性气概(manliness)观念,而该男性气概观念曾经一度是维多利亚时代价值观主导下的社会的主要特征。男性气概不再受生产活动(或从事市场营销活动)、品格、正派体面以及勤劳、节俭、按规律办事、节制等生产主义价值观所定义。相反,美国中产阶级逐渐把男性气概与市场活动割裂开来,至少不再单纯以生产主义价

---

①　Bederman, Gail. *Manliness & Civilization: A Cultural History of Gender and Race in the United States, 1880—1917*. Chicago: The University of Chicago Press, 1995: 19.

②　Kimmel, Michael S. *Manhood in America: A Cultural History*. 2nd ed. New York: Oxford University Press, 2006: 81.

值取向来界定,并且开始从消费的角度对之进行定义。①

萨默斯进一步总结道:"这是一种代际变化,是关于男性气概(manhood)定义的变迁——从生产导向到消费导向的转变,从品格和正派体面(character and respectability)到身体和性格(personality)的转变,从男性气概(manliness)到男性气质(masculinity)的转变。"②从生产主义价值观到消费主义价值观的蜕变,正是现代性的一大主要特征。现代性精于算计,看重利益和效率,追求消费和享乐,而对传统人格与道德是不太在意的,对于勇敢、血性、荣誉等"非理性"诉求更是不屑一顾。可以说,现代性有多副面孔,没有一副具有男性气概,有的只是男性气质。

第二节　定义范围与褒贬评判的不同

在男性气概这一概念的命名之作《男性气概》(*Manliness*,2006)中,曼斯菲尔德发现在希腊语中,"男性气概(andreia)这个词被用来指勇气或勇敢(courage),是与控制恐惧有关的一种德性"③。与之相反,"在希腊语中表示怯懦的一个词是 anandreia,它的字面意思就是'没有男子气概的'"④。龚静认为,"在道德层面,'男子汉气概'也更重视果敢、勇气、坚韧等品质"⑤。可见,从定义范围和评判标准来看,传统男性气概(manliness)更多地被看作是一种德性(virtue),强调男性个体的内在人

　　① Summers, Martin. *Manliness and Its Discontents*: *The Black Middle Class and the Transformation of Masculinity*, *1900—1930*. Chapel Hill: The University of North Carolina Press, 2004:8.

　　② Summers, Martin. *Manliness and Its Discontents*: *The Black Middle Class and the Transformation of Masculinity*, *1900—1930*. Chapel Hill: The University of North Carolina Press, 2004:9.

　　③ 曼斯菲尔德.男性气概.刘玮,译.南京:译林出版社,2009:29.

　　④ 布劳迪.从骑士精神到恐怖主义:战争和男性气质的变迁.杨述伊,韩小华,马丹,等译.北京:东方出版社,2007:44-45.

　　⑤ 龚静.销售边缘男性气质——彼得·凯里小说性别与民族身份研究.成都:四川大学出版社,2015:100.

格与意志品质。

　　相比之下,男性气质的定义则比较宽泛,这一点从两个概念的形容词形式就可看出。根据贝德曼的考察,"在 19 世纪早期,'有男性气质的'(masculine)频繁地被用来区分男人所拥有的不同于女人的东西——比如,'男性服饰''男性步伐''男性职业'等等。因此,在跨越阶级或种族界限之时,'有男性气质的'(masculine)比'有男性气概的'(manly)使用得更频繁,因为根据定义,只要是男人,就会有男性气质"①。在贝德曼看来,男性气质是一个空洞的概念,缺乏道德价值判断:"当 1890 年代的文化变迁削弱了男性气概的力量时,'有男性气质的'就作为一个较为空洞的、富于变通的形容词——没有道德和情感意义——而存在了。恰恰是这种变通性和情感上的中性色彩让'有男性气质的'(masculine)一词对于那些想方设法地为雄性力量拟造新的解释和描述的人们更具吸引力。"②可以看出,人们对"男性气质"这一空洞、缺乏道德和情感内涵却富于变通的概念如此青睐,在一定程度上体现了人们对男性内在人格与道德因素的淡化,体现了现代人类文化价值观的蜕变。

　　根据费德瓦·莫蒂-道格拉斯(Fedwa Malti-Douglas)的描述,男性气质的内涵包括"比较理性、无动于衷、有进取心、争强好胜、坚强自信、精通科学和数学并且以事业为中心"③。人们甚至会把"独立、自主、理性、意志、谨慎、等级、统治、超越、生产、苦修、战争和死亡"等因素看作是"与男人相联系的价值和美德"④,或者认为男性应当"感情深沉、精确无误、富有理性、善于克制、坚忍不拔、精明实际、头脑灵活、能赚大钱、意志坚定,

---

　　① Bederman, Gail. *Manliness & Civilization*: *A Cultural History of Gender and Race in the United States*, *1880—1917*. Chicago: The University of Chicago Press, 1995: 18.

　　② Bederman, Gail. *Manliness & Civilization*: *A Cultural History of Gender and Race in the United States*, *1880—1917*. Chicago: The University of Chicago Press, 1995: 18-19.

　　③ Malti-Douglas, Fedwa. *Encyclopedia of Sex and Gender*. Detroit: Thomson Gale, 2007: 622.

　　④ 汪民安.文化研究关键词.南京:江苏人民出版社,2007:221.

是个十足的幻想家"①。类似的描述和定义还有很多,其定义范围也可以无限扩展下去。比如,男性养家糊口的能力以及在家庭中的权威地位,甚至发肤体貌和性能力,都在男性气质的定义范围之内,而"男人需要不断依据这些规范检视自己的行为,从而在心理上实现同这一性别的身份认同"②。不能否认,这些因素包含了传统男性气概理想的一些品质和诉求,有利于对男性实行必要的约束,有利于男性社会价值的实现;但其中也包含了很多负面的刻板印象和流俗观念,很容易给男性的思想和行为带来误导。而且在这些宽泛、芜杂的评判标准中,有很多标准是自相矛盾、充满悖论的。甚至在很多时候,一种空间或情境中男性气质的获得是以另一空间或情境中男性气质的丧失为代价的,正如基梅尔分析的那样:

> 男人怎能保证自己在成为一个有责任感的养家糊口者的同时不会变成一个唯唯诺诺、低眉顺眼的苦工呢? 男人怎么能够在成为积极主动、富有献身精神的父亲——确保他们的儿子不变成娘娘腔——的同时自身不会成为懦弱的人呢? 男人在有妻子和子女需要供养的情况下又怎能让自己的心灵获得自由呢?③

按照男性气质规范,男人对其"养家糊口"(breadwinner)角色的履行是其男性气质确证的一项重要标准,是确保其在家庭中权威地位的条件。然而,对这一男性气质规范的片面强调不仅会让男性因格外看重其在公共空间中的表现而忽略了其在家庭中作为父亲和丈夫的角色和责任,造成父性的缺失和夫妻关系的冷淡,而且还会让男性因担心失去工作而在职场上变得唯唯诺诺,缺乏自尊与独立人格。在这些宽泛、芜杂、自相矛

---

① 王先霈,王又平. 文学理论批评术语汇释. 北京:高等教育出版社,2006:654.

② 刘岩. 男性气质. 外国文学,2014(4):114.

③ Kimmel, Michael S. *Manhood in America*:*A Cultural History*. 2nd ed. New York:Oxford University Press,2006:156-157.

盾并且有着相当功利性倾向的男性气质规范评判之下,男性个体的存在价值被分割成对不同角色的履行,其作为人的存在被严重忽略,很容易造成人格的扭曲和人性的异化。在这种情况下,男性气质不再像传统男性气概那样赋予人一种面对压力、困难和艰险的勇气和精神力量,反而成为男性压力、焦虑和人格异化的一大根源。

正因为如此,在价值评判方面,男性气概是褒义概念,而男性气质则比较中性,而且很多时候是个贬义词,这与两个概念的价值取向有着密切关联。根据贝德曼的考察,"在1890年之前,有一定文化修养的维多利亚时期的人很少用'有男性气质的'(masculine)一词来指涉男性个体。相反,受人钦佩的男人被称为'有男性气概的'(manly)"①。在此基础上,贝德曼进一步指出,"与表达男性气概'最高理想'的'有男性气概的'(manly)一词有所不同的是,形容词'有男性气质的'(masculine)被用来表达男人们具有的任何特性,可以是好的,可以是坏的"②。可见,男性气概是一个有着明显价值取向、更具褒义意味的概念。相比之下,现代男性气质概念则不具备这样的褒奖意味,比较中性,甚至因其包含的一些负面因素备受社会学家们的质疑和批判。但我们也不能因此对现代男性气质的种种规范全盘否认,对其中的某些合理成分要予以肯定,才不至于陷入文化虚无主义的窠臼。

在《男性气概》的第一章中,曼斯菲尔德向读者披露了一个小插曲。当杂志社打电话让他描述一下他所尊敬的一位大学老师时,他不假思索地回答:"让我们所有人对他颇为赞赏的是他的男性气概(manliness)。"③电话另一端的女采访者沉默了半天之后问他是否能够换一个描述词。曼

---

①　Bederman, Gail. *Manliness & Civilization: A Cultural History of Gender and Race in the United States, 1880—1917*. Chicago: The University of Chicago Press, 1995: 17-18.

②　Bederman, Gail. *Manliness & Civilization: A Cultural History of Gender and Race in the United States, 1880—1917*. Chicago: The University of Chicago Press, 1995: 18.

③　Mansfield, Harvey C. *Manliness*. New Haven: Yale University Press, 2006: 1.

斯菲尔德当然明白对方的意思，知道对方希望他用"男性气质"（masculinity）来描述这位老师，但他坚持用"男性气概"，因为他想表达对那位老师的赞美，而"'男性气质'则不具备赞美意味"①。这一点与小说家安德森对现代男性气质的鄙夷态度有着异曲同工之妙。

更有甚者，男性气质还被一些社会学家们认为是当代社会种种社会问题的源头，是种种道德失范行为背后的罪魁祸首。托德·利泽尔（Todd W. Reeser）一针见血地指出，现代社会的许多问题可以被看作是男性气质（masculinity）的各种要素所导致的结果：暴力、战争、性别歧视、强奸和同性恋恐惧症，所有这些都与男性气质有着某种关联。②虽然我们不能把这些严重的社会问题完全归咎于男性气质，但现代男性气质对权力、性能力甚至施暴能力等因素的崇尚是导致这些社会问题的一个重要驱动力。

第三节　价值取向与评价标准的差异

人们之所以对这两个概念有着如此截然不同的价值评判，主要还是因为两者在自身的价值取向和评价标准方面存在着巨大差异。男性气概具有内在导向性，比较强调男性的人格尊严与道德品质；而男性气质则具有外在性，非常关注男性外在的表现与他者的评价。

社会学家大卫·莱斯曼（David Riesman）认为 19 世纪的男性在身份认同与伦理道德方面是内在导向（inner-directed）的，他们是在内在道德感的驱动下具有强大人格品质的男人，把自己的身份建立在固定的原则性基础上的男人，这种男人我行我素，能够遗世独立，按照内心的律令行

---

① Mansfield, Harvey C. *Manliness*. New Haven：Yale University Press，2006：5.

② Reeser, Todd W. *Masculinities in Theory：An Introduction*. Chichester，West Sussex：Wiley-Blackwell，2010：7.

事。① 而 20 世纪的男性则是他者导向(other-directed)或外在导向的,这种男性性格敏感,竭力让自己适应社会,讨人欢喜,他们"不停地在自己脑际的雷达屏幕上扫描,密切关注公众和他人对自己态度和看法上的变化。对于他者导向的男人来讲,有一个好的个性是赢得朋友、影响他人的途径"②。在莱昂内尔·特里林(Lionel Trilling)看来,这种随波逐流的人时刻关注着他的同伴或文化机构所发出的信号,甚至到了根本没有自我的地步,成了一个复制品和冒牌货。③ 基梅尔同样明确地指出,男性气概的内在体验是由道德高尚的自我向外散发出来的一种男性自信。④ 显然,男性气概是一种"内在力量"(inner strength),是一种品格或品德(character),讲求内在德性和品质,正如萨默斯所说的那样,"在维多利亚时期的美国,品格包括诚实、虔诚、自我控制和对诸如勤劳、节俭和守时等生产价值观的信奉"⑤。

然而,到了 19 世纪后半期,男性气概的这种内在性开始发生蜕变,"逐渐习染了越来越多的肉体性,以至于在 19 世纪 70 年代'内在力量'的观念被肉体与身体的信条所取代"⑥。在这种情况下,男性气质在 19 世纪后期开始成为某种可以觉察到的东西:外在的言行举止取代了男人的

---

① Kimmel, Michael S. *Manhood in America*: *A Cultural History*. 2nd ed. New York: Oxford University Press, 2006: 81.

② Kimmel, Michael S. *Manhood in America*: *A Cultural History*. 2nd ed. New York: Oxford University Press, 2006: 81.

③ Trilling, Lionel. *Sincerity and Authenticity*. Cambridge, MA: Harvard University Press, 1972: 66.

④ Kimmel, Michael S. *Manhood in America*: *A Cultural History*. 2nd ed. New York: Oxford University Press, 2006: 82.

⑤ Summers, Martin. *Manliness and Its Discontents*: *The Black Middle Class and the Transformation of Masculinity*, 1900—1930. Chapel Hill: The University of North Carolina Press, 2004: 1.

⑥ Kimmel, Michael S. *Manhood in America*: *A Cultural History*. 2nd ed. New York: Oxford University Press, 2006: 82.

内在。因此,男性身体突然成为理想男性的重中之重。① 相应地,男性气概也被男性气质所取代。此时的男性气质不再是一种品格或品德,而是一种性格或个性,"它指的是一种可塑性手段,能够用在具体的社会环境之中,目的是获得他人的赞同和提拔"②。奉行这种现代男性气质的人士主要通过张扬身体的健壮和性功能的强大,强调消费能力、自我满足以及不受资产阶级限定的个性化自我表达来建构和践行他们的性别主体身份。③ 这种倾向愈演愈烈,以至于在 20 世纪初期,很多美国男性"开始迫切希望通过塑造一个颇具男性气质的体魄来证明他们是拥有男性气概的内在品德的"④。根据吉尔默的人类学考察,对于西方人,尤其是美国人来说,把形体的高大作为衡量男人的标准已经成为司空见惯的事情。⑤

这种他者或身体转向也在一定程度上反映出男性气质对内在人格与道德品质的放逐,其外在、庸俗、功利的思想意识和评判标准不仅无法成为让男性直面压力的精神力量,反而给他们带来更多的压力和焦虑,让他们的人性与人格遭受异化和扭曲,这也是导致现代男性气质危机的一个重要原因。

第四节　建构方向与实践方式的不同

从建构方向与实践方式上来看,男性气概和男性气质都有文化建构性,但两者在建构方向与实践方式方面有着显著差别。虽然男性气概建

---

① Jeffers, Jennifer M. *Beckett's Masculinity*. New York: Palgrave Macmillan, 2009: 14.

② Kimmel, Michael S. *Manhood in America : A Cultural History*. 2nd ed. New York: Oxford University Press, 2006: 133.

③ Summers, Martin. *Manliness and Its Discontents : The Black Middle Class and the Transformation of Masculinity*, 1900—1930. Chapel Hill: The University of North Carolina Press, 2004: 152.

④ Kimmel, Michael S. *Manhood in America : A Cultural History*. 2nd ed. New York: Oxford University Press, 2006: 82.

⑤ Gilmore, David D. *Manhood in the Making : Cultural Concepts of Masculinity*. New Haven: Yale University Press, 1990: 87.

构方式多种多样,但这些方式都比较强调男性在勇敢、坚定、刚毅、自信等内在人格与道德品质方面的培养和提高。

　　比如,桑比亚等地的人们对男孩子进行教育和成人训练时,就反复强调责任心、节俭、坚韧刚毅和勤劳等价值观的重要性。①另外,由于男性气概建构讲求的是内在人格与道德品质的提升,因此不大需要以表演的方式向他人证明。其外在表现往往是由内而发,是其内在人格与道德的展现,这一点也是历史悠久的中国儒家文化非常强调的。根据吉尔默的考察,世界很多地方男性的成长仪式一般要经历三个阶段:分离、转变和融入。②比如,在新几内亚男性的成年礼实施过程中,男孩子要与母亲分离,要"经受无数考验和粗暴的欺辱,其中包括肉体上的殴打或痛苦的放血仪式"③。那里的人之所以如此苦心孤诣地在男孩子成长过程中加入这么一段苦难历程,就是因为他们清楚,"男人的身份不是天生的,一个人在生理上是个男人并不能说明他是个'真正的男子汉'"④,而男性气概则是一种需要通过努力奋斗、痛苦的成长历程或漫长的(有时也是充满耻辱的)学徒生涯才能获得的东西⑤。因此,要具有男性气概就要付出努力,就像西奥多·罗斯福说的那样,想要成就更强大的男性气概,就要付出更多的努力。⑥这一点与中国传统文化中男性气概建构的逻辑前提不谋而合。中国文化在男性气概建构方面虽然没有那么显著的仪式性,但同样强调逆境、苦难、劳顿、磨砺等经历对男性气概建构的重要意义。在这方面,孟子有一段经典的诠释:"故天将降大任于斯人也,必先苦其心志,劳其筋

---

　　① Gilmore, David D. *Manhood in the Making*: *Cultural Concepts of Masculinity*. New Haven: Yale University Press, 1990: 164.

　　② Gilmore, David D. *Manhood in the Making*: *Cultural Concepts of Masculinity*. New Haven: Yale University Press, 1990: 124.

　　③ Gilmore, David D. *Manhood in the Making*: *Cultural Concepts of Masculinity*. New Haven: Yale University Press, 1990: 156.

　　④ 布劳迪.从骑士精神到恐怖主义:战争和男性气质的变迁.杨述伊,韩小华,马丹,等译.北京:东方出版社,2007:389.

　　⑤ Gilmore, David D. *Manhood in the Making*: *Cultural Concepts of Masculinity*. New Haven: Yale University Press, 1990: 108.

　　⑥ 曼斯菲尔德.男性气概.刘玮,译.南京:译林出版社,2009:132.

骨，饿其体肤，空乏其身，行拂乱其所为，所以动心忍性，增益其所不能。"可以看出，虽然男性气概建构方式各异，但其宗旨是一致的，注重的都是男性内在勇气和意志品质的提高，致其良知，增其良能。

相比之下，由于对外在因素的看重以及对内在道德品质的淡化，男性气质的建构与实践则主要体现在对权力、财富、性能力甚至施暴能力等外在因素的拥有和追逐。另外，现代男性气质的他者导向也不可避免地使其具有表演性和虚伪性，而且经常以对他者的征服和压制的方式进行。比如在美国，男性气质也总是建立在对他者的排斥基础之上，如遏制他人的平等就业、读书、选举等机会，拒绝做任何有利于让他人与其平等竞争的事情。[①]

从性别的角度看，由于男性气质这一概念一开始就建立在性别二元对立的思维模式之上，作为与女性气质相对立的概念而存在，因而女性气质往往被看作是排斥和抵制的对象。正如基梅尔所说的那样，美国男性气质定义的一部分是对女子气的拒斥以及对母亲和妻子教化男人行为的抵抗。[②] 这一点也被康奈尔等社会学家反复强调。从这一层意义上讲，男性气质成了维护性别等级秩序的东西，其建构与实践过程中往往伴随着对女性的排斥、征服和压制。在这种情况下，男性气质就成了父权制、性别歧视、男子沙文主义、厌女症等不良现象的同谋。另外，从性取向的角度看，以异性恋为标准的男性气质的证明和建构还建立在对同性恋的贬斥和压制的基础之上。

从阶级的角度来看，一个阶层的男性气质的建构与证明往往建立在对其他阶层男性气质的贬低和压制的基础之上。比如在西方社会，中产阶级的男性气质被看作是理想的男性气质，也是该社会的支配性或霸权性男性气质（hegemonic masculinity），其合法性往往建立在对劳工阶层的他者化基础之上。

---

① Kimmel, Michael S. *Manhood in America：A Cultural History*. 2nd ed. New York：Oxford University Press，2006：30.

② Kimmel, Michael S. *Manhood in America：A Cultural History*. 2nd ed. New York：Oxford University Press，2006：41.

　　从种族的角度来看,西方社会白人男性气质的证明和建构往往建立在对有色人种男性气质的贬低、否定、剥夺、压制的基础之上。在这一意义上,现代男性气质与种族主义之间有着某种程度的互动,这一点在美国社会中表现得尤为突出。基梅尔一针见血地指出:

　　　　一直以来,在美国本土出生的新教徒的男性气质是在对他者(黑人、犹太人、男同性恋和其他非白人移民)男性气质的非人性化的压制基础上建立起来的。这些人要么被描述得男性气质过剩(野兽般的暴掠、狡猾、贪吃),要么缺乏男性气质(女性化、依赖性、柔弱乏力)。种族歧视、反犹主义、本土主义,以及对同性恋的憎恶,这些力量合在一起,都释放到对他者男性气质的贬低上。①

　　这也是自 20 世纪初以来英美文学和影视界如此热衷于塑造和传播傅满洲和陈查理等在西方人看来缺乏男性气质的华人男性形象的动机所在。他们显然是在贬低和污蔑华人的同时,衬托和证明他们自己的男性气质。同样,在美国等有着较长种族歧视历史的国家,黑人也往往成为白人污蔑和丑化的对象,"黑人男性气质一般被描绘为对性和社会的威胁"②。白人之所以对黑人实施旷日持久的种族歧视制度以及对黑人男性进行惨无人道的打压,除了维护白人优越论神话、捍卫白人各个方面的地位和利益之外,同时也是为了彰显白人的男性气质,因为"种族主义和排外主义有着强烈的性别印记,似乎把'他们'描述得没有男性气质就能够让'我们'感觉更有男性气质似的"③。除此之外,由于性能力是西方男

---

　　① Kimmel,Michael S. *Manhood in America*:*A Cultural History*. 2nd ed. New York:Oxford University Press, 2006:230.

　　② 康奈尔.男性气质.柳莉,张文霞,张美川,等译.北京:社会科学文献出版社,2003:276.

　　③ Kimmel,Michael S. *Manhood in America*:*A Cultural History*. 2nd ed. New York:Oxford University Press, 2006:129.

性气质的一个核心要素,性征服或强奸也是西方现代男性气质的一种证明和建构手段。同时,由于"实施暴力的能力是真正男性气质的标志,是男性气质的检验标准"①,各种形式的暴力行为也就成为很多现代男性证明和建构其男性气质的重要策略。

小 结

到了 20 世纪后半期,偏离男性气概传统轨道、在种种现代男性气质规范中挣扎了近一个世纪的现代男性,终于意识到了该神话的虚假和荒谬,开始对男性气质诸多错误导向展开全面的反思和批判。这也是自 20 世纪 70 年代以来许多从事男性气质研究(masculinity studies)的学者们所做的主要工作。在这方面,社会学起步最早,取得的学术成果最多,在这一领域明显处于主导地位,以至于社会学家们不无骄傲地说:"虽然有关男性和男性特质的研究已经延伸到人文学科,并且在自然和技术科学中也有一定的进展,但在男性和男性特质研究方面成果最为丰硕的则是社会学学科。"②然而我们发现,受女性主义思维和权力关系研究范式的影响,社会学家们对男性气质这一问题化(problematic)的概念几乎一边倒地进行诟病和批判,而且在对其口诛笔伐的同时,也不做区分地把男性气概打入了冷宫。这不仅不利于深入剖析现代男性气质诸多弊病的根源,而且在面对现代男性气质危机、走出现代男性气质困境方面,丧失了一个重要的视角和策略。针对男性研究中的这一薄弱环节,在之前对两个概念的辨析基础上,本书在此正式提出当代男性气概的人文重构议题,关注人文学者在男性研究领域中所取得的研究成果,彰显人文学科在弥补这一学术漏洞方面潜在的学科优势和肩负的学科使命。

首先,要追本溯源,弄清楚男性气概在早期人类文明中的初始定义和

---

① Kimmel, Michael S. *Manhood in America : A Cultural History*. 2nd ed. New York: Oxford University Press, 2006: 242.

② Kimmel, Michael S., Jeff Hearn, and R. W. Connell. *Handbook of Studies on Men & Masculinities*. Thousand Oaks, CA: Sage Publications, 2005: Introduction 3.

思想内涵。在后结构主义思潮弥漫、相对主义盛行、多元主义泛滥的当今学界,追寻一个概念的本源很容易被贴上本质主义的标签,但一个概念最初的定义和思想内涵应当是我们理解该概念的基本依据和出发点,这也是雷蒙·威廉斯(Raymond Williams)在其《关键词》(*Keywords*,1976)一书中几乎对每个文化和社会概念都进行词源学考察的原因。在这方面,贝德曼的《男性气概与人类文明》和曼斯菲尔德的《男性气概》为我们树立了很好的典范,让我们从词源史、文化史和思想史上了解男性气概的概念属性、基本文化以及思想内涵,而且让我们从历时的角度明晰了男性气概与男性气质之间的内在联系和区别。从一定意义上讲,男性气质是男性气概在现代性语境下的文化变体,是生产主义价值观向消费主义价值观蜕变的产物。就此而言,现代男性气质也可以看作是现代人心目中的男性气概,实际上是对传统男性气概的误读。在这种情况下,正本清源、重新定义男性特质、实现对传统男性气概诸多优良品质的回归也许是消除现代男性气质种种弊端的一条重要途径。

其次,要去伪存真,把真正的男性气概与众多男性气概的流俗和刻板印象区分开来。正如前文所论及的那样,真正的男性气概更多的是一种内在人格与精神品质,是一种美德。正如学者在研究西班牙语系的男性时所发现的那样,真正的男性气概"常常与一种道德准则相联系,这种道德准则崇尚谦虚、荣誉、尊重自己和他人以及勇气"[1];真正的男性气概"不是通过身体力量等外在的品质表现出来的,实际上是通过一些如自我整合、承担责任、忠诚,最重要的是坚强的性格等内在品质表现出来的"[2]。然而在现实生活的性别实践中,真正的男性气概品质往往会发生扭曲和变形,以种种消极的男性气概刻板印象呈现。按照安东尼·吉登斯(Anthony Giddens)的定义,刻板印象是"一群人的一种固定的、不易改

---

① 金梅尔,梅斯纳.心理学:关于男性(第 8 版).张超,等译.上海:上海人民出版社,2012:35.

② 金梅尔,梅斯纳.心理学:关于男性(第 8 版).张超,等译.上海:上海人民出版社,2012:35.

变的特征"①。在男性研究领域，较早对男性气概刻板印象予以关注的是乔治·默塞(George L. Mosse)。他首先看到了男性气概刻板印象与传统男性气概内涵之间的关联，认为"过去的男性气概理念在现代男性气概刻板印象形成过程中所做的贡献是不能被忽略的"②，同时也看到了男性气概刻板印象与传统男性气概之间的不同，认为前者不仅具有政治性和集体性，而且"作为一种模式化形象，它不可避免地约束着个体自由"，因为"刻板印象不是按照个人进行分类的，而是按照群体进行分类的"③。也就是说，与传统男性气概这种内在的德性相比，男性气概刻板印象则具有外在性、压抑性或强迫性。一方面，刻板印象是男性压力和焦虑的一种来源；另一方面，这些刻板印象在具体实践过程中也很容易发生扭曲和变形，给他者带来伤害。可见，大众文化和社会习俗中的众多男子气概版本其实更多的是男性气概的流俗或刻板印象。在这些流俗和刻板印象的误导下，很多人把好勇斗狠、仗势欺人、横行霸道、残忍凶暴、以自我为中心、酗酒和性征服等行为当成具有男性气概的表现，甚至做出很多道德失范之事而不自知。因此，把男性气概与男性气概的刻板印象划清界限是实现对男性气概正确认知的重要环节。

再次，要因势利导，用更高的道德原则对男性气概进行约束和引导。我们必须清醒地认识到，"只要人类的身体具有性别特征，男性气质就永远不会消亡"④。同样，"只要有仗要打，有战争要赢取，有高度需要跨越，有艰苦工作需要完成，我们中的一些人就必须'像男子汉那样行动'"⑤。尽管这个社会日趋中性化，但男性气概在现实生活中一直都是描述男性形象、确证男性身份的重要参照标准，而且男性气概也一直都是大众文

①　吉登斯.社会学(第五版).李康，译.北京：北京大学出版社，2009：846.

②　Mosse, George L. *The Image of Man*：*The Creation of Modern Masculinity*. New York：Oxford University Press，1996：17

③　Mosse, George L. *The Image of Man*：*The Creation of Modern Masculinity*. New York：Oxford University Press，1996：8.

④　刘岩.男性气质.外国文学，2014(4)：114.

⑤　Gilmore, David D. *Manhood in the Making*：*Cultural Concepts of Masculinity*. New Haven：Yale University Press，1990：231.

化、大众传媒和文学当中的重要主题。因此,麦克因斯等学者所宣言的男性特质终结说既不符合历史,也不符合现实。既然如此,我们能做的就是因势利导,发扬传统男性气概中的勇敢坚强等优良品质,同时加强对这些品质可能出现的扭曲和蜕变的防范意识,用更高的道德原则对之进行必要的约束和引导,使之真正成为一种抵御压力、焦虑和恐惧,促成善行善举的精神力量。在这方面做出突出贡献的是著名的男性研究专家基梅尔。在他颇具影响力的著作《美国男子气概文化史》第二版中,通过对"自造男人"这一美国主流文化男性特质的历时性考察和反思,基梅尔提出重构一种"民主性男性气概"(democratic manhood)的倡议:

> 我个人认为,在 21 世纪,我们需要一种不同类型的男性气概,一种"民主性男性气概"。未来的男性气概不能再建立在过度的自我控制、排除异己或者仓皇逃窜的基础上。我们需要在新世纪为男性气概确定新的定义,这种定义更多地关注男性的精神品格和灵魂的深度,而不是他们的二头肌、钱夹和阴茎有多大;这种男性气概能够接受男性间的差异,能让其他男性感到安全和自信,而不是感到被边缘化和受到排挤;这种男性气概能够让那些不在一起做事或没有相同的消费审美观的人也能成为朋友;这种男性气概提倡为了正义和平等而挺身而出,而不是在奉献和付出面前望风而逃。①

这段话在反思现代男性气质的种种缺陷、重构男性气概理想方面有着深刻启示。首先,这种新型男性气概不再像现代男性气质那样,把体貌、金钱和性能力等外在因素看作其评判标准,而是实现向传统男性气概的内在性回归,把男性气概与更为丰富和深刻的人性体验联系起来,要更多地关注男性的"精神品格"和"灵魂的深度"。其次,这种新型男性气概

---

① Kimmel, Michael S. *Manhood in America*: *A Cultural History*. 2nd ed. New York: Oxford University Press, 2006: 254.

不再建立在对他者或"异己"的排斥和压制的基础之上,而是强调一种博爱与宽容之心,一种达己达人的仁慈与友善。再次,这种新型男性气概的勇敢与坚强更体现在捍卫正义和平等的行为之中,体现为一种奉献和付出的精神。可见,基梅尔在重构男性气概定义的过程中,撇掉了男性气概流俗或现代男性气质定义中的许多外在的东西,重新回归男性气概的本质,强调男性气概的内在导向性,正如他接下来所谈的那样,"我们需要的男人能够拥抱传统男性美德,比如力量、使命感、做事讲求道德而不惜代价、积极进取而又有所节制、自力更生、可靠、可信赖、责任感——这些品质对男人而言,不是时髦的点缀,而是来自内心深处"[①]。显然,这是一种更具人文关怀与人道主义精神的界定和建构,这种颇具人文色彩的男性气概重构设想对于走出现代男性气质困境和危机、推动当代男性气概重构有着重要的借鉴意义。

　　[①]　Kimmel, Michael S. *Manhood in America*: *A Cultural History*. 2nd ed. New York: Oxford University Press, 2006: 255.

第三章　当代美国黑人男性气概的
非洲镜像：性别视野下的《根》

正如本书第一、二两章概念辨析和理论探索部分所提及的那样，20世纪 70 年代肇始的男性特质研究是以男性气质危机为现实语境和逻辑前提的。然而，社会学在对现代男性气质诸多问题和弊端进行反思和批判的过程中，往往不加区分地把传统男性气概打入冷宫。在这方面，亚历克斯·哈里（Alex Haley）的《根》（*Roots*，1974），一部获得普利策奖和美国国家图书奖的鸿篇巨制，以一种辩证的态度对传统男性气概在人类历史上的功过得失进行了人类学式的再现，与一边倒地对男性特质进行批判的社会学界形成了一种潜在的对话，展示了文学创作在这一文化命题表征方面的思辨性。

本章以《根》的前 32 章关于非洲的部分为研究对象，结合曼斯菲尔德和吉尔默等学者的男性气概研究成果，从男性气概在嘉福村（Juffure）部族社会被普遍重视的原因及建构方式、男性气概重视与建构的效果、男性气概实践过程中的问题等三个方面，审视该作品在男性气概书写的过程中体现出来的文化思想内涵。

第一节　男性气概被重视的原因及建构方式

在该作品中，拥有男性气概已经不再是个人的选择，也不再是私人空间的事情，而是具有相当大的集体性，是一种公众事件，被看作是家庭与族群存续之必不可少的。这一点与人类学家在全球范围内对男性气概的调查结果也基本吻合："从根源上看，男性气概理想（manhood ideal）不只具有心理基因性质,而且也是一种强制性文化理想。对于这一理想,男性无论在心理上愿意与否,都必须遵从。也就是说,男性气概不单单是个体心理的一种反映,而且还是公共文化的一部分,一种集体表现。"①在这种情况下,男性气概的有无是衡量该部族社会男性个体价值与身份的主要标准,只有被认为有男性气概的男性才能成为族群的一员,否则他们就会被驱逐。那么,为什么男性气概在当地部落受到如此重视,甚至这些部落不惜用不近人情甚至近乎残忍的手段对其进行建构?该作品中专门负责男性气概训练(manhood training)的训练师一语道破了天机:

> 你们离开嘉福村时还是孩子,如果你们希望自己在回来时已经成为顶天立地的男子汉,就不能有任何恐惧之心,因为一个胆怯的人是懦弱的,而一个懦弱的人对他的家庭、村子和部落来说都是大有危害的。(*RT* 129)

这简短的一段话至少给我们带来两方面的启示。一方面,它向我们昭示了男性气概的基本文化内涵和定义:男性气概意味着有勇气、坚强、无所畏惧。其中,有勇气显然是男性气概的主基调。另一方面,这段话道出了男性气概之所以被尊崇的现实原因:只有具有男性气概的男性才不会恐惧和胆怯,才会强悍有力,才能担负起养家糊口、保卫村子和部落的职责。也就是说,作为男性气概的主基调,有勇气或勇敢"不仅是个人的一种品质,而且也是维系家庭和共同体所必需的品质"②。可见,男性气概是履行以上几种职责的心理保障。人类早期的男性气概并非建立在两性权力等级秩序之上,也并非仅仅是作为与女性气质相对应的概念而存在,而是出于人类集体生存的第一需要,正如人类学家所说的那样,"由于人们普遍具有逃离危险的冲动,我们会认为'真正的'男性气概在对匮乏

---

① 　Gilmore, David D. *Manhood in the Making*: *Cultural Concepts of Masculinity*. New Haven: Yale University Press, 1990: 4-5.

② 　麦金太尔. 追寻美德:道德理论研究. 宋继杰,译. 南京:译林出版社,2011: 154.

的资源进行社会争夺的过程中是让男性有着卓越表现的诱导因素,是一种通过克服内在顾虑而促进集体利益的行为准则"①。就此而言,那些把男性气概仅仅看作是与女性气质相对的概念,并且把它看作是父权制之同谋的社会学家,似乎忽略了男性气概的这种历史本源,他们的权力关系研究方式也显得过于狭隘,抹杀了男性气概在人类生存和发展史中的作用,这一点尤其值得文学文化研究学者注意。既然男性气概对嘉福村族群的生存与发展如此重要,男性气概的建构也必然是当地社会文化生活中的一项重要议题。可以说,男孩子们的男性气概建构贯穿于他们生活的方方面面、时时刻刻。

第一种男性气概的建构途径开始于早期的"家庭训练"(home-training)。在这种训练过程中,母亲承担了非常重要的角色,很多时候刻意放弃母性的慈爱,目的就是让男性在长大后能够肩负起保护和供养家庭与族群的责任,这种期望从昆达(Kunta)的母亲宾达(Binta)唱给他的摇篮曲中就能体现出来:

> 我的孩子,你笑得真甜,
> 你的名字来自一位尊贵的祖先,
> 终有一天,
> 你也将是伟大的猎手和勇士,
> 给你的爸爸带来无比的荣耀与尊严,
> 但我会把你现在的样子记在心中,直到永远。(RT 8)

这是一首哀婉的摇篮曲,充满了一个母亲对儿子的怜爱、期望与哀伤之情。一方面,她希望儿子以后像社会所期待的那样,成为一个能够担当起保卫与维持家族和部落存续重任的真正男子汉;但另一方面,又充满对孩子现在可爱样子的眷恋,同时也暗含着一种莫名的失落感和忧伤,因为

---

① Gilmore, David D. *Manhood in the Making*: *Cultural Concepts of Masculinity*. New Haven: Yale University Press, 1990: 223.

终有一天儿子将离自己而去。这显然是一种非常微妙、矛盾的情感。虽然内心对儿子不忍不舍，但最终亲情要让位和退出。为了让男孩子克服依赖心理，成为勇敢和富有责任心的男子汉，她们不得不压抑自己的母爱，对男孩子的各个方面进行严格训导。

在小说中，十三个月大的昆达就已经能够蹒跚学步，这让宾达和她的丈夫奥姆洛（Omoro）感到非常自豪。但这并没有让他们放松对他的管教。就在当天，当昆达吵嚷着要吃奶的时候，"宾达不但没有把乳头放到他的嘴里，反而把他痛打了一顿，然后给他一葫芦牛奶"（RT 8）。可见她在儿子的家庭训练方面是非常坚定和彻底的。这也表明她在对儿子的家庭训练方面的决心与信念，这一点在昆达三岁大的时候表现得更为突出：

> 昆达的家庭训练变得愈加严苛，以至于在他看来，他的每个举动都会招来宾达恼怒的手掌——如果他当时没有被抓到并挨上一顿鞭子的话。吃饭时，一旦宾达发现他的眼睛没有盯在自己的食物上，就敲一下他的脑袋。每当他在外面玩了一天后要进屋时，一旦宾达发现他身上有什么脏东西，就会立刻抄起粗糙的草梗海绵和自制的肥皂，在昆达身上一阵刷洗，让他感觉好像身上的皮都要被剥下来似的。
>
> 正如他打断任何成年人的谈话时所犯下的严重错误一样，每当他瞪了母亲、父亲或任何其他成年人一眼，都会立刻领到一记耳光。（RT 27）

第二种男性气概的建构途径是同伴间的相互挑战与激励，其表现形式就是男孩子们参与的诸如摔跤等极具挑战性的竞技比赛，借此考验和提高他们的胆魄与搏击技能。在摔跤过程中，他们"彼此紧紧抓住对方，一同倒地，哼哼地叫着，在地上翻来滚去，然后爬起来再较量一次。他们每个人都梦想着自己有朝一日能够成为嘉福村的摔跤冠军并被推选出来在收获节中与其他村落的冠军比个高低"（RT 26）。

在其他竞技游戏中，男孩子们经常"像狮子那样咆哮，像大象那样吼叫,像野猪那样发着哼哼声"(RT 26)。而大人们从旁边路过时则假装没有看到,任凭他们在那里打闹、嬉戏、吼叫,从不去干涉。这就表明村落中的大人们对男孩子们这种行为的默许和鼓励。然而,不管他们玩得多么投入与疯狂,孩子们都能按照母亲们所教导的那样很有礼貌地向路过的成年人致敬和问好。相比之下,女孩子们一起做游戏时则更多地扮演着母亲和妻子的角色,"做着饭,照看着她们的布娃娃,敲打着粗燕麦粉"(RT 26)。可见性别角色观念从一开始就得到强化。男孩子与女孩子都按照社会对他们的性别期待塑造着各自的性别特质,而这种性别特质与其成人后在家庭与社会中的功能密不可分,有着鲜明的指向性。

在社会期待、同伴间的互相激励与家教等各种社会化因素的合力作用下,男孩子的自我独立意识得到快速发展,他们迫切地希望早日融入成人社会,担负起成人的社会角色,实现自己的社会价值。比如,昆达还不到五岁时就因为被委任做村子的瞭望员而"在感觉与行为上比自己实际年龄大得多"(RT 31)。虽然他还不到五岁,但心中"觉得他已经够大了,已经不希望自己被当作小孩子来对待,也不希望自己再光着身子走来走去了"(RT 32)。为了尽早加入成人行列,他和其他同龄的小朋友们尽量与比他们小很多的孩童保持距离,不让他们跟在屁股后面,也竭力避免与曾经一直照顾他们的祖母们打交道,而是千方百计地和年龄与其父母相仿的大人们靠近,希望能从他们那里得到一点差事干干。当他的父亲某天晚餐后告诉他第二天要早点起床并一同到地里看护庄稼时,昆达兴奋得几乎一夜没合眼。在第二天去往田地的途中,"当父亲奥姆洛把锄头交给他让他扛着时,他的心里简直乐开了花"(RT 32)。就在他下地帮大人干活后不久,他的母亲为他做了一身新衣。这对他很重要,有着某种仪式性,之前因为光着身子走来走去并且被大人们当成孩子的羞耻感没有了,人格体系中多了一份尊严,正如文中说的那样,"他们正在渐渐变成男人"(they were becoming men)(RT 34)。这句话也明确地显示了男性气概的建构性,而且建构男性气概需要一个艰辛的历程。正如学者们所说的那样,男性气概"具有一种不确定和含混的特性,它是一种需要通过努力奋斗、痛苦的成长历程或漫长的(有时也是充满耻辱的)学徒生涯才能获得的东西"①。另外,《根》中多次出现的"成为男人"的性别话语,不仅表达了男性个体想成为男子汉的强烈愿望,同时也体现了社会、社区对男性的性别角色期待。

第三种男性气概的建构途径是男性气概的训练(manhood training),这也是最正规、最专业的建构方式。根据人类学家在全球范围内的调查,男人的成长仪式一般要经历三个阶段:分离、转变和融入。②而嘉福村部族社会对男孩子进行的这种男性气概训练也基本遵循了这一程序。按照当地习俗,"十到十五岁之间的男孩子都要被带到一个离嘉福村很远的地方,四个月后才能回来,那时他们已经不再是男孩,而是堂堂正正的男子汉了"(RT 113)。在四个月的艰苦训练期间,这些男孩们要在专业训练师的严苛训导下,学习各种生存的本领,经受各种艰苦卓绝的磨砺和考验。在整个男性气概的训练过程中,经受住考验,并能完成各种技能测评,才能通过训练并被认为是合格的男人,才能融入部族的成人社会,否则将面临村民甚至亲人的鄙视与唾弃,正如该小说中所说的那样:

> 即使与拉明一样大的男孩子都会知道——正如昆达对他所说的那样,假如有人表现得太怯懦,而无法忍受在四个月内就需要完成的把男孩锻炼成猎人、勇士与男子汉的训练,那个人会有何下场。如果无法通过训练会怎样? 有人曾经告诉过他,说无法完成男性气概训练的人即便看上去像个成人,也会在其余生被当成一个孩子那样对待。一想到这一点,他就不禁开始把恐惧往肚里咽。人们会处处躲避他,他的村子也将永远不允许他结婚,以免他的孩子也像他那样。昆达听说,有过如此不堪遭遇的人迟早会悄然离开自己的村子,再也不会回来,甚至连他们自己的父母和兄弟姐妹也不愿再提起他们。(RT 115-116)

---

① Gilmore, David D. *Manhood in the Making*: *Cultural Concepts of Masculinity*. New Haven: Yale University Press, 1990:108.

② Gilmore, David D. *Manhood in the Making*: *Cultural Concepts of Masculinity*. New Haven: Yale University Press, 1990:124.

可见,嘉福村这种男性气概的建构是一种集体行为,并带有一种仪式性,牵动着整个村落的心,吸引着更多人的关注和参与,有着更多的强制性与体制性。其中,勇气与技能是其训练的主要内容。该作品用了很大的篇幅,通过昆达所闻、所见和亲身体验,完整呈现了这个令很多男孩子好奇与恐惧的男性气概训练。在昆达五岁时的一日清晨,睡梦中的昆达被一阵阵尖叫声吵醒。他走到屋外一看,立刻被眼前恐怖的一幕惊呆了:

> 在附近的几个小木屋近前,有六个男人戴着凶恶的面具,头发高高地梳起,身着叶片与树皮做成的装束,在那里上蹦下跳,狂吼乱叫,手里面还吓人地挥舞着长矛。昆达惊恐地发现男人们咆哮着冲进一个个小木屋,粗暴地把一个个浑身瑟瑟发抖的卡福第三代男孩从屋里拽了出来。……村子里所有的卡福第三代男孩在聚齐后,就被一齐交给奴隶们,后者牵着他们的手,带领着他们一个个地走出村门。(RT 52)

在昆达十岁那年的收获节庆的最后一天,令他感到神秘、恐惧而又向往的男性气概训练终于落到了他的头上。当天晚上,刚与母亲吃完晚饭的他发现父亲走进小屋并转到他身后。他用“眼角的余光发现,他的父亲举起一个白乎乎的东西,还没等他转身逃掉,奥姆洛已经把一个长长的帽兜牢牢地套在他的头上”(RT 114-115)。尽管之前他目睹过男孩子从木屋中被带出来的恐怖场面,但当他自己亲身体验这一环节时,唯一能感受到的就是恐惧,“这种恐惧击中了他,像电流般涌遍了他的全身,让他感到麻木僵硬”(RT 115)。同时,他也为自己的这种恐惧感而羞愧。就这样,他在黑暗与孤独中度过了一个恐怖的夜晚。第二天凌晨,他被外面的鼓乐声惊醒,不一会儿,他感觉“有人冲进了小屋,他的心脏一下子似乎停止了跳动。还没等他做好准备,他的手腕已经被人抓住,他的整个人也被粗暴地从凳子上拉了起来,不容分说地被拽到了门外”(RT 117)。而且来到屋外后,昆达立刻遭到一阵拳打脚踢。

村民们对男孩子的这种看似粗暴、残忍的对待方式的背后是他们迫切的希望,希望男孩子们尽快成为男人,承担起家庭和族群的生存与发展的责任,正如他们在昆达这一批男孩子即将被带离嘉福村时呼喊的那样,"四个月! 之后他们就成为男人了!"(RT 118)年仅十岁的昆达此时充满了对亲人的依恋和离别的伤感,充满了对这四个月男性气概集训的恐惧,但"他知道正如他父亲曾经做过的和他未来的儿子所必须做的那样,他别无选择。他会回来的,但会以男子汉的身份回来"(RT 118)。从集体到个人,"成为男子汉"是他们共同的心声。

在整个训练过程中,昆达等男孩子不仅要经常接受训练师及助手们的训斥、嘲弄、鞭打,还要远足到周边原始森林里去接受艰苦的耐力训练。更令男孩子们感到惶惑不已的是,"不管他们经历了多少,不管他们的知识和技能有了多大的长进,那个老训练师好像总是不满意。他的要求如此严苛,致使男孩子们在大部分时间里总是处在恐惧与气愤的状态之中——如果他们还没有疲倦到无法感知这两种情绪的话。如果一个男孩不能立刻完美地履行某个命令的话,所有的嘉福男孩们都会遭受鞭打"(RT 126)。

除此之外,他们还要接受正规的技能训练,比如摔跤格斗技术、战略战术以及如何利用星星辨别方向、如何捕获猎物、如何在荒野中生存等等。同时他们还要专门学习男人之间传递信息所用的秘密语言,学习部族史和祖先们的传奇故事以便之后传给后代。期间还要培养三思而后行、沉默寡言等男性气质方面的东西,尤其是少言多做这种品质,正如训练师对他们所训斥的那样:"做你应该做的事情,同时不要多嘴多舌。这是男人的两个必备条件。"(RT 125)在此过程中,训练师对他们非常苛刻,他们稍有懈怠就会遭到鞭打。

男性气概训练的最后一项内容(也是最令男孩子们无比恐惧与痛苦的内容)是割礼。这项内容意义重大,不仅是对男孩子们勇敢、坚强与忍耐等品质的考验,也是从肉体上让他们从男孩变成男人的必经之路。伤口开始愈合后,"训练驻地洋溢着一种喜悦的气氛,因为他们再也不需要忍受从肉体到精神都被当作男孩子看待的屈辱了"(RT 140)。最后,训练师还教导他们男性气概的真谛:"除了英勇无畏外,就是对待任何事情都要绝对诚实。"(*RT* 141)同时,他还教导他们"作为新一代男子汉,他们必须学会要以同样的态度对待每个人,而且——作为他们男性气概的首要职责——要像保护他们自己的利益那样保护嘉福村中的每个男人、女人和孩子的利益"(*RT* 141)。经过四个月的艰苦训练,嘉福村的这一代男孩完成了从男孩到男人的蜕变,其男性气概的建构也宣告完成。

第二节　对男性气概的重视与建构的效果

按照现代人的评判标准,嘉福村人对男性气概的认知和建构方式显然多少有些粗糙和鄙陋,甚至有点野蛮,但该作品没有因此把男性气概打入冷宫,而是对男性气概的主体价值给予了极大的肯定,这种肯定主要从男性气概训练的效果体现出来。诸多细节表明,经过家庭训练、同伴间的互相挑战与激励、正规的男性气概训练(包括极具考验性的割礼仪式),嘉福村的男孩子在勇气、自控能力和集体主义精神等方面都得到了很大程度的提高。

首先,对男性气概的强调与男性气概的训练增强了男孩子们勇敢与坚强的精神品质,而这种精神品质也是男性气概的主基调。在小说中,这种品质更多地表现为一种坚忍不拔的意志力,这一点在仍处于孩童时期的昆达和他的小伙伴们身上就得到了很大程度的体现。

小说中交代,昆达和其他的一些小伙伴们每次下午从丛林中的空地上放羊回来时,"他的嘴巴总是干干的,脚后跟也被脚下灼热的泥土烫得裂开了口子。一些男孩子回家时脚都出血了,但第二天一早他们又出发了——像他们的父亲们那样,嘴里毫无怨言——又来到比村子更为炙热干燥的牧场"(*RT* 57)。在这种种宝贵的精神品质中,还有一种敢于迎接挑战、敢于冒险的精神。在昆达八岁的时候,有一次他听说父亲要出远门,就千方百计地让父亲带自己同去。在旅行过程中,他的父亲大步流星地走在前面,而他则一路小跑着跟在后面。经过长途跋涉后,他的脚"开始流血,但他知道如果自己太拿它当回事,就太不像男人了,更不用说对他爸爸讲了"(*RT* 93)。可见,对痛苦的承受力和忍耐力是男性气概的一项重要内容。一个八岁的男孩竟然如此坚韧与顽强，显然与嘉福村部落世世代代对男性气概的强调和训练是分不开的。这一点在后来昆达带领弟弟拉明（Lamin）出远门时再次得到了体现。

在昆达接受正规男性气概训练过程中每晚到森林远足时，他第一次远足脚底就磨出了血泡。开始时尽管疼痛难忍，"但昆达发现第四个晚上他已经不那么在意疼痛了，并且一种新的感觉在心中油然而生：自豪。第六次夜间远足时，他和其他男孩子们不再需要为了维持一个整齐的队形而前后牵着手前进了"（RT 122）。可见，这种近乎严酷和残忍的训练方式在培养嘉福村男孩子们男性气概中勇敢与坚强的精神品质方面获得了很好的效果。可以说，虽然让嘉福村的男孩子们变得勇敢与坚强的具体训练方式未必值得效仿，但这种勇敢顽强、任劳任怨的精神品质在任何时代都是宝贵的，都是值得尊崇和发扬的。

另外，对勇敢与坚强的精神品质的强调和训练不仅发生在父亲与儿子之间，还体现在兄弟之间，形成了一个多层次的建构系统。我们发现，完成了男性气概训练并让自己步入男子汉行列的昆达开始有意识地把这种品质传承给拉明。在他与后者的一次长途跋涉中，昆达把对拉明耐力与韧性的磨炼看得比为其传授知识更为重要。当小拉明的腿脚都疼痛难忍时，他也铁着心肠继续前行，除非拉明实在坚持不住时才会停下来休息，因为他深知"只有忍着痛苦坚持走下去才会让一个男孩子的身体和精神变得刚强"（RT 166）。可以说，嘉福村部落在对男性气概中勇敢与坚强的精神品质的强调即便在今天依然有着重要的现实意义，尤其对于那些对孩子过度娇宠的父母来讲，更是有着不可忽略的参考价值。

其次，对男性气概的看重和训练提升了男性个体的自律和自控能力。昆达所接受的严格家庭教育让他获得了强大的自控能力。当他与玩伴之间发生争执并且很有可能拳脚相向时，他总能控制住情绪，能够"总是转身走开，从而表现出较强的人格尊严和自控能力——他妈妈可是把这两点作为曼丁喀部落最为自豪的秉性教给他的"（RT 27）。可见严格的家教对个人的自律、自控等习性的培养是必不可少的，而这些则是男性气概体系中不可或缺的组成部分。

　　再次,男性气概的训练大大提高了男孩子们在丛林中生存和狩猎的技能。经过严格的捕猎技能训练后,他们能够发现和跟踪一般难以辨识的动物留下的踪迹,学会了能让自己不被动物看见的仪式和祈祷方式①,并且最终"他们吃的每块肉都是他们用设置的陷阱捕获来的或者是直接用弹弓或弓箭射杀的野味,而且他们能够以之前两倍的速度给动物剥皮,然后放在他们生起的几乎无烟的篝火上烘烤"(RT 125-126)。这些技能对于早期人类的生存是至关重要的。

　　最后,男性气概的训练增强了男孩子们的组织纪律性与集体主义精神。在男性气概的训练过程中,个体的任何惰息或不符合要求的行为都将导致对其他成员的集体处罚。这一惩罚机制逐渐让这些男孩们意识到,"一个集体的兴盛依赖于每个成员的努力——正如终有一日他们部落的兴盛也要依赖他们每个人一样。慢慢地,违反纪律的现象逐渐减为极个别的疏忽,并且随着受鞭打次数的减少,他们对训练师的恐惧也慢慢地被一种尊敬替代,这种尊敬之前可只向他们的父亲们表示过"(RT 127)。同时,男性气概的训练还让男孩子们与整个部族息息相通,昆达的一段体验就特别典型:

　　　　过去好像联系着现在,现在又联系着未来;死者与生者以及尚未生者联系在一起;他自己与他的家人,他的侍从,他的村庄,他的部落,他的非洲,都联系在一起;人类世界与动物世界、植物世界——他们都与安拉同在。昆达感到非常渺小,同时也感觉很强大。他想,也许这就是成为一个男人后方能领略到的东西。(RT 137)

　　这种感觉显然是一种朴素的集体主义精神,这种精神让男性个体超越了个人主义的狭隘,把个人的命运与集体部族的命运联系在一起,与过

――――――――――

　　①　这种仪式和祈祷方式在该部落带有一定的神秘色彩,他们认为这样可以让自己不被动物看到。

去和未来联系在一起，与自然万物联系在一起，让男性个体生命充满了责任感和使命感。这种集体主义精神不仅赋予了男性个体更多的勇气，也是一个国家或民族繁荣昌盛不可或缺的凝聚性力量。

第三节　男性气概实践过程中的问题

圆满完成男性气概训练的男孩子们，带着男人的尊严与自豪回到嘉福村。然而，接下来，他们在其男性气概的实践过程中，也遇到了一系列的问题，如情感的过度压抑与潜在的心灵创伤、父母与子女之间的疏淡、对女性的明显歧视、村落成员间的等级秩序等等。其中，情感的过度压抑与对女性的明显歧视是该男性气概模式所带来的两个最为严重的问题。

一方面，该男性气概模式对情感的过度排斥和压抑不仅极大程度地扼杀了人的自然本性，也阻碍了人与人之间的正常情感的表达和交流。在小说中，男性气概的种种规约不仅压抑了母子、父子之间情感的需要和表达，而且还让夫妻、兄弟、朋友之间的正常感情难以表达和交流。在昆达第一次跟随父亲出远门的临行之际，身怀六甲的母亲眼泪汪汪地出来送行，昆达本想在离别前再回头看母亲一眼，但"看到父亲没有回头，而是目视前方，径直往前走，才想起来一个男人轻易流露情感是不恰当的"（RT 85）。这种对情感的过度压抑显然有点不近人情。在昆达的男性气概训练期间，有一次他突然看到了父亲、叔叔和兄弟们在观望他们的摔跤表演，"昆达一跃而起，一时间难以相信自己的眼睛，这可是三个月来第一次看到父亲奥姆洛啊！一种喜悦之情顿时涌遍全身。但却感觉有一只无形的手拉住了他，他的欣喜的叫喊声也瞬间被扼杀了——这件事甚至在他还没有从父亲的脸上发现认出自己的任何迹象之时就发生了"（RT 128）。这只无形的手其实就是该部落男性气概观念体系中对自然情感的排斥和压抑。可见，这种男性气概的模式不仅压抑了夫妻间的正常情感，同时也压抑了母子之间与父子之间正常情感需求的表达。接下来更为戏剧性的一幕进一步体现了人们的自然情感被该男性气概观念异化的严重程度："只有一个男孩喊着父亲的名字，冲上前去。他的父亲二话没说，就近从训练师的助手那里要过一根木棍,把他打了一顿,一边还吼叫着说他没有控制好自己的情感,说他竟然表现得还像个长不大的男孩子一样。"（RT 128）

而其他的男孩也因为这个男孩的这一举动而受到牵连,被毒打了一顿。这一点在昆达等男孩子们完成男性气概训练返回村落后的一系列行为中表现得更为淋漓尽致。昆达等男孩子们回到村落时,面对欢呼雀跃地出来迎接的男女老少们,这些新科男子汉们却

> 慢条斯理地走着,一副凛然不可侵犯的样子,而且不苟言笑。看到母亲向自己跑来,昆达真想冲上前去迎接她,也不禁喜形于色起来。然而,他却强制自己按照之前的步伐继续往前走。此时宾达已经扑到他的身上——用胳膊搂住了他的脖子,用手不停地抚摸着他的面颊,眼泪不禁夺眶而出,小声呼唤着他的名字。对此,昆达没有过多纵容,而是马上抽身闪开了。毕竟,自己已经是个男人了。（RT 144）

这一场景不仅让我们再一次感受了该部落男性气概模式对人的自然情感的压抑,同时还让我们感受到在情感方面有一种二元对立思维在作怪。从这一片段我们可以看出,以昆达母亲为代表的女性可以尽情表达自己的情感,而此时以昆达为代表的男性则要强力压制自己的情感。另外,我们也看到,女性在情感表露方面更为自然,而男性在情感的处理方面则显得矜持和虚伪,这一点在昆达身上得到了充分体现。

在该作品中,表面冷漠、矜持的昆达其实内心极其渴望与母亲好好聊一下四个月来的思念之情,"告诉她他是多么想念她以及回到家里自己是多么开心。但他却找不到合适的字眼表达了。而且他知道这不是一个男人对一个女人要说的事情——即使是自己的母亲"（RT 145）。从母亲那里搬出去单独居住后,徒有其男人的名头而无男人任何资本的昆达不得不接受母亲的照顾和各种接济。然而,无论宾达给昆达缝制新衣,置办各种生活用品,还是给他送汤送饭,他都只是不动声色地咕哝一声,竟然连

半句感谢的话都没有。他甚至还怀疑他母亲会在暗地里耻笑他，这让宾达非常伤心。在人类的各种情感关系中，母子情感本应是较为纯真、天然的一种，也是较为容易沟通的一种。然而，就是因为要恪守该部落男性气概在情感表达方面的压抑性规约，昆达在母亲面前已经越来越难以流露和表达自己的情感，母子关系也逐渐疏远起来。

我们发现，嘉福村奉行的这种男性气概的模式不仅压抑了男性自然情感的流露和表达，也在一定程度上限制了女性自然情感的表达。情感无处释放的昆达最后终于鼓足勇气到他的外祖母那里寻求慰藉。见到外祖母后，他大声说道："外婆，见到您太高兴了！……我离开的这一段时间里经常想起您——每当我摸到您在我胳膊上做的符咒时就想起您。"（RT 147）结果他的外祖母只是"嘟囔了一声，连头都没抬，继续她的工作"（RT 147）。昆达的满腔热情一下子好像被泼了冷水，他"感到自己内心深处受到了伤害，同时也大惑不解。直到很久之后他才明白，其实外祖母对他的冷遇给她自己的伤害更大。因为她知道，面对一个已经不能再在她那里寻求慰藉的人，她必须那么做"（RT 147）。可见，该男性气概思想体系中对情感因素的过度压抑不仅伤害了男性自身，也深深地伤害了女性，其中的无奈与凄凉渗透在小说的字里行间。

不仅如此，这种男性气概模式对本来感情深厚的兄弟之间的正常情感交流也造成了障碍，这一点从男性气概训练结束后昆达与弟弟拉明第一次见面时两者的不同反应就能看出。当拉明看到昆达时，他"大声喊着他的名字，一阵风似的跑了过来，满脸都是笑容。然而，当他看到哥哥冷冰冰的表情时，他禁不住在离哥哥几英尺的地方一下子停住了，他们站在那里面面相觑"（RT 147）。可以看出，尚未受过系统男性气概训练的拉明还保留着纯真、质朴的情感，而昆达已经失去了那份纯真和天然的情感，承受着不属于他那个年龄的压抑与沉重。

人类情感自然有其非理性甚至消极的一面，情感的放纵或情绪化都有一定危害性，但如果因此而抹杀了一切情感，则会导致人性的异化。这也是后来昆达感到无比孤独的原因。虽然他有父亲、母亲和弟弟，但他还是感到孤独，因为"他和母亲之间已经没有什么话可讲了，即便是他和拉明之间也不像过去那么亲密了"(*RT* 154)。他几乎成了一个边缘人和局外人,心灵上承受着莫大的创伤。

另一方面,这种男性气概模式充满了对女性的压抑与歧视,这种压抑与歧视是僵化的性别角色观念所造成的。在当时的性别角色观念下,在两性关系秩序中,男性总是处于优越地位,是村落和部族命运的主宰者,是家庭和社区的供养者和保护者。而女性则始终处于从属的、卑下的、服从的地位,没有什么话语权可言。在《根》中,女性除了做家务和生儿育女外,同时还肩负着极为沉重的田间劳作任务。在收获季节的劳动分工中,稻米的收割任务完全交给了女性。而在女性收割的过程中,"没有哪个男人去帮助他的妻子,即便像斯达法和昆达这样的男孩也不去帮助他们的母亲们,因为稻谷的活都是要女人自己完成的"(*RT* 41)。但女性完成收割任务后却要去帮助男人们摘棉花,之后还要纺线和织布,为家庭成员做新衣。尽管如此,她们却过着低人一等的生活,而且在村落的公共空间中也没有任何参与权,以至于每次"村委会开会商讨纯粹管理方面的事务时,没有一个女性参加"(*RT* 176)。这对女性显然是不公平的。

对女性的歧视还体现在男性气概训练过程中。在昆达这一年龄段的男孩子们为期四个月的男性气概训练的最后阶段,其中一个环节就是训练师让他们潜回家中,"像影子那样进入他们母亲的储藏室内,尽情地偷取粗燕麦、干肉、谷类,能拿多少就拿多少,然后跑回训练营。第二天他们会欢呼雀跃地拿这些食物做饭——'为的是证明你们比女人聪明,连你们的母亲都不例外',训练师如此说道"(*RT* 140)。可见在该部落中,女性被当成了竞争和敌视对象,女人作为一个群体成了被监视、被训诫、被压制的他者,而不是被尊重、被关爱的对象,也不是平等交流的伙伴。在这种情况下,男性气概成了征服、压制女性以及向女性炫耀的资本。在男性气概训练行将结束之时,训练师还教导他们:"你们要负责查看女人们做饭用的炊具——包括你们的母亲们所用的炊具——确保它们始终都是干干净净的。一旦发现炊具中有脏东西和昆虫,你们要对她们严厉训斥。"(*RT* 141)于是,这些让母亲们骄傲和自豪的新科男子汉们做的第一件"正经事"就是监督和检查她们所用的炊具或水井是否干净。在这方面,昆达更是"铁面无私"，他不断告诉自己，"虽然她是他的母亲，他也绝不会心慈手软。一旦她有什么不对劲的地方，他要好好地教训她一下。别忘了，她可是个女人"（RT 149）。这显然是一种简单、粗暴的逻辑。仅仅因为母亲是女性就要对之毫不留情，这显然是荒谬的。显然，该部落男性气概附带的这些问题也是值得反思和纠正的。

小　结

作为一部伟大的文学作品，《根》对男性气概的认知、建构与实践的书写，并非一种性别政治的图解，而是以一种人类学的笔调对男性气概进行的立体、客观、辩证的呈现，充分展现了男性气概这一文化命题在现实世界中的丰富性和复杂性。一方面，该作品对男性气概在人类社会个体与族群的生存和发展中所起的重要作用给予了肯定，对男性气概的社会与现实意义进行了再思考，在一定意义上批驳了当下男性研究领域一边倒地对男性气概进行否定和诟病的倾向，有利于人们全面、辩证地看待男性气概。另一方面，该作品对嘉福村的男性在其男性气概实践过程中暴露出来的问题也没有回避和淡化，对其中蕴含的男权思想以及对个体情感的过度压抑的问题给予了一定的批判和反思。并以此提醒人们在男性气概的建构和实践过程中，要与父权制和男权思想划清界限，不要把男性气概的建构与对父权制的维护相混淆，以免在男性气概实践过程中做出良知泯灭和道德失范之事，而且要避免对男性个体情感的过度压抑，以免造成不必要的心理创伤。对于当今人类对男性特质的认知而言，这部巨著所展现出来的思辨性，有利于我们从历史文化的角度重新审视和定义男性气概，辩证地看待男性气概在人类生存和发展史中的功过得失。对于当下的男性研究而言，这部巨著在男性气概书写方面所展现的文化视野，对于深化和拓展男性特质研究维度有着较大的理论价值。

把这部巨著当作本书的一个重要分析对象，除了在于该作品有利于我们更好地了解和认识人类早期部族社会男性气概的文化思想内涵，还在于该作品中哈里的祖先昆达等非洲黑人男性在男性气概认知、建构与实践过程中所取得的经验和存在的问题为非裔文学中的男性气概研究提供了一种文化镜像,有着重要的参照价值。该作品前 32 章中书写的非洲早期部族社会男性气概传统经由昆达传播到了美国,成为美国黑人男性气概的一个重要的文化之源,对我们审视和定位非裔美国文学中的男性气概有着一定的导向作用。小说后来交代,昆达被贩卖到美国后,在严酷的奴隶制压迫下,其早先建构的男性气概虽然难以伸张与实践,却作为一种文化传统通过给孩子取独特的名字和讲故事的方式一代一代地传续下去,一直传到第七代的哈里——即《根》的作者,表明这一文化传递并没有中断。从一定意义上讲,该作品的书名"根"喻指了当代美国黑人男性气概的非洲之根,同时也为当今人类正确认知和建构男性气概提供了借鉴和方向。

第四章 《达荷美人》中的主人公 对非洲部族男性气概流俗的超越

正如我们上一章在分析《根》中的男性气概时所言,在 18 世纪非洲部族社会,男性气概的建构关系到家族和部落的荣誉和存亡,已经不再是个人的选择,更不是可有可无的事情,而且男性气概的系统训练也确实大大提高了男性个体的生存技能和各种素养,这一点是无可否认的。但同时该作品也敏锐地揭示出昆达等男性个体在其男性气概建构过程中所经历的情感压抑和心理创伤,以及在其男性气概实践过程中对他者,尤其是女性造成的伤害。但由于昆达成年后不久就作为黑奴被贩卖到了美国,这一问题也就始终没有得到正面思考和解决。然而在弗兰克·耶比(Frank Yerby, 1916—1991)的成名作《达荷美人》(*The Dahomean*, 1971)这部再现 19 世纪非洲部族社会男性气概状貌的小说中,男性主人公纳瑟努(Nyasanu)通过其实际行动让广大读者看到了恪守自我和抗拒流俗的可能性。

耶比是当代著名的非裔美国作家,平生创作了 33 部小说,大多数作品都是畅销之作。其作品已被翻译成 30 多种语言,其中三部小说被成功地改编成电影。截至 2011 年,其小说在全球的销售量已突破六千万册,是拥有读者最多的当代非裔美国作家。然而,与他在广大读者中的受欢迎现状不相称的是,在过去很长一段时间内,他在美国文学评论界一直备受冷遇。其原因大致可以概括为三个方面:一是他的很多作品的主人公都是白人,有悖非裔美国文学中人物身份的主流;二是其作品被定性为大众畅销书,被认为缺乏文学价值;三是其创作缺乏对种族话题以及黑人解放运动的关注。对于耶比在学界所受的冷遇,早在 20 世纪 60 年代就有学者为之鸣不平。达尔文·特纳(Darwin T. Turner)就曾明言:"一个在20年内创作出20本书并且大多数都是畅销之作的小说家是值得我们略微关注一下的。"①特纳认为,作为一个传奇小说家,耶比的创作成就可以与大仲马、斯科特和库伯等作家比肩。在风起云涌的民权运动时代,特纳的呼吁当然没有得到多少回应。然而,随着当代非裔美国文学创作种族政治的淡化及其创作主题与叙事艺术的多元化发展,再加上文化批评的兴起,耶比小说的历史与文化价值开始得到重视。从20世纪末到现在,在许多重要的非裔美国文学综合性研究文献②中,耶比及其小说创作都得到了相当大的关注。葛温德林·摩根(Gwendolyn Morgan)于1999年回应了特纳之前的呼吁,认为美国评论界应当"放弃偏见,真诚地对耶比的大量作品进行重新认识和评价"③。

已有的研究文献主要关注耶比小说在破除南方白人贵族神话方面所做的文化贡献及其小说所蕴含的被评论界所忽略的种族话题。特纳认为耶比在其反浪漫(anti-romantic)故事中无情地暴露了美国白人神话,揭发了南方贵族并不光彩的过去及其充满罪恶与血腥的发家史,抨击了他们所缔造的种种神话的虚伪,而且他认定对美国神话的"讨伐最终将被看作是耶比对美国文化的主要贡献"④。吉恩·安德鲁·加瑞特(Gene Andrew Jarrett)则通过对耶比的成名作《哈罗大宅的福克斯一家》(*The Foxes of Harrow*,1946)的分析,探讨了耶比小说中备受忽略的种族话

---

① Turner, Darwin T. "Frank Yerby as Debunker." *The Massachusetts Review*, 1968, 9(3): 570.

② 这些文献主要包括20世纪末出版的《牛津非裔美国文学指南》(*The Oxford Companion to African American Literature*, 1997)、《当代非裔美国小说家》(*Contemporary African American Novelists*, 1999)与21世纪新近出版的《非裔美国文学百科全书》(*Encyclopedia of African-American Literature*, 2007)和《剑桥非裔美国文学史》(*The Cambridge History of African American Literature*, 2011)等著作。

③ Pratt, Louis Hill. "Frank Garvin Yerby." *Contemporary African American Novelists*. Ed. Emmanuel S. Nelson. Westport, CT: Greenwood Press, 1999: 505.

④ Turner, Darwin T. "Frank Yerby as Debunker." *The Massachusetts Review*, 1968, 9(3): 572.

题,认为该作品"以一种乐观主义的手法塑造了斯蒂芬·福克斯这一人物形象,表达了种族和解的可能性,而这也是二战以来非裔美国文学的一个重要主题"①。就研究的文本来看,学界关注最多的是耶比的成名作《哈罗大宅的福克斯一家》,而被评论界公认为耶比最佳作品的《达荷美人》以及贯穿其始终的男性气概话题却没有得到深入研究。正如该书在前言中所特别交代的那样,《达荷美人》是建立在一本人类学著作——《达荷美:一个古老的西非王国》(Dahomey: An Ancient West African Kingdom,1967)的基础上的小说,有着丰厚的历史文化价值。而在性别话题方面,该作品更是一本男性气概书写的典型之作,其中展现出来的对诸多男性气概流俗的反思与批判以及对真正男性气概思想内涵的探索与建构对世界范围内男性气概的认知与研究有着较大的理论价值和现实意义。

通过对主人公纳瑟努这一男性形象的分析我们发现,《达荷美人》在男性气概书写方面体现出一种独特视野,为我们提供了一种值得借鉴的参照模式。首先,在男性气概的认知方面,该作品所书写的这种男性气概模式不再片面地把勇武、强硬和理性等因素看作是其决定性的判定尺度,而是为其注入了慈善、仁爱等情感因素,从而为男性气概赋予了更多的情感深度。其次,在男性气概的建构与实践方面,这种男性气概模式与战争和杀戮保持了一定的批判距离,体现出对生命的珍视与热爱,从而使其具有了更多的人道主义精神。最后,纳瑟努之所以能够实践这种富有人性高度与人道主义精神的男性气概模式,正是因为他始终坚持了一种"真实性"(authenticity)原则。对此,我们将援用莱昂内尔·特里林和查尔斯·泰勒(Charles Taylor)等学者的"真实性"概念对主人公男性气概实践的行为逻辑进行深入分析。

---

① Jarrett, Gene Andrew. "'For Endless Generations': Myth, Dynasty, and Frank Yerby's *The Foxes of Harrow*." *The Southern Literary Journal*, 2006, 39 (1): 63.

第一节　主人公男性气概认知体系中的人性高度

必须承认,在《达荷美人》所再现的 19 世纪非洲部族社会性别文化价值观念中,勇敢与坚强同样是评判一个男性是否具有男性气概的决定性标准,也是主人公纳瑟努男性气概的主基调。在他的人格体系中,勇敢、刚毅、果断是他一贯的精神品质,从来没有含糊过,这点他丝毫不比《根》中的昆达逊色。他在接受割礼以及在一次敌强我弱的战役中单骑救主的勇敢表现都证明了这一点。文中交代,在令大多数青年男性畏惧的割礼面前,他不但不需要别人按住他以免因忍受不住疼痛而乱动,反而让他的未婚妻把一只盛满水的碗放在他的头上,然后对做手术的人说:"持刀人,现在开始动手割吧。这只碗里哪怕有一滴水溅出来,你就叫我懦夫好了。"(DM 76)随着刀光一闪,一股鲜血奔涌而出。但"纳瑟努坐在那里像尊打磨得油光锃亮的黑檀雕塑一样,头部竖直挺立,一动不动,以至于头顶上碗中的水连半点波纹都没有"(DM 77)。这种胆魄和气概让人想起《三国演义》中的关公一边让华佗给自己刮骨疗毒一边与别人下围棋的豪迈之举。纳瑟努的这一勇敢的表现也赢得了同伴们的尊敬,因而他被看作是"男人中的男人",这也为他日后成为他们的首领奠定了基础。在一次敌强我弱的战役中,纳瑟努在生死关头单骑救主,凭一己之力,在枪林弹雨中擒下奥尧(Auyo)国的王子萨百齐(Subetzy),要挟其将士缴械投降,从而救下父亲格努(Gbenu)和国王盖佐(Gezo)。这一壮举最为集中地体现了他超人的胆识和气魄,赢得了整个达荷美王国的尊敬,充分地展现了他的男性气概。最终他被国王赐封为当地的郡王。

然而难能可贵的是,与《根》中的昆达不同,除了这些"刚性因素"之外,纳瑟努的男性气概体系中还有慈柔的一面、感性的一面。他富有同情心和悲悯情怀,体现出较高的人性高度。

正如我们在前文分析《根》时所发现的那样,人类在认知和践行男性气概过程中,往往在强调勇敢、强硬、坚韧、进攻性等特性的同时,忽略或否定男性个体的情感需求与表达,贬斥个体的同情之心与悲悯之心,把这些看作是女性气质的性别规范,甚至认为悲悯之心是懦弱的表现,是妇人之仁。这些男性气概观念可以看作是对真正男性气概的误读或男性气概在社会文化中的流俗观念。这些流俗观念对男性个体的思想和行为有着严重误导性,《根》中的嘉福村就充斥着很多这样的流俗,而且这些流俗对男性和女性个体的思想和行为有着强大的制约性,给昆达等黑人青年带来了严重误导。为了让自己始终显得很有男性气概,昆达一直都把情感与任何善意的表达压在心里,结果给自己与他人都带来了不必要的心理伤害。而在《达荷美人》中,主人公纳瑟努则没有被其所处部族社会中的男性气概流俗所误导。

一方面,他珍视情感,也敢于表达自己的情感。对他而言,友情与亲情是他生命中不可或缺的东西,这一点从他对好友卡杜努(Kpadunu)和父亲格努的真挚情感中就可看出:"他无法想象没有卡杜努或父亲的世界将会是什么样子,这样的地方将会是废墟和荒原,空无,贫瘠,匮乏,没有智慧,没有援助,没有慰藉,也没有欢乐。"(DM 213)

另一方面,他外刚内柔,富有同情之心和悲悯情怀。在纳瑟努的父亲眼中,儿子是"一只年轻的雄狮,但同时有着一颗比少女还温柔的心"(DM 172)。在与麦克西人(Maxi)的一次交锋中,看到纷纷倒下的敌人,他没有别人所感受到的喜悦与成就感,而是充满了悲痛:

> 纳瑟努又开始不断开枪射击了。看到那些硕大的而又形状难看的 60 口径火枪铅弹把他面前这些吼叫着、蹦跳着、被饥饿逼得发疯的、痛苦不堪的乡巴佬们的五脏六腑都撕扯了出来,他的泪水禁不住顺着面颊流了下来,在满脸的粉尘油污中穿过,形成两条涓涓流淌的小溪。(DM 184)

战争结束后,看到士兵们为了向国王邀功迫不及待地把射杀的敌人的头颅割下时,他禁不住呕吐了起来。他这种仁慈的表现也引起了同伴陶格拜迪(Taugbadji)的注意,后者对他的评价也说明了其男性气概柔性的一面:"你永远不是做一名战士的料,纳瑟努。你的心像女人一样仁慈,我的兄弟！"(*DM* 166)对此,他毫不避讳地说:"我与其说自己是个男人,倒不如说自己更像个女人。"(*DM* 167)在大多数男性极力与女性气质划清界限、千方百计地维护自己的男性形象之时,纳瑟努却反其道而行之,毫不在乎地称自己更像女人,坦率地承认自己身上具有女性气质,这本身就需要相当大的真诚和勇气。

身处浓厚的父权制文化氛围中的纳瑟努显然意识到自己的这种行为肯定会被与他一同作战的妹妹和同伴耻笑,但是他没有为自己感到羞愧,而是坚持自己的态度:"没错,妹妹,我对杀人确实深恶痛绝！即便对方是麦克西部落的人。所以,如果我因此而不像男人的话,我……"(*DM* 167)后半句话虽然被他的妹妹打断,但我们也很容易猜得出他想说的是什么。也就是说,如果冷血无情才是男性气概的表现的话,他宁可不要这种男性气概,他宁可让别人耻笑他不像个男人,也不想让自己的同情心与良知泯灭,这本身就是一种真正男性气概的表现。

第二节   主人公男性气概体系中的人道主义精神

在男权文化话语体系中,战争往往是男人的领地,也是考验、证明和实践男性气概的重要形式与场所。很多时候,战场上的英雄是人们心目中真正的男子汉,他们表现出来的英雄气概也几乎是男性气概的代名词。有人认为"男性气概在战争,尤其在危难之时对国家的保卫过程中才能得到最好的展现"[1]。这种观点在古希腊时期就已有之,亚里士多德就认为"战场是展示男性气概或勇气的最佳场所"[2]。受这种观念的影响,有人甚至担心长久和平的生活会让男性变得"女性化和柔弱无力",而"只有不

---

[1]   Mansfield, Harvey C. *Manliness*. New Haven: Yale University Press, 2006: 75.

[2]   Mansfield, Harvey C. *Manliness*. New Haven: Yale University Press, 2006: 75.

断经受战争的洗礼,那种开疆拓土式的男性气概才能得到恢复"①。不能否认,在国家和民族遭受侵犯之际,无论军人还是平民百姓都需要一种挺身而出、视死捍卫领土完整和民族尊严的精神和气概。然而,简单地把战争、暴力甚至杀戮作为建构和证明男性气概的手段则是荒谬至极的,有很大的反人道性。

起初,与《红色英勇勋章》中的主人公亨利·弗莱明(Henry Fleming)一样,在传统男性气概话语体系所炮制的战争神话的蛊惑下,纳瑟努对战争抱有一定的憧憬和幻想。战争神话所鼓吹的勇气、荣耀等字眼对他还存在一定的诱惑力,让他希望成为受人敬仰的战争英雄。因此,当新婚不久的他被国王召集过去参加一次战争时,他摩拳擦掌,雀跃不已。他一直都梦想着这一天的到来,梦想着"有朝一日,他,纳瑟努,男人中的男人,胸前挂满了由他宰杀的敌人的牙齿所做成的项链,大步走向前去,把亲手割下的头颅奉献给国王"(DM 135)。看得出,此时他对战争的性质、战争的对象、战争的后果等问题丝毫没有考虑,头脑中只有对战争的幻想。这种幻想也是人们一贯把战争与男性气概联系在一起的后果。难能可贵的是,纳瑟努很快摆脱了对战争的痴迷,不再受战争神话所蛊惑,而是听从了自我与良知的召唤,对战争的血腥、残暴和非人道等特性进行了深刻的反思和批判。在这一转变过程中,挚友卡杜努起到了相当大的引导和启蒙作用。在对麦克西部落的战争尚未开始之际,卡杜努就似乎有意给纳瑟努的战争热情泼冷水:

　　唉,我的兄弟,我真不想做嗜杀成性的野蛮族群中的一分子,可我们这些达贝利的子民们偏偏属于这样的一个族群。很难想象地球上有哪个地方人与人之间不再以一个原本就子虚乌有的神的名义或者其他的随便什么原因而互相残杀。在那些地方国王们能用仁爱治国,而不是动辄就出兵攻打自己的同胞,眼

---

　　①　Kimmel, Michael S. *Manhood in America: A Cultural History*. 2nd ed. New York: Oxford University Press, 2006: 76.

看着他们被饿死或砍死。（DM 139）

显然，卡杜努对战争的本质看得比纳瑟努透彻得多。在他的话语中，流露出一种朴素的人道主义精神，这种人道主义精神来自一种尚未泯灭的人性，来自对生命的珍视与尊重。这种人道主义精神批判了战争神话和英雄主义所掩盖的对生命的漠视和残忍。在他看来，在战场上大开杀戒、以杀人为荣的男人不但算不得英雄好汉，甚至连野兽都不如，这一点从下面这番话中就可看出：

> 我要让我们成为男人，纳瑟努！你也许会说，哈！你不得不眼睁睁地看着那些被捆绑的、嘴巴被塞住的囚徒们被屠杀，因为男人们本性如此，他们就是要这么做！这就是你要说的，对吗？我在问你，我的兄弟，这就是你心里所想的，对吗？但我要说，森林中没有哪个野兽——即使最凶猛的豹子也不会——以杀戮为乐！（DM 140）

可见，在卡杜努眼中，暴力不应该成为男人的本性，杀戮行为更无多少英雄气概可言，也不值得称道，这种行为更多的是一种罪恶。他的这番话使纳瑟努幡然醒悟，意识到这种对生命任意宰杀和屠戮的非人道性，是天理难容的。因此，在与麦克西人之间的一次遭遇战中，当纳瑟努为了救孤军奋战的同伴陶格拜迪不得不开枪打死了一个麦克西人时，他不但没有一般战士射杀敌人后的喜悦与成就感，反而觉得自己犯了罪："看到朋友身处险境时所感受到的疯狂与杀性消退后，他感觉糟透了，他杀了一个人，他谋杀了一个手里拿着锄头的农民，而且是从 20 码远的地方用火枪射杀的。"（DM 166）当纳瑟努看到他的妹妹阿罗巴（Alogba）——也是国王御用女兵的一员——以极其残忍的方式折磨战俘并从中获得一种变态的快感时，他怒不可遏，冒着被国王重罚的危险，上前制止并痛打了她。在他眼中，任何对生命的践踏与侮辱都是不可容忍的。

让纳瑟努对战争与杀戮产生更深刻与全面认识的是他的父亲格努。

可以说,《达荷美人》向读者书写了存在于非洲大陆部落中的一种真实、真诚、深刻的父子关系,这无疑为当代美国社会中的充满矛盾和张力的父子关系确立了一种正面的范本。格努不仅仅是纳瑟努的父亲,同时也是他的导师、朋友、知己。在战争与政治方面,父亲在卡杜努的基础上给纳瑟努进行了进一步的教导与启蒙。

纳瑟努虽然对战争的残酷性与非人性有了自发的认识,但这种认识还处于蒙昧和感性的状态,对于战争他还存在某种幻觉。他只是觉得用自己的有着火枪装备的军队去对付手拿锄头的农民,实在胜之不武,对他们的杀戮也让他于心不忍。他希望对付的是同样装备的战士和军队。也就是说,如果对方同样是荷枪实弹的部队和兵将的话,他也许无论杀死多少对方的士兵都不会有太多负罪感。正如他对父亲所说的那样:"但我只知道,父亲,我走了十二天的路程到这里,可不是来杀害这些仅仅有着锄头装备、原本在地里劳作的农民!我要面对的是男人和勇士,而不是跑起来像绵羊一样的穷苦的乡巴佬!"(DM 171)他的父亲看出心地善良的儿子对战争本身还抱有一些幻想,还没有彻底看清战争的本质,因此,他一针见血地说:

> 在你心目中,战争是无限荣耀的,是吧,儿子?战争毫无荣耀可言——与我们的生活没什么区别。我经常想,没有比杀人这一肮脏恶心的行当更让男人堕落的了。我们是行走在地球上的最残忍的野兽。在上帝所创造的各种动物中,无论狮子、豹子、鳄鱼还是蛇,都仅仅在饥饿或要喂养幼崽的时候才会开杀戒。而我们却会为了取乐而去杀人。明明是嗜杀成瘾,却偏偏要为自己开脱说是为了向诸神祭祀才这么做的。(DM 171)

他的这一番话与前面卡杜努关于战争的言论如出一辙,对战争的本质进行了振聋发聩的批判,同时也对包括他本人在内的人类在屠戮生灵方面的残忍行为进行了真诚的反思。尤其他认为战争与杀戮让男性堕落和丧失人性的这一判断对于今天那些对战争抱有幻想的男性来说,无疑是一种清醒剂。

此外,他还以自己作为国王手下的一名地方首领所忍受的有损其男性尊严的种种屈辱为例,对那种把财富、权力等外在因素作为男性气概的评判标准的做法以及把战争与男性气概联系起来、把战场看作是男性气概得以证明与展示场所的看法给予了深刻的批判:

> 我,我长久以来,一直相信财富、权力、号召力与名声能补偿一个男人在夜深人静的时候所感受到的那种让他的心灵和肉体饱受创伤的屈辱与痛悔。尽管自己不断告诉自己:让我们成为懦夫的东西实在太多了,好在战场是最容易让我们变得勇敢的地方。随着年龄的增大,我不断在想,如果生命失去了所有的滋味,那它还有什么意义?(DM 171)

这段话层层递进地对人类长久以来在男性气概的认知方面存在的误区进行了尖锐的质疑,很值得我们反思。首先,诸如财富、权力、名誉等外在的东西不能作为男性气概的评判标准,更不能以牺牲男性的人格尊严为代价去换取它们。其次,战场是个最容易变得勇敢的地方,也就是说,战争中所体现的男性气概其实是肤浅的、短效的,不足称道;倒是现实生活对男性气概有着更多的考验。再次,无论是现实中的"财富"与"权力",还是"号召力"与"名声",如果以丧失生命的本真感受为代价,则是没有任何意义的。也就是说,生命是一切的基础,是衡量一切的准绳和出发点。

可以说,格努以生命本身的意义和价值为基石,对权力、名利等诸多"身外之物"以及男性气概这一人类历史文化的"建构之物"进行了重新定位。至此,纳瑟努对战争所抱有的幻想被彻底打破了,对战争的本质以及男性气概有了更深刻的了解,对生命本身的价值和尊严有了更自觉的认识,这也让他的男性气概体系中除了悲悯、仁慈与同情等柔性因素外,更多了一份对生命的尊重与爱惜,使其男性气概体系增添了一种朴素的人道主义精神。

第三节　主人公男性气概实践背后的真实性原则

　　纳瑟努之所以能够使其男性气概富有人性高度和人道主义精神,是因为他在认知、建构与实践其男性气概的过程中坚持了一种真实性原则,主要体现在对内在自我的忠实与对流俗的抗拒,这种真实性原则构成了其男性气概实践背后的行为逻辑。

　　根据查尔斯·泰勒的真实性理论,真实性原则其实就是"对本真性的恪守和对社会习俗,甚至那些很有可能被我们当成道德律条的东西不断抵抗"[①]。用伯纳德·贝尔(Bernard W. Bell)的话说,"真实"是指"对限定性物质条件的超越和克服以及对社会和道德约束的僭越和违抗"[②]。然而,要做到这一点并非易事,是需要莫大的勇气的。因为在很多时候,男性个体在建构与实践其男性气概时,往往很难诉诸内心真实的自我,而是被一种随波逐流的人格所左右。正如特里林所说的那样,这种随波逐流的人"时刻关注着他的同伴或文化机构所发出的信号,甚至到了根本没有自我的地步,成了一个复制品和冒牌货"[③]。也就是说,大多数男性在建构和实践自己的男性气概过程中没有忠实于自我与内在主体判断,而是过多地在乎他者的眼光,对陈规陋俗缺乏抗拒的勇气。

　　我们发现,纳瑟努这一人物形象没有盲目遵从主流性别文化对男性气概的种种片面、单一和狭隘的规约和界定,而是根据自我、良知与真情实感来认知、建构与实践自己的男性气概,体现的是一种真实性原则。这一点从他对妻子唐百薇(Dangbevi)的告白中就可看出:

---

　　① Taylor, Charles. *The Ethics of Authenticity*. Cambridge, MA: Harvard University Press, 1991: 76.

　　② Bell, Bernard W. *The Contemporary African American Novel: Its Folk Roots and Modern Literary Branches*. Amherst, MA: The University of Massachusetts Press, 2004: 42.

　　③ Trilling, Lionel. *Sincerity and Authenticity*. Cambridge, MA: Harvard University Press, 1972: 66.

　　不要把我当成动物或者一个被色欲支配的奴隶，那是对我人格的侮辱！我是男人，唐百薇。你可能还不知道男人是怎么回事，不知道男人也是有灵魂的生命体，不知道他的生命充满了怎样的梦想、激情、温柔、才智、痛苦以及少有的欢乐！你不知道一束月光就会让他心神荡漾，一首乐曲就会让他忘记一切……（*DM* 243）

　　这段告白也是对"真实的"男性气概内涵的经典诠释。从这段告白中我们可以看出，纳瑟努本人对男人的理解是丰富的、有血有肉的，从而也是更人性化的。他心目中的真实的男性不再是单一的、刻板的、僵化的观念性人物，而是同样富有情感和同情心、有欢乐和痛苦、富有灵性与感悟力的人。可以说，纳瑟努在男性气概的认知方面没有遵从性别文化长久以来为男性气概打造的种种刻板印象，没有把"具有侵略性"（aggressive）、"强硬"（hard）、"专断"（assertive）、"置身事外"（aloof）、"冷酷"（cold）、"寡言"（laconic）和"坚韧克己"（stoic）等流俗观念①作为男性气概的性别规范，而是充分肯定了被流俗贬斥为女性特质的种种情感与精神要素的人性价值，把男性看作是有着梦想与激情、温柔与才智、痛苦与欢乐、感性与灵性的生命体。当纳瑟努的妹妹冒着自己会中毒的危险用嘴把他伤口中的箭毒吸出来时，他没有任何矜持和伪装，而是"让自己硕大的身躯慢慢地在妹妹阿罗巴面前跪了下来，一头磕在地上，抓起一把尘土，撒在自己头上"（*DM* 186）。按照当地的习俗，往自己头上撒泥土是以一种极为谦卑的姿态向对方表示感激和服从的礼仪。与《根》中的昆达在接受母亲的接济与关照时为了维护自己的男性气概而故意表现得无动于衷相比，纳瑟努则更为坦然与真实，没有前者的虚伪与矜持。

　　然而，从男权文化赋予男性气概的种种性别规范来看，纳瑟努对男性气概的诠释显然非常"性别不正确"。但有趣的是，对性别流俗毫不在意

---

　　① Mansfield, Harvey C. *Manliness*. New Haven: Yale University Press, 2006: 23.

的他,却凭借其悲悯、智慧和本真赢得了别人的尊重和认可,正如他的妻子对他评价的那样:

> 你一点也不残忍。就算你想使自己变得残忍,你也无法做到。而恰恰是你的温柔让你成为一个真正的男子汉。你勇敢而且强壮,但那些大型野兽也都是个个很勇敢强壮的。但你除了勇敢强壮外,还富有智慧,能够时刻保持清醒,而且你还能做到安静持重。(DM 406)

这显然是关于真正男性气概内涵的又一段经典表述。尤其这段话出自一位女性之口,更是发人深省。这段话从女性的角度响应和肯定了纳瑟努所认知、建构与实践的男性气概的人性高度与人道主义精神,与前者构成了一种两性间的"呼与应"(call and response)式对话关系,昭示了这种男性气概内涵在促进两性和谐方面的重要意义。

这也再次引发了我们对男性气概真谛的反思。按照现实社会性别文化中的种种男性气概流俗观念,纳瑟努似乎不具备男性气概。然而,他对诸多男性气概流俗的抗拒与对自我真情实感和良知的恪守反而让他拥有了真正的男性气概。与他在战场上表现出来的卓越勇气相比,这种对他者眼光与传统流俗公然蔑视的勇气同样难能可贵。相比之下,那些对陈规陋俗和僵化的性别规范不敢质疑与抗拒、过度在意他者眼光、缺乏自我与主体判断的男性是无法拥有真正男性气概的。他们所拥有的男性气概与其说是一种勇气,倒不如说是一种恐惧,一种害怕被人耻笑的恐惧。

小　结

通过以上几个部分的分析我们可以看出,小说《达荷美人》的主人公纳瑟努践行的这种男性气概模式打破了西方文化和社会在男性气概认知、建构与实践方面重刚轻柔、重外在轻内在、重流俗轻自我、重王道轻人道等二元对立思维模式,体现出了相当高的人性高度和人道主义精神。

纳瑟努之所以能够做到这一点,正是因为他在认知、建构与实践其男性气概过程中秉承了一种"真实性"原则,坚持了对自我、良知与真情实感的恪守与对性别流俗观念的抗拒。作为非裔美国人的非洲祖先,纳瑟努这一人物形象展现出来的男性特质,为当代美国黑人,乃至世界各族人民提供了典范和有益参照。通过对这一人物形象的塑造,该作品为当今人类的男性气概认知与建构提供了值得借鉴的文化之源,为当今饱受种种男性气概流俗困扰的现代男性提供了解脱的药方和超越的途径,提醒人们要更多地关注男性气概的内在人格与精神品质,关注人性的多元诉求,使男性气概成为一种解放的力量。

第五章 《我的枷锁和我的自由》中的
奴隶制时期黑人男性气概再现

在美国文化中,很长时间内,性别话语权一直被白人主流社会操控,黑人男性形象任由白人媒体扭曲、涂抹、污蔑、定义、篡改、丑化,其男性气概也一直处于被压抑和阉割的状态。这不仅给黑人男性带来严重的心理创伤,使其人格处于严重扭曲的状态,而且也给黑人种族的发展和解放带来了严重的障碍。在这种情况下,黑人作家,尤其是黑人男性作家创作的一个重要任务和宗旨就是重新实现对性别话语权的争夺和掌控,重塑黑人男性形象,对黑人男性气概进行重构。这种努力从奴隶叙事就已经开始了。作为奴隶叙事中诸多事件的亲历者,叙事者往往冒着被严厉惩罚的危险,千方百计地获得识读能力,把自己的亲身经历记录下来,对奴隶制进行彻底的谴责与控诉,让黑人在这片罪恶的土地上所遭受的苦难不被抹杀和遗忘,同时也对一直被压抑、扭曲,甚至阉割的黑人男性气概进行话语重构,从而创立了非裔美国文学男性气概的书写传统。

弗雷德里克·道格拉斯(Frederick Douglass,1818—1895)就是这一书写传统中最有影响力的作家,甚至可以说是这一传统的开启者。他的自传在对奴隶制的残暴与血腥进行真实记录的同时,旗帜鲜明地为黑人男性气概的重构在现实层面和话语层面进行了多方尝试。《我的枷锁和我的自由》(*My Bondage and My Freedom*,1855)是道格拉斯继《美国黑奴弗雷德里克·道格拉斯生平自述》(*Narrative of the Life of Frederick Douglass*:*An American Slave*,*Written by Himself*,1845,简称《自述》)之后的又一部奴隶叙事力作。从内容上看,它与后者有着很大的重合度,可以看作是后者的扩充版,而且比后者更深刻、更丰富,也更复杂。

　　就该作品的研究现状而言,已有的研究文献更多地关注该作品的政治思想维度。学者许德金指出,《我的枷锁和我的自由》虽然是一部自传,但其叙事中心并非在于道格拉斯本人的生活经历,而是"更多地围绕'南方奴隶制'来叙述'我'的故事,叙述的着眼点在于揭露'南方奴隶制'对黑人肉体和灵魂的摧残"①。也就是说,对美国奴隶制和种族歧视的批判是该作品的一项重要议题,这也让该作品具有了浓厚的政治意味和厚重的社会、历史与文化内涵。应当说,这种研究视角的重要性是值得肯定的。一方面,作为一部最具影响力的奴隶叙事作品,它有力地还原了被美国正史所抹杀或歪曲的南方黑奴的悲惨遭遇,再现了美国南方黑奴生活的真实面貌,揭露了黑人在美国白人社会所遭受的种种不公正待遇,是一部讨伐美国奴隶制的檄文。正如学者约翰·斯托弗(John Stauffer)所说的那样,"它揭露了他之前的奴隶主、监工和其他奴隶主的罪恶与残忍,强调了奴隶制的非人道本质"②。另一方面,该作品在揭露美国南方奴隶制罪恶的同时也体现出作者自己对美国的法律、社会公正体系、社会正义等政治与道德问题的深刻思考,有利于我们深入理解美国所谓民主、平等、公正的本质。众所周知,在1789年正式生效的美国宪法的序言中,"树立正义"(establish justice)和确保美国公民享有"自由的福祉"(blessings of liberty)被看作制定该宪法的两大宗旨和目的,而"人人都有平等地获得法律保护的权利"则又是美国宪法第十四修正案中重点强调的内容。然而,就是在这样一个标榜着自由、民主、平等与正义的国度中,一种最不自由、最不民主、最不平等和最不人道的制度——奴隶制——却可以存续几百年,确实很有讽刺意味。毋庸置疑,对奴隶制罪恶的批判以及对美国所

---

　　①　许德金.叙述的政治与自我的成长——弗雷德里克·道格拉斯的两部自传.外国文学评论,2001(1):38.

　　②　Stauffer, John. "Frederick Douglass's Self-Fashioning and the Making of a Representative American Man". *The Cambridge Companion to the African American Slave Narrative*. Ed. Audrey Fish. Cambridge: Cambridge University Press, 2007: 204.

谓公平与正义的质疑是《我的枷锁和我的自由》所蕴含的重要的思想文化价值,也是贯穿全文的一条重要的叙事线索。

但同时我们也注意到,《我的枷锁和我的自由》没有停留在仅仅对一个非正义社会的批判上——因为对美国奴隶制批判的文献实在不胜枚举,其深厚的文化思想价值还在于它展示了一个热爱生活、充满激情、渴望自由的男性个体在一种黑白颠倒、灭绝人性的生存环境中英勇顽强地生存下去并实现自我解放与救赎的历程,并且在这一过程中改变了其男性气概被压抑和阉割的状态,实现了其男性气概与男性身份的重构。可以说,道格拉斯的这种自我解放和自我救赎的过程也是其男性气概从压抑到建构与实践的过程,两者相互渗透、相辅相成。尤其不能忽略的是,道格拉斯男性性别意识、男性尊严的觉醒也是促进其坚决摆脱奴隶身份、实现人身自由的一个强大的心理驱动力。对于长期饱受身心摧残和人格侮辱的黑人男性而言,道格拉斯在其男性气概与男性身份建构过程中展现出的这种英雄气概和进取精神为他们获取自由和解放树立了榜样,也为他们改变其男性气概一直被压抑和阉割的状态提供了强大的精神感召力量,让他们看到了在极端恶劣的生存境遇中重拾男性尊严、重构和实践其男性气概的可能性和希望。

第一节 奴隶制规训下男性气概的阉割

道格拉斯在其自传中平实地告诉我们,他的男性气概意识的萌发与建构不是一蹴而就的,而是经历了一个艰难的历程的。道格拉斯没有在该作品中把自己塑造成一个传奇般的英雄人物,而是塑造为一个与其他黑人奴隶没有多少区别的普通黑人男性形象。实际上,最开始,与众多黑奴一样,他已经被灭绝人性的奴隶制规训成卑微、怯懦和粗陋的野兽(brute)。在有着"黑人驯服者"(Negro Breaker)称号的穷白人爱德华·考威(Edward Covey)的残酷压迫下,开始还有点桀骜不驯的道格拉斯开始变得极端颓废与沮丧:

在我生命中，再也没有比我和考威先生待在一起的那六个月更让我体尝到奴隶制的败坏与腐朽的时光了。我们不管什么天气都要干活。无论天气多么炎热或寒冷，雨雪冰雹下得再大，风刮得再猛，我们都得在地里干活。无论白天还是晚上，我们都要不停地干活、干活、干活。在他眼里，最长的白天也太短，最短的夜晚也太长。我刚到那里时还有点不服管束，但经过几个月的训练之后，我彻底没脾气了。考威先生成功地把我驯服了。我的身体、灵魂和精神彻底被摧毁，我天生的机敏与灵活被压垮，我的才智开始变得迟钝，我读书的热情也没了；我眼神中曾闪烁的神采也变得黯淡无光，奴隶制的黑暗把我彻底包围了。看到了吧，一个男人就这样被活生生地转化为野兽！（*MBMF* 160）

这一经历也是千百万黑人奴隶悲惨命运的写照，赤裸裸地暴露了奴隶制的邪恶本性，无情地揭示了奴隶主贪婪、冷酷、卑劣以及毫无良知和正义感的丑陋嘴脸。道格拉斯用切身经历揭示了奴隶制给一个正常男性的肉体与灵魂所带来的摧残与扼杀，把一个身心健康、灵敏机智的男人变成了野兽。如果说这六个月的经历还只是让道格拉斯感到萎顿和沮丧的话，那么接下来的经历则把他逼到死亡的边缘。

在八月份的一个无比炎热的日子里，道格拉斯和其他三个奴隶在扬谷机旁作业时中暑，一下子头疼得厉害，四肢乏力，无法坚持工作。而即便在这种情况下，考威先生也没有丝毫的恻隐之心，问明情况后，他对准道格拉斯的肋部狠狠地踢了一脚，然后让他站起来继续工作。看到道格拉斯实在无法站立，就又朝他重重地踢了一脚。道格拉斯挣扎着向扬谷机挪动，但最终还是因为体力不支瘫倒在地。气急败坏的考威先生抄起一块胡桃木的板条，对准道格拉斯的头部狠狠地砸了下去。后者的头上立刻出现一条又深又长的口子，鲜血立刻流了出来。然后他再度命令道格拉斯站起来继续工作。此时的道格拉斯已经连尝试的念头都没有了，即便这个野兽对他做出更坏的事情，他也不打算再起来了。他甚至希望那个"无情的恶魔"(heartless monster)干脆把他杀了,也好让他一劳永逸地结束他的痛苦人生。(*MBMF* 164-165)此时的道格拉斯已经丧失了对自由的向往与追求,生命对他来说已经成了负担,经常有一种生不如死的感觉。当他在树林中躲避考威的毒打时,他甚至觉得生之为人还不如一头野兽:"在树林中的那天,我甚至会把我的人性与一头牛的兽性交换。"(*MBMF* 172)显然,从道格拉斯男性主体身份建构的历程来看,这是其男性气概备受压抑的阶段。道格拉斯本人也坦言他此时已经被考威先生成功地"驯服"(broke),其男性气概也处于被阉割的状态。

第二节 识读能力与自由意识的萌发

在道格拉斯自我成长与改造的过程中,读书识字起到了关键性作用。正如学者约翰·斯托弗在评价《自述》时所说的那样,该作品"强调了全人类共有的那份对自由发自内心的热爱,强调了读书识字对实现自由的重要性"①。在《我的枷锁和我的自由》中,教育的重要性再度得到强调。道格拉斯对自由的强烈渴望、男性主体意识的萌发以及自我改造的欲求,与他在巴尔的摩的短暂的识读经历有着密切关联。他所接受到的教育让他比一般的黑人更强烈地懂得了自由的重要意义,其自我改造的欲求也更为强烈。在该作品中,道格拉斯在极为艰难的处境中从一个文盲到一个知识分子和政治领袖的成长历程也构成了该作品的一条重要叙事线索,与道格拉斯男性气概的建构历程相伴而行,并嵌套和内化在后者之中,成为道格拉斯男性气概建构的推动力和实质性内涵。

对于白人而言,接受教育是天经地义的事,是神圣不可侵犯的权利。但对黑奴而言,接受教育则成了一种原罪、一种禁忌。也正因如此,"教育和争取获得教育机会的努力在美国非裔历史上是极为重要的一个组成部

---

① Stauffer, John. "Frederick Douglass's Self-Fashioning and the Making of a Representative American Man." *The Cambridge Companion to the African American Slave Narrative*. Ed. Audrey Fish. Cambridge: Cambridge University Press, 2007: 204.

分",并且"奴隶为学习识字和阅读而与奴隶制度不懈斗争是当时非裔文学的一条主线"。① 在该作品中,道格拉斯不厌其烦地对其读书识字的整个过程给予了详细叙述。为了让奴隶始终处在思想与智识的黑暗之中,安分守己地接受他们被奴役的现状,奴隶主和维护他们利益的美国法律用尽各种手段禁止奴隶读书识字。在这种情况下,大多数黑奴都是文盲。就此而言,道格拉斯能够有读书识字的机会(虽然时间很短暂),多少有点偶然和幸运成分。书中交代,几经周转之后,不到十岁的道格拉斯被送到了巴尔的摩,成为休·奥德(Hugh Auld)先生家中的奴仆。奥德先生的妻子原本是个善良和蔼的女性,对道格拉斯充满了关爱,没有把他当作"财产"(property)。经常听她在丈夫不在时大声诵读《圣经》的道格拉斯逐渐对读书产生了兴趣:

> 由于经常听我的女主人诵读《圣经》——她在丈夫不在家时经常大声朗读《圣经》,我对读书这件神秘事情的好奇心很快就被唤醒,内心之中产生了要读书识字的渴望。因为对眼前这位和善的女主人没有任何恐惧感——她当时也没有理由让我对她感到害怕,我就真诚地请求她教我读书识字。这位令人敬爱的女性毫不犹豫地开始了这项任务。在她的帮助下,我很快学会了字母表,而且能够拼读三个或四个字母的单词。(*MBMF* 108)

然而,当心地单纯的女主人兴高采烈且不无自豪地向丈夫夸赞她的学生时,后者的一番理论和训诫让道格拉斯的启蒙教育戛然而止。按照奥德先生的逻辑,"教他读书识字不但不合法,而且也不安全,会后患无穷""除了知道和服从主人的意愿外,他别的什么都不应当知道""学习会让世界最好的黑鬼变坏""如果让这个黑鬼——用我的话说——学会了读

---

① 郑建青,罗良功.在全球语境下:美国非裔文学国际研讨会论文集.武汉:华中师范大学出版社,2011:前言 3.

《圣经》,你就再也别想留住他了",而且"对他本人来说,读书识字不但不会给他带来什么好处,反而很可能会给他带来很大的伤害——让他郁郁寡欢""如果你教会了他读书,他就要学会写字,一旦他学会了写字,他就会凭着自己的本事逃跑了"(*MBMF* 108)。显然,这套说辞都是从白人奴隶主的角度和立场出发的,除了表现出白人对黑人僵化的种族偏见和刻板印象外,最终目的还是维护白人奴隶主的利益。这套逻辑暴露了白人奴隶主处心积虑地剥夺黑奴受教育权的根结所在。从奴隶主的利益角度看,道格拉斯的男主人的这番话确实有一定道理,正如麦尔考姆·X(Malcolm X)所说的那样,"任何一个奴隶,只要他受过教育,就不再对他的主人心存畏惧。历史证明,一个受过教育的奴隶往往开始请求,甚至强求与他的主人平起平坐的权力"①。然而,为了维护自己的利益而野蛮地剥夺黑人受教育的权利则是极为自私和卑鄙无耻的行为。不无讽刺意义的是,奥德先生的这套逻辑和说辞却给聪敏的小道格拉斯带来莫大的启示:

> 这可是一个有着特殊意义的意外发现,以前我从来没有想到过。这一发现打开了一个令我当时年轻的心灵苦思不得其解的谜团:让白人得以保持对黑人奴役的力量和奥秘所在。"说得对极了,"我心中暗想,"知识会让一个孩子不再适合做奴隶。"我本能地同意他这种看法。而且就在此刻,我知道了从奴役到自由的直接途径。这恰恰就是我所需要的。现在我一下子全明白了,虽然我从未想过竟然是通过这种渠道明白的。一想到我失去了我仁慈的女主人的帮助我就感到很伤心,但我顷刻间所获得的这个讯息在某种意义上弥补了我朝着这个方向奋进过程中的损失。(*MBMF* 109)

---

① Haley, Alex and Malcolm X. *The Autobiography of Malcolm X.* New York: Ballantine Books, 1964: 268.

可见,对读书识字重要性的认识是道格拉斯自我成长与救赎中的一个转折点,这一认识让道格拉斯明白了白人控制黑人的重要手段,意识到读书识字是他从奴役到自由的必经之路,从而更加坚定了其读书识字的决心。有了这一明确的方向和目标,道格拉斯便在接下来的日子里利用各种机会提高自己读书和识字的能力:"在不惜任何代价一定要学会读书识字这一信念的激励下,我想出了很多有效措施来实现这一欲念。"(*MBMF* 115)在不断努力下,道格拉斯十三岁时已经学会了读书识字。更值得注意的是,随着识读能力的提高及其知识的日益丰富和视野的愈加开阔,他开始有了自己独立的思考和判断,对自由的渴望也更加强烈,对自己终身为奴的事实也愈发难以忍受:"随着知识的不断积累,尤其是对自由州的不断了解,我感觉积压在我心头的那个'我终身为奴'的念头愈发难以忍受。"(*MBMF* 116)可见,识读能力不仅愈发增加了道格拉斯对奴隶制的憎恨,激发了其对自由的向往,还进一步激发了他对人格尊严与平等权的强烈欲求以及为之抗争的勇气,这也是他最终能够勇敢地和这一体制的爪牙——考威先生——殊死相搏的一种重要的精神力量。

第三节　男性气概复苏的仪式性一战

看透了奴隶制邪恶本质与白人奴隶主残忍本性的道格拉斯决定不再忍耐,而是要对任何暴行进行抵抗:"如果考威先生再胆敢动我一下,我会拼尽全力来保护自己。"(*MBMF* 177)这一决定体现了道格拉斯对这种腐朽社会制度的彻底反叛,标志着其男性主体意识的初步确立,已经为其男性气概的伸张做好了心理准备。有了这种反抗的意识和誓死捍卫自己人格尊严的决心,此时的道格拉斯已经彻底从之前的怯懦与恐惧中走了出来,当考威先生再次向他发起攻击时,他没有再退缩,不再把自己当作卑微的奴隶,而是把自己当作与考威先生平起平坐的人,勇敢地与之展开了一场殊死搏斗:

　　我不知道自己与这个男人——四十八小时前这个家伙随便

一句话就会让我像暴风雨中的树叶一样浑身发抖——搏斗所必需的勇敢精神来自哪里,但无论如何,我都要坚决地和他打一架。而且比我实际预料的更为有利的是,我比对手更能全力以赴,没有任何犹豫和顾虑。此时,我的整个身心已经充满了战斗的疯狂,我强有力的手指牢牢地掐住了这个给我带来无限痛苦的人。此时我已不再在乎后果,就像我们俩是法律面前平等的两个人一样,这个人的肤色早已被我抛在脑后了。(*MBMF* 177)

虽然道格拉斯潜意识中很清楚与掌握着其生死大权的白人搏斗将会有着怎样的后果,但他还是冒着被处以私刑的危险全力反击,说明他的人格体系已经完全建立,他已经有了充分的心理准备。其中,平等意识的萌发为其人格的独立自主起到了重要的推动作用。前面的引文以及接下来的片段中,道格拉斯都反复提到"平等"这一概念。这种平等意识可以看作是他与考威先生在人格尊严方面的平等。这种平等意识的萌发扫除了他的心理障碍,让他不再把考威先生当作是高不可攀、神秘莫测的人,而是一个在人格尊严上与自己没有什么等级差别的人,这就让他在心理上不再处于劣势地位。这种人格平等意识打破了主-仆这层权力等级关系对道格拉斯自我主体能动性的束缚,让他从白人文化长期以来缔造的白人优越、黑人低劣的神话中解脱出来,打破了心灵的"枷锁"(bondage),获得了一种"自由"(freedom)。这种人格平等意识的萌发让当时只有十六岁的道格拉斯平生第一次感受到一种自由的清风,长期以来奴隶制在他心中留下的阴霾被这种自由之风吹散:"到目前为之,一切都是公平的,我和他的这场角逐也是在一种平等意义上进行的。"(*MBMF* 178)

在他与考威先生展开的这场惊心动魄的搏斗中,他表现得比后者更为勇敢和坚定,更加不屈不挠。虽然他在与考威先生搏斗的过程中基本上还是以防卫为主,但他的勇敢与坚定让他无论在气势上还是在气力上都占据了上风,正如他所描述的那样:"有好几次他都想把我摔倒在地,但结果都是我把他掼在地上。我死死地锁住他的喉咙,任凭他的鲜血顺着我的指甲流出。他抓住我不放,我也抓住他不放。"(*MBMF* 178)最终,无可奈何的考威先生做出了让步,首先松开了手,结束了这场搏斗,而且在以后的日子里他再也没有找过道格拉斯的麻烦。可以说,道格拉斯这次搏斗的胜利对其男性气概建构有着里程碑式的意义:

> 与考威先生的这一战——正如我所叙述的那样,虽然有点不太体面——是我"奴隶生涯"的一个转折点。它让我胸中渐渐熄灭的向往自由的火焰重新燃起,他让我在巴尔的摩那段日子怀有的梦想重现,他唤醒了我的男性气概(manhood)。那一战之后,我整个人都变了。我之前什么都不是,但我现在是个真正的男子汉了。这一战让我那被摧毁的自尊得到恢复,也让我重新获得了自信,再度激发了我做一个自由人的信念,而且这次信念与之前相比更为坚定。(*MBMF* 180)

这应当是非裔美国文学史上最早把男性气概的建构与对邪恶的暴力反抗联系起来的文献之一。在此,道格拉斯把搏斗(fight)、自由(freedom)和男性气概(manhood)三个重要概念紧密联系在一起。其中,搏斗是点燃自由梦想的火种,是使其男性气概复苏的催化剂,也是让他重拾男性尊严、重新获得自信的先决条件。对于在奴隶体制之下任由白人宰割而不受任何法律保护的道格拉斯来讲,与掌握着其生死命运的考威先生的这一战有着一定的仪式性意义。

首先,这一战意味着在灭绝人性的社会体制之下长期生活在绝望与挫败中的道格拉斯看到了获得自由和解放的可能性,对自我解放和救赎有了更多的自信。正如斯托弗所言,这一战"给他带来了精神上、心理上以及最终身体上的自由"[①]。可以说这一战之后,道格拉斯虽然依然是奴

---

① Stauffer, John. "Frederick Douglass's Self-Fashioning and the Making of a Representative American Man." *The Cambridge Companion to the African American Slave Narrative*. Ed. Audrey Fish. Cambridge: Cambridge University Press, 2007: 206.

隶身份,但在其心中他已经成了自由人,已经在心理上从奴隶制的枷锁中解脱了出来。

其次,这一战意味着长期生活在卑微怯懦中的道格拉斯战胜了恐惧,经受住了考验,萌发了对人格尊严的强烈诉求,标志着其男性气概的初步建立。正如他本人所感受的那样,"我不再是一个奴性十足的懦夫,不再因为别人皱一下眉头自己就被吓得浑身发抖。长期担惊受怕的心灵备受鼓舞,拥有了一种具有男性气概的独立性,甚至到了连死都无所畏惧的地步"(MBMF 181)。另外,在这段引文中,"男性气概"(manhood)作为一个正式概念得以提出,而形容词"具有男性气概的"(manly)也反复出现,这也为日后男性气概成为非裔美国文学中的一个重要主题奠定了基础。

再次,这一战让道格拉斯感受到了用武力进行自卫和反抗的重要性,意识到在一个缺乏正义和秩序的社会中,武力在捍卫个体人格尊严以及建构与实践男性气概上的重要地位:"一个男人,如果缺乏武力做后盾,是无法获得最基本的人性尊严的。人的天性就是这样,它可以同情一个无助的男人,但不会尊敬他。而且如果他一直都没有变得强大起来的话,这种同情也不会持久。"(MBMF 180)可见对于备受种族歧视和压迫的黑人来说,武力反抗对于其种族解放有着一定的必要性,尽管它是一种被迫和无奈的选择。对于大多数黑人奴隶来讲,在白人的压榨下忍辱负重、苟且偷生是他们惯常的做法。而在道格拉斯看来,他们的这种委曲求全、贪生怕死的做法永远都无法让他们赢得白人的尊重,也难以改变被奴役的现状:"如果奴隶们宁可接受白人鞭挞也不要立刻死去,他们就总会发现有若干个像考威这样的十足的基督徒乐此不疲地来满足他们的愿望"(MBMF 181)。

在美国反奴隶制和种族歧视的历史上,是否采取暴力反抗形式一直是困扰黑人政治领袖的一大难题。道格拉斯通过其切身经历给出了他的答案:"谁要想获得自由,谁就要敢于战斗!"(MBMF 182)而道格拉斯在与代表奴隶制黑暗势力的考威这一战中的胜利以及之后不再遭受其欺辱的事实,也部分地证明了这种武力反抗在美国黑人解放史上的必要性。就此而言,道格拉斯与考威的这一战在非裔美国文学文化史上同样有着里程碑式的意义,竖起了一面暴力反抗种族压迫和邪恶势力的旗帜。道格拉斯的这种威武不屈的反抗精神,影响了 W. E. B. 杜波依斯(W. E. B. Du Bois)、埃尔德里奇·克利弗(Eldridge Cleaver)、麦尔考姆·X 等黑人权力运动和民权运动领袖,激发了他们为了种族尊严、平等和自由而战斗的信心与勇气。

第四节　演说与写作中的主体身份建构

与奴隶制的代言人考威先生这一战的胜利让道格拉斯看到,貌似强大的白人奴隶主集团实际上是纸老虎。在真正的反抗面前,这些非正义势力显得不堪一击。这也在无形中大大提高和增强了他获取自由的欲望和信心。经过不断的尝试,道格拉斯最终在 1838 年 9 月 3 日那天逃离了巴尔的摩,远离了奴隶制,来到了相对自由的纽约市。在这里他真正呼吸到了自由的空气,感觉到了梦想的实现。然而,道格拉斯很快发现自己身为奴隶的噩梦还没有完全结束。作为一个逃亡的奴隶,危险如影随形,时刻伴随在他的左右:"我很快就被告知我仍然置身于敌人的国土,一种孤独与不安全感让我备受压抑。"(MBMF 248)这种"孤独、惶恐、饥饿和焦虑"甚至让那些好不容易摆脱奴隶制枷锁的逃奴们主动回到奴隶庄园,继续接受奴役。一时间,道格拉斯的人生再度陷入低谷。而真正让他走出低谷、重新点燃生命热情、释放自己的思想能量的是他为废奴运动所做的演说与写作。

为了生存,道格拉斯离开了纽约来到马萨诸塞州的新贝德福德(New Bedford)。在那里,他首次接触到了当地反奴社(Anti-Slavery Society)的报纸《解放者》(Liberator),参加该团体组织的反奴集会,并在 1841 年受邀做了他人生中的第一次演说。虽然道格拉斯自认为那次演说非常拙劣,但他结结巴巴、吞吞吐吐的演说反而取得了良好的效果,得到在场的该州反奴社总代理约翰·柯林斯(John A. Collins)的赏识,被后者邀请到反奴社中做代言人,"向公众宣传该团体的反奴隶制原则"(MBMF 264)。在接下来的巡回演说中,道格拉斯之前获得的识读能力派上了用

场,其语言方面的天赋和深邃的思想在演说中得到充分发挥,他十四年奴
隶生涯的切身经历和他对非正义的奴隶制的思考与观察让他的演说充满
感染力和鼓动性。演说成了他抨击奴隶制、传达政治思想的利器,也是他
进行自我改造和个人形象塑造的方式。而且他对演说有着自己独特的见
解,认为"与文字书写相比,口头表述是一种更为真实和直接的反抗与自
我表达形式"①。以反对奴隶制为主旨的演说和书写不仅让道格拉斯找
到了反击种族歧视和迫害的利器,而且也找到了实现其生命价值的"事
业"(cause)。在演说过程中,他没有完全遵照反奴隶制团体中白人组织
者让他只谈事实、少谈看法的建议,而是让自己的主体思想与判断在演说
中得到充分的释放,扭转了黑人在白人心目中的幼稚、愚昧的刻板成见,
赢得了世人的认可和尊重。

　　道格拉斯先后做过千余次演说,其中很多演说成了人类演说史上的
经典,为揭发奴隶制的罪恶,宣传正义、平等和人道主义做出了不朽的贡
献。此外,他在文字书写方面的造诣也同样令世人瞩目,先后出版了三部
自传、一部中篇小说和十几本演说小册子。在奴隶叙事方面,道格拉斯的
《美国黑奴弗雷德里克·道格拉斯生平自述》就是这一体裁的经典之作。
而他在创作《我的枷锁和我的自由》时,已经有了相当高的语言驾驭能力,
其思想水平也达到了一个新的高度。正如斯托弗所说的那样,"与他
1845 年出版的《自述》相比,《我的枷锁》更有力地证明了'真正的'艺术能
够突破社会的樊篱,能够给一个奴隶带来生命和力量"②。可以说,演说
与书写在道格拉斯男性主体身份与男性气概建构过程中起到了关键性的
作用。

---

①　Stauffer, John. "Frederick Douglass's Self-Fashioning and the Making of a
Representative American Man. " *The Cambridge Companion to the African American
Slave Narrative*. Ed. Audrey Fish. Cambridge: Cambridge University Press, 2007:
202.

②　Stauffer, John. "Frederick Douglass's Self-Fashioning and the Making of a
Representative American Man. " *The Cambridge Companion to the African American
Slave Narrative*. Ed. Audrey Fish. Cambridge: Cambridge University Press, 2007:
213.

　　凭借其勇敢顽强的气魄和坚韧不拔的自我改造精神,道格拉斯从他自认为的"野兽"成长为19世纪最著名的非裔美国人,也是一个"有代表性的美国男人"①。他先后三次被林肯在白宫中召见,被后者称为"最值得赞许的男人之一,即便不是最值得赞许的男人"②。在灭绝人性的奴隶制度下,不但道格拉斯的人格与信念没有被摧毁,反而他还获得了很多白人都难以企及的成就。

小　结

　　通过对《我的枷锁和我的自由》这部作品的分析可以看出,从奴隶叙事这一早期文学样式中,非裔美国文学的男性气概书写传统就已经开启。在这部自传中,道格拉斯为男性气概定下了一个基调,一种勇敢坚强、坚韧不拔、积极进取、不断超越自我的基调。这一基调与其所处的美国主流社会方兴未艾的"自造男人"式现代男性气质有着相当大的区别。道格拉斯展现的这种男性气概没有流于概念化与程式化,没有纠缠于两性间的权力争夺与博弈,也没有像现代男性气质那样靠外在的权力、财富和性能力来确证,而是更多地强调内在人格与精神品质,强调自我超越和救赎;不是靠对其他男性和女性的控制和支配,而是强调自我改造和自我完善。此外,道格拉斯把其个人男性气概的建构与社会的变革、种族的解放联系在了一起,具有很强的现实性和实践性。

　　道格拉斯的男性气概体系对个体与种族人格尊严的强调还影响了诸多思想家和政治领袖,杜波依斯就是其中的一个典型代表。后者从道格

---

　　① Stauffer, John. "Frederick Douglass's Self-Fashioning and the Making of a Representative American Man." *The Cambridge Companion to the African American Slave Narrative*. Ed. Audrey Fish. Cambridge: Cambridge University Press, 2007: 201.

　　② Stauffer, John. "Frederick Douglass's Self-Fashioning and the Making of a Representative American Man." *The Cambridge Companion to the African American Slave Narrative*. Ed. Audrey Fish. Cambridge: Cambridge University Press, 2007: 201.

拉斯那里继承的男性气概观念直接影响了他的政论和种族解放思想。在其影响深远的著作《黑人的灵魂》(*The Souls of Black Folk*，1903)中，他毫不隐晦地表达了对道格拉斯的尊敬和认同："在其年老力衰之时，还依然能够勇敢地捍卫他早期的男性气概理想。"(*SBF* 35)在该作品中，男性气概(manhood)以及与之相关的话语反复出现，成了贯穿作品始终的重要内容。在他表述完其闻名于世的"双重意识"以及黑人为了避免分裂而做出的不懈努力之后，他随即写道："美国黑人的历史就是这种抗争史，希望通过抗争自觉地获得男性气概，进而把他的双重自我融为一个更为完善与真实的自我。"(*SBF* 3)可见，在杜波依斯的思想体系中，美国黑人男性气概的建构与赢取是黑人抵御人格分裂、消弭"双重意识"从而获得完整灵魂的重要组成部分和条件。而从众多非裔美国文学作品中黑人男性重获男性气概之后表现出的脱胎换骨式的转变来看，他的这一论断并非虚妄。

在《黑人的灵魂》中，杜波依斯之所以表达了对布克·华盛顿(Booker T. Washington)所持有的黑人教育路线的不满，其中一个重要原因在于他认为"华盛顿的诸多投降主义主张忽略了真正男性气概的诸多因素"(*SBF* 32)，甚至"把黑人作为男人与公民的诸多高级需求拱手于人"(*SBF* 36)。他认为华盛顿的这种"忍气吞声地对低劣的公民性的默认从长远上讲会让任何民族的男性气概消失殆尽"(*SBF* 37)。在杜波依斯看来，"在危机四伏的时刻，历史上几乎所有种族和民族一直都会把颇具男性气概的自尊看作是比土地与房屋更为尊贵的东西，而一个民族如果主动放弃了这种尊严，或者不再为之抗争，那这个民族就不可救药了"(*SBF* 36)。显然，在杜波依斯的整个政治思想体系中，男性气概与人格尊严、种族解放是密不可分的，是弥足珍贵的，是高于物质和财产的东西，是黑人个体成长与种族振兴的精神力量。作为 20 世纪初乃至 20 世纪上半叶美国黑人中最具影响力的政治领袖和知识分子，杜波依斯从道格拉斯那里继承的这种男性气概观念对后来的文学家和政论家又有着深远的影响。

总之，道格拉斯展现的这种不屈不挠、不断进取的精神成为之后 150 多年中美国黑人反抗种族歧视、捍卫种族尊严、获得种族自由与解放的一大精神动力,也为世界各地广大受奴役、被压迫的人民树立了榜样。在文学领域,道格拉斯在《我的枷锁和我的自由》中对自身男性气概建构历程的书写也在一定程度上开启了美国黑人男性气概的书写传统。这一传统在赖特、海姆斯、基伦斯、鲍德温、沃克、威尔逊和盖恩斯等20世纪非裔美国作家那里不断得到丰富、拓展和深化,不仅为美国黑人的个体成长与种族解放提供了一种精神力量,而且也为人类正确认识和建构男性气概提供了宝贵的参照。

第六章　人格、伦理与政治：
《杨布拉德》中的男性气概建构视野

　　对于饱受种族歧视和阶级剥削的美国黑人来讲，在其男性气概的认知与建构过程中，除了对真正男性气概思想内涵的正确认知以及内在人格与道德品质的培养外，其男性气概的建构与实践还需要相当的生存智慧、伦理意识和政治策略。在这方面，约翰·基伦斯(John O. Killens)[①]的《杨布拉德》(*Youngblood*，1954)无疑是一部非常值得关注的长篇小说。作为一部记录了20世纪初到20世纪30年代末黑人经历的史诗般巨著，该作品在男性气概建构方面，再现了一种集个体人格、两性伦理与政治智慧于一体的建构视野，既继承和丰富了男性气概的普遍思想和价值品性，又凸显了美国黑人男性气概独特的建构视野。

　　就这部巨著的研究现状来看，国外学界虽然没有专门对该作品男性气概主题进行深入研究的论文发表，但已经有学者明确提出该作品"占统治地位的主题是黑人男性气概"[②]。国内已有学者从文学伦理学批评的

<hr>

　　① 约翰·基伦斯全名为约翰·奥利弗·基伦斯 (John Oliver Killens, 1916—1987)，是当代著名非裔美国作家，也是美国南方作家，曾获得两次普利策奖提名。在很长一段时间里，评论界对基伦斯的小说创作还缺乏足够的重视，甚至"有的文学史却连基伦斯的名字都不提"(王家湘，2006：171)。但近年来，对基伦斯小说的研究开始出现升温的趋势，伯纳德·贝尔更是把他的小说成就与理查德·赖特相提并论，认为"如果说理查德·赖特是批判现实主义精神之父的话，那么约翰·基伦斯就是该批判现实主义在当代的推动力量"(Bell, 2004：247)。在男性气概书写方面，基伦斯是美国文学，乃至世界文学史中的一个极具代表性的作家，在反思现代男性气质种种弊病，正确认识和建构男性气概理想方面为当今人类提供了宝贵的思想和启示。

　　② Wiggins, William H. Jr. "Black Folktales in the Novels of John O. Killens." *The Black Scholar*, 1971(3)：50.

视角对该作品中涉及的南方白人男性气概进行批判,指出以"保护南方淑女的贞洁"为鹄的的南方男性气概规范存在严重缺陷,认为对"道德与人格等维度的忽略是其致命弱点"①,约翰·杰弗逊(John Jefferson)等南方白人男性在白人女性和黑人身上犯下的种种罪行与对该男性气概规范的盲目认同与遵从有着密切关联。然而我们发现,该作品中所触及的南方白人男性气概更多的是一种参照,黑人男性气概才是贯穿整部作品的书写对象,在对其书写的过程中渗透出来的深刻思想更值得我们关注。

　　该作品对男性主人公的男性气概的书写与建构没有简单化与程式化,而是充分意识到了黑人男性气概建构与实践的复杂性与特殊性,既看到了黑人男性作为一个普通美国人所受到的男权文化与性别角色观念的严重影响,同时也深切地意识到了作为一个美国黑人在美国社会中所受到的种族歧视给黑人男性社会性别角色的实现带来的种种困难,并且在揭示两者之间的矛盾与错位过程中对黑人男性气概建构与实践的策略提供了自己的独特视野。

　　通过对该作品中乔·杨布拉德(Joe Youngblood)、罗伯特·杨布拉德(Robert Youngblood,昵称"罗比")、劳瑞·李(Laurie Lee)三个主要人物形象的分析我们发现,在男性气概的认知、建构与实践方面,他们经历了一个不断成熟成长的过程,对黑人男性气概的思想内涵和建构策略进行了多方面的探索。该作品中杨布拉德一家在认知与建构男性气概的过程中,没有盲目遵从美国主流社会所尊崇的"自造男人"式男性气质模式,不再把权力、财富、性能力等外在因素作为男性气概的衡量标准,而是在一定程度上实现向传统男性气概的回归,强调了传统男性气概体系中勇敢与自律等内在人格与道德品质的重要性。在两性关系方面,该作品打破了美国南方社会男尊女卑的男权制性别伦理秩序,摒弃了性别歧视思想,把平等与和谐的两性关系看作其男性气概的性别伦理基础。同时,根据黑人种族在美国社会备受种族歧视和阶级压迫的不利政治处境,该作

---

　　①　隋红升.约翰·基伦斯《杨布拉德》对美国南方男性气概的伦理批判.外国文学研究,2014(3):107.

品在黑人男性气概的建构过程中没有颂扬孤军奋战的个人英雄主义,而是强调了黑人种族内部的团结性以及抗击种族压迫的组织性等政治素养的重要性,体现出一定的政治策略与智慧。

第一节　个体人格的勇敢与自律

《杨布拉德》在男性气概书写方面的第一项值得我们关注的思想内涵是其继承了传统男性气概的思想内核,把勇敢与自律(self-discipline)两项人格诉求定为男性气概的主基调,同时还强调了在充满各种种族暴力的美国社会中,男性气概实践的智慧性。

在人类性别文化史上,勇敢一直是男性气概最重要的人格诉求。勇敢在美国男性气概传统中更是占据着重要位置,正如基梅尔所说的那样,"纵观整个美国历史,最让美国男人担心的是别人说我们没有男性气概,说我们软弱无力和胆小怕事"[1]。而自律在男性气概体系中同样不可或缺,强调的是一个男人"要对自己的情感有掌控力,要在理性或良知——而不是低级而原始的动物本能——的驱动下行事"[2]。

对于美国黑人来说,对勇敢与自律的强调有着更为重要的意义。一方面,对勇敢与自律两项人格品质的强调与培养,有利于消解和扭转白人文化长期以来为黑人塑造的刻板印象。在美国白人文化中,黑人具有"怯懦的、反对革命的、孩子气的和被阉割的"[3]集体形象。在这种情况下,勇敢与自律的强调和培养对重塑黑人男性形象而言显然有着相当大的战略意义。另一方面,勇敢与自律也是美国黑人在充满种族歧视和压迫的"非良序社会"中生存和斗争的必要精神品质。在《杨布拉德》中,勇敢与自律

---

① Kimmel, Michael S. *Manhood in America*:*A Cultural History*. 2nd ed. New York:Oxford University Press, 2006:4.

② Friend, Craig Thompson. *Southern Masculinity*:*Perspectives on Manhood in the South Since Reconstruction*. Athens, GA:University of Georgia Press, 2009:28.

③ Richardson, Riche. *From Uncle Tom to Gangsta*:*Black Masculinity and the U.S. South*. Athens, GA:University of Georgia Press, 2007:6.

这两项人格诉求的书写主要通过罗伯特·杨布拉德这一男性人物形象的塑造得以体现,成为这一人物叙事的一条重要线索。

可以说,罗伯特男性气概建构的第一项内容就是其勇气的培养。在这一品质的培养过程中,他的母亲劳瑞显然起到了重要的引导和强化作用。小说中交代,罗伯特一开始是个胆小怕事的男孩,面对其他男孩的欺辱,他缺乏反抗的勇气,有好几次他都哭着鼻子回到家中。可是,他不但没有得到母亲的同情和安慰,而且还遭到后者的严厉训斥:"不要哭着回来找你妈妈。看到你这副德行,我真想狠狠地揍你一顿,好让你好好哭一次。你得学会照顾好你自己,我不可能老是跟着你,你爸爸也不可能。"(YB 51)这也让罗伯特深感羞愧,他暗下决心,以后自己"再也不会哭着鼻子回家了,而是正如妈妈说的那样像个男子汉一样进行还击"(YB 51)。然而,勇气不是一下子就能培养出来的。罗伯特之后的表现还是非常怯懦,甚至不如他瘦小枯干的姐姐詹妮·李(Jenny Lee)勇敢。好几次当罗伯特受欺负时,詹妮都挺身而出,护佑着弟弟:

> 她似乎根本不在乎与罗比动手打架的男孩块头多么大。好多次她的凶猛和冒险精神让比她大很多的男孩子都甘拜下风。她的勇敢与魄力让他们感到羞愧和震惊。一些孩子甚至说:"那个名字叫詹妮·李·杨布拉德的女孩真了不起——她可真的不是好惹的。"另外的一些小孩会说:"呀呵——呀呵——罗比真是个娘娘腔——竟然要自己的姐姐替他打架——"。(YB 51)

在当时充满暴力的美国社会,对于男孩子来讲,打架就成了彰显和捍卫自己男性气概的一种重要方式。在这种情况下,怯懦、软弱的男孩子往往很容易成为他人的攻击对象。对于黑人男性而言,除了要顶住来自其他黑人男性的挑战和攻击外,还要应对来自有着更多优势、享受着更多特权的白人男性的攻击。生性文弱的罗伯特在这方面显然处于非常不利的地位。

有一次,有个男孩竟然在罗伯特家门口肆无忌惮地向罗伯特发起了攻击,而罗伯特还是不敢还手。看到这种情况,他的母亲大声对他说:"打他,打他,他的块头没你大。打他,罗伯特,我不是说着玩的,打他。别哭,还手打他!"(YB 52)在母亲的一再逼迫下,罗伯特开始还手。但他的还击软弱无力,结果自己反而被连续击中,嘴巴也被打出了血。看到母亲严厉、坚定的眼神,罗伯特终于豁了出去:

> 他迎着那个男孩冲了上去,对准他的下巴狠狠地打了一下。
> 这次他可没手软,对方的下巴立刻红肿了起来。接着,他又朝对
> 方的肚子来了一下。然后他用出浑身力气,挥动着拳头向对方
> 发起了猛攻。他感到汗水已经湿透了全身,感到自己的拳头在
> 击中对方的肚子时立刻陷入他的肥肥的皮囊中。那个男孩转身
> 跑掉了。(YB 52)

可以说,对罗伯特勇气的培养来讲,这一战有着仪式性的意义。它让罗伯特学会战胜恐惧,在危难面前坚守自己的阵地,并能奋力一搏。这一战的胜利不仅极大程度地增强了罗伯特的勇气,也增强了罗伯特此后捍卫自己男性尊严的欲望与信心。对此,罗伯特的妈妈及时给予了鼓励和引导:"'看到了吧,'妈妈说,'我对你怎么说来着?只要你在打架时能够拼尽全力,毫不退缩,任何人以后想找你麻烦时就都要考虑一下了。'"(YB 52)但紧接着她又告诫他说:"永远不要欺负别人,儿子。永远不要无端与人打架,但也不要做胆小鬼。我是说永远不要。因为这样做对你是没什么好处的。"(YB 52)正所谓"人不犯我我不犯人",她的这番话不仅对黑人,对任何受欺压的个体和族群都具有启示意义。这是一种捍卫正义、维护人格尊严的勇敢,而不是仗势欺人、好勇斗狠的霸道。

罗伯特刚刚建构起来的男性气概很快受到来自白人男孩的挑战。罗伯特放学后路过白人区时,一个白人小男孩对他出言不逊,并且用石块丢他。罗伯特警告他离自己远点,不要太过分。但那个小男孩不但没有就此罢休,反而得寸进尺,语言更加粗鲁。这次罗伯特没有退缩,与白人男孩厮打了起来。开始时形势对他很不利,他总被白人男孩击中,被打得晕

头转向。此时他"真想转身跑掉,但他不愿,也不能那么做,因为他必须挺起胸膛,放手一搏"。(YB 55)很快他就扭转了局面,让白人男孩也吃到了苦头。这一战可以看作是对罗伯特男性气概的一次考验,而罗伯特经受住了这次考验,实现了从一个怯懦男孩向勇敢男人的迈进。

除了勇气之外,罗伯特男性气概人格体系中第二项重要内容则是自律的培养,这一品质与本书第一章中所谈及的男性气概的自我控制(self-control)或节制美德有关。对于罗伯特而言,这种人格品质具体体现为其"控制自身情欲的能力"[①]。在小说中,情窦初开的罗伯特在白人女孩贝蒂·简(Betty Jane)的一再挑逗和引诱下,忘记了南方白人女性对黑人男性的危险,拥抱并亲吻了贝蒂。这一场景恰巧被贝蒂的母亲看到,后者立刻卸下"开明白人"(liberal whites)的伪装,露出了种族主义者的嘴脸,大发雷霆,很快就闹到了罗伯特家中,威胁劳瑞要以强奸罪控告罗伯特。勇敢的劳瑞在这个色厉内荏的白人女性面前毫无惧色,用犀利的语言痛斥了这个白人女性的虚伪与卑劣,尖锐地指出美国历史上白人女性把黑人男性当作牺牲品的原因——把其在美国白人性别秩序中受到的伤害转移到种族秩序中,在对黑人男性的迫害中得到某种心理平衡。最终,在劳瑞义正词严、勇敢顽强的回击之下,这个白人女性彻底崩溃,放弃了对罗伯特的控告。在她离开之后,劳瑞对罗伯特进行了严厉的惩戒:"她扬起巴掌朝着他的脸掴了下去。她本不想这么做,但她还是不断地扇着他的耳光。即便他躲来闪去,她也没停下来。'你都十五岁的人了,竟然还没学会控制自己,'她大声训斥道。"(YB 322)在此,劳瑞给儿子罗伯特在自律或节制方面好好地上了一课。这也不由得让我们想起《土生子》中的比格·托马斯(Bigger Thomas)的类似经历。在某种意义上讲,比格的悲剧与他自控能力的缺乏有着密切关联。

然而小说同时也深刻地指出,对于身处种族歧视和暴力环境中的广大黑人子弟来说,除了勇敢和自律之外,在与有着强大国家暴力机器做后

---

① 麦金太尔.追寻美德:道德理论研究.宋继杰,译.南京:译林出版社,2011:172.

盾的白人种族主义者博弈的过程中还要讲究生存的智慧和斗争的策略性,要能屈能伸,必要时甚至还要学会忍辱负重,不要做无谓的牺牲。

小说中交代,罗伯特的姐姐有一次在放学回家的路上遭到四个白人男孩子的侵扰。正在白人即将得逞之际,罗伯特赶到,勇敢地对这几个白人男孩进行痛击。正当姐弟俩与四个白人男孩打得难分胜负之际,他俩被闻讯赶到的白人警察提米·斯基尼·麦克戈尔(Time Skinny McGuire)强行拉开。结果四个已经构成犯罪的白人男孩被放走,罗伯特反而被抓了起来。不仅如此,当劳瑞到警察局去要人时,白人警察递给她一条鞭子,让她当着白人警察的面教训罗伯特,这几乎把劳瑞逼入绝境。

按理说,罗伯特这种在面对邪恶时表现出来的英勇无畏恰恰是在劳瑞平时的教导、督促和激励下培养起来的,而且他表现得非常出色,这当然是她期望看到的,而且她也应当为儿子这种颇具男性气概的行为感到欣慰和自豪。另外,罗伯特此举也确实具有非凡的意义。从漫长的奴隶制社会到依然充满种族歧视的当代美国社会,就是因为惧怕白人势力的血腥报复,黑人男性往往没有胆魄和能力保护自己的亲人,很多时候他们眼睁睁地看着自己的妻子、姐妹、女儿被白人侮辱和侵犯而不敢出手相救,这也是黑人男性永久的心灵之痛,这一点在盖恩斯、克利弗等黑人作家的笔下都有体现。因此,罗伯特能够在自己的姐姐被白人侵犯时挺身而出保护姐姐并且在四个白人男孩面前毫无惧色、勇敢地与之搏斗,本身就意味着对黑人男性气概的阉割史的改写,是对"白色恐怖"的有力挑战和反击。这也是他姐姐对他这一勇敢行为如此钦佩和感激的原因。

然而,劳瑞现在却要亲手教训儿子,这也是白人种族主义者的卑劣之处。他们不仅自己明目张胆地徇私枉法,滥用职权,没有半点良知和公正心,而且还要用高压手段让母亲把在儿子身上亲手建构起来的男性气概剥夺掉。这不仅会让劳瑞以后对儿子的教育失效,还会让更多的黑人父母不敢让孩子们对白人的为非作歹有任何反抗,从而让黑人男性气概继续处于被压制和阉割的状态之中。白人的这种卑劣行径不仅盛行于美国南方,在美国北方也同样大量存在,因而具有普遍性,这一点也被来自北方的黑人教师理查德·麦勒斯(Richard Myles)所证实:"我开始相信这是整个美国特有的一种生活方式,南方和北方都是如此。杨布拉德夫人,他们就是要让你与自己的儿子为敌,摧毁他的美好的心灵,把你教给他的所有东西都毁掉。这就是他们所希望的。"(YB 171)

为了避免儿子被送到劳教所,为了不让儿子受更大的伤害和无谓的牺牲,百般无奈的劳瑞还是狠下心在白人面前抽打了儿子。这件事给劳瑞和罗伯特都带来了一次沉重打击。对劳瑞来说,她的行为无疑推翻了她平时对孩子们的教诲,严重影响了她在孩子们心目中的地位。她的这种做法也确实让儿子罗伯特非常气愤,连续几天都在赌气,这也让她感到更加伤心:"他们已经不再满足奴隶制时期对待你的方式,他们现在要让你的子女来反对你!"(YB 178)这也是小说中极富张力的片段。虽然劳瑞选择的这种做法是策略之举,但终究也是一种让步和妥协,这也是让她最感挫败的地方。对身心都还没有完全成熟的罗伯特来讲,他没有体会到母亲的良苦用心,母亲的这一行为显然让他感到非常困惑、愤懑和委屈,让他禁不住失声痛哭:"猛然袭上心头的恐惧、没有保障和困惑感让他禁不住哭了起来。同时也是因为她在白人面前给他的那顿鞭子让他感觉自己丧失了爱、尊敬、忠信。他哭是因为他感觉孤单和气愤,感到自己像个没有母亲、没人爱的孩子似的被背叛和抛弃。"(YB 179)至此,劳瑞和罗伯特似乎都陷入了困境。可以说,他们俩所面临的这一困境也是很多黑人在实践其男性气概时所面临的共同困境,有着相当大的代表性。小说对这一困境的提出也让我们不得不对黑人男性气概的特殊性、复杂性及其实践的策略性进行更深入的思考。

虽然重压下的勇气以及面对危险和困境的勇敢顽强一直都作为男性气概的主基调备受重视与强调,但我们发现基伦斯通过这一事件也在表明黑人在维护个体的人格尊严、抗击强暴时要适当讲求策略,不要做无谓的牺牲。如果说劳瑞的这种妥协还是出于被动和无奈,是一种自发之举的话,小说后面提到的女教师乔瑟芬·罗林斯(Josephine Rollins)则把这种自发转化为一种自觉,把它上升为一种生存智慧和斗争策略。

小说中交代,刚成功地组织了一场黑人灵歌表演的理查德在回家的路上遭到了白人警察的刁难和侮辱。一边是对他肆无忌惮地冷嘲热讽的白人,一边是女友乔瑟芬,理查德立刻陷入了进退两难的尴尬境地:"这些烂白人可以对他和乔瑟芬为所欲为。但他不想在白人面前唯唯诺诺,即便这样做会让他保全生命,尤其在乔瑟芬面前。然而他真的还想活下去。"(YB 289)

在此情况下,勇敢机智的乔瑟芬挺身而出,施展出一系列的谋略,使他俩终于化险为夷。在态度上,她没有硬碰硬地去顶撞这两个蛮横、强暴的白人,而是装出一副温和顺从的样子,让白人警察无法发作。在身份上,她把自己与理查德的名字分别改换成梅贝勒(Maybelle)和捷基·约翰逊(Zeke Johnson),并且称自己与理查德是夫妻关系。在职业方面,她称自己是霍利德法官(Judge Holliday)的私人护士,理查德是一名普通的工人。当白人警察觉得理查德与那个组织黑人周年庆典灵歌演出的教师长得很像时,她马上说大家都感觉他与那个黑人历史老师长得有点像,但他根本不认识什么黑人教师,而且还说自己和理查德都是安分守己的黑人,不做任何有害他人和社会的事情。最后,没有抓到任何把柄的白人警察只好放他们过去了。

然而,理查德在整个过程中却感到莫大的屈辱,感到自己的人格尊严丧失殆尽,他甚至对乔瑟芬的做法很不满,认为她与白人一样,对他的男性气概进行了阉割:"他感觉在两个白人与乔瑟芬之间一唱一和的过程中,他的人格与男性气概被阉割了。"(YB 290)显然,与劳瑞之前的经历一样,理查德同样感到了两难与无奈,既不愿忍气吞声,又无法彻底地反抗。可见,他们还没有自觉地把适当的妥协甚至忍辱负重看作是一种生存智慧和抗击策略。正因如此,劳瑞在不得已的情况下当着白人的面鞭打了罗伯特后感到非常痛苦,罗伯特因不能理解母亲的良苦用心而感到愤怒,理查德同样为自己不能捍卫自己的尊严以及乔瑟芬的"妥协"行为而感到羞愧和懊恼。

所以,等白人警察离开之后,理查德开始对乔瑟芬发起了脾气:"你让我成了世间最糟糕的胆小鬼,同时你的这种做法也成功地让你自己成了个胆小鬼。"(YB 291)乔瑟芬一针见血地指出了他这种说法的虚张声势之处,并对他进行了适时的开导:"亲爱的,如果你想在这里和我们待的时间长久一点的话,你就要学会在抗击这些烂白人的同时让自己活下来。这一点你要向我们这些南方人学习,因为我们在这方面已经很有经验了。"(YB 292)乔瑟芬的这一番话既有原则性又有策略性,既保留了抗争的态度和精神又避免了无谓的牺牲。显然,这样的一种抗争更具有持久性,更符合黑人的实际境遇。

第二节　两性关系的平等与和谐

《杨布拉德》在男性气概书写过程中体现出来的第二项值得关注的思想内涵是其对平等、和谐的两性伦理的强调。以杨布拉德父子为代表的黑人男性在其男性气概认知与建构过程中没有遵从男权社会男尊女卑的性别秩序观念,没有把其男性气概的确证建立在对女性的压迫和控制的基础之上,而是倡导了一种平等、和谐的两性伦理。

人类作为社会性动物,其个体性别身份的认知与建构往往受异己的社会性别秩序与性别角色观念制约,无法按照内心的真实想法行事,正如英国性别伦理学者帕森斯所指出的那样:"我们作为女性和男性是什么的概念在本质上是由我们所生活的现实之外的本性所固定,这一概念被有权力者运用以维持秩序并让人们各守其位。"[1]在这种情况下,很多男性个体把外在社会性别文化中的流俗作为自己男性气概认知与建构之标准,没有意识到其所遵从的性别秩序和性别身份观念的权力话语属性,没有意识到对其遵从其实就意味着接受该权力话语的"规训",而这种"规训往往以真理的名义行使权力之实,导致男性的内心焦虑与变态"[2]。我们发现,在非裔美国文学中,在这种权力话语规训下饱受心灵创伤的非裔美国男性不在少数,《孤独的征战》中的戈登、《格兰奇·科普兰的第三生》中的布朗菲尔德都属此类。

这些男性人物在认知与建构自己的男性气概时,缺乏批判意识,无法

---

① 帕森斯.性别伦理学.史军,译.北京:北京大学出版社,2009:36.

② 邱枫.男性气质与性别政治——解读伊恩·麦克尤恩的《家庭制造》.外国文学,2007(1):15.

实现对既有的性别秩序的反思与超越,无法恪守内心的真实与良知,而是把美国乃至西方社会所尊崇的种种占主导地位的男性气质模式和种种男性气概流俗作为认同与遵从的对象,把权力、财富和性能力等因素看成男性气概的衡量标准。在充满种族歧视和阶级压迫的美国社会,这种心理只能让他们处处碰壁、备受打击。更为遗憾的是,他们经常把自己在白人那里所受到的伤害加倍地发泄到黑人女性身上,正如学者张军在分析玛雅·安吉罗(Maya Angelou)的《我知道笼中的鸟为何歌唱》(*I Know Why the Caged Bird Sings*,1969)所说的那样:"黑人男性把白人世界的种族歧视连同他们自身所固有的性别歧视,一起发泄给黑人女性,使黑人女性成为双重受害者。"①他们这么做正是希望通过对在种族秩序和性别秩序中均处于劣势地位的黑人女性的压迫和支配来感受和建构自己的男性气概。然而,在《杨布拉德》中的杨布拉德父子身上,我们看到了超越这种性别秩序、摆脱主流社会性别身份观念桎梏的可能性。

对主流社会性别歧视的自觉拒斥首先体现在少年罗伯特这一人物身上。小说中交代,已经步入青少年阶段的罗伯特在与加斯(Gus)、罗宾逊(Robinson)、道森(Dawson)、埃尔莫(Elmo)等儿时伙伴的闲聊过程中,埃尔莫等个别黑人青年表达了对黑人女性的蔑视:"女人就是女人,所有的女人都是为了钱才爱你,尤其是黑人女性。她们根本没什么真情可言。对此我太清楚不过了。"(YB 344)可见,小小的埃尔莫已经被男权思想所熏染,表现出对女性的性别歧视,而且还体现出男权文化——尤其是白人男权文化——对女性的偏见和诋毁。这种偏激之词让在场的罗伯特感到非常气愤,因为埃尔莫所说的与他耳闻目睹的实际情况是非常不符的:"他想起了自己的爸爸和妈妈,想到他们两个工作起来都是那么卖力,想到他们彼此是那么相爱,不管有钱没钱。"(YB 344-345)关于这些年轻人对黑人女性的偏激之词以及对她们戏谑、轻佻的态度,他表示了强烈的不满和愤慨:

---

① 张军.论美国黑人文学的三次高潮.西南大学学报(社会科学版),2008,34(2):153.

　　　　听你们成天坐在这里说女人的坏话真让我生气。就拿你妈
　　妈来说吧,埃尔莫,她也是个女人。她是为了钱才爱你父亲的
　　吗? 我不是和你开玩笑,她是像你说的这样的吗? ……在佐治
　　亚的克罗斯洛德这个地方天天在外面工作,给家人弄吃的,让整
　　个家庭得以维持的女人比男人都多。(YB 344-345)

　　罗伯特的这段话有力地驳斥了埃尔莫等年轻黑人对女性的偏见与歧
视,表现出他对黑人女性在家庭中各个方面所做贡献的肯定,并对其人格
也给予了应有的尊重。在两性伦理方面,少年罗伯特还体现出可贵的大
局观和整体视野,指出黑人男性与女性有着共同的种族利益,尊重黑人女
性当是黑人男性应有的态度和职责:“不管怎么说,如果我们自己都不能
支持和尊重我们的女人,谁还会支持和尊重她们? 佐治亚这些烂白人是
肯定不会的。”(YB 345)这也体现了作者基伦斯对黑人女性的基本态度。
纵观基伦斯的整个小说创作生涯,女性一直都是他尊重和肯定的对象。
虽然也有像《随后我们听到雷声》中的米莉娅(Millie)那样深受美国现代
男性气质模式影响的女性,但多数女性——如该作品中的布兰顿
(Branton)和这部小说中的劳瑞·李和乔瑟芬·罗林斯——都体现了知
情达理、勤劳勇敢的女性形象。黑人女性在黑人男性成长过程中扮演着
重要角色,黑人女性在黑人男性气概建构和实践过程中起到了不可忽略
的参与作用。
　　罗伯特之所以能够在小小的年纪就有了这种觉悟,与父母对他在这
方面的教育是分不开的。在小说中,黑人女孩特丽莎·盖恩斯(Theresa
Gaines)原本是她所在学校最可爱、最安静的小女孩,不幸的是,在“瘦猴
子”约翰逊(Skinny Johnson)的引诱下怀了孕,她立刻就从一个花季少女
变成了人人责骂的坏女人:

　　　　整个镇子都在谈论和辱骂她的名字,就像她犯下了一级谋
　　杀罪似的。她这个不好,那个不好,她应该为自己的行为无地自
　　容,她是个没有廉耻心的荡妇,各种说法铺天盖地而来。所有这

些都是因为可怜的小特丽莎即将要生下一个孩子。她被学校开除，而且每个人似乎都想看看自己到底有多坏。几乎没有人说到"瘦猴子"约翰逊有什么不对——后者把她的肚子搞大了之后感到万分惶恐，坐上一列货车离开了镇子。(YB 390-391)

　　小说在此也犀利地揭露了男权文化在美国社会的主导地位，揭示了女性在这种男权社会中所遭受的性别歧视。对此，罗伯特的母亲深感不平，她在深深地谴责美国男权社会对女性不公的同时，教育自己的子女，尤其罗伯特要尊重和善待女性："女人在这个陈旧的世界上是没有受到多少关爱和尊敬的。我希望你们俩明白这一点，尤其是你，罗伯特。永远不要欺负女人。如果你在她们身上做了什么错事，那就像个男子汉一样承担责任。"(YB 391)在此，小说也在警示广大黑人在认知与建构男性气概时不要受美国白人主流社会性别歧视思想的影响，不要把黑人男性气概建立在对女性压制和支配的基础之上。劳瑞的这一观点也得到了丈夫乔的认同，后者不仅充分肯定了妻子劳瑞的优秀品质，而且还以劳瑞为例教育罗伯特不要以自己在社会性别秩序上的优势地位欺压和虐待女性："这个世界上再没有比你妈妈更好的人了，罗伯特，这一点你是清楚的，而你妈妈是个女人。因此，在你生命中，无论是明天还是从今往后一百年的时间里，一旦你因为这个陈旧的世界给了你更多的特权而虐待女人的话，你就想想你妈妈吧。"(YB 391)

　　这是一段关于两性伦理的朴素而又感人至深的经典独白。它不仅表达了对女性的尊重和肯定，而且痛彻地表达了对"陈旧世界"中社会性别等级秩序和性别歧视的批判，伸张了一种平等与和谐的两性伦理。这也为以罗伯特为代表的年轻黑人新型男性气概的建构指引了方向。正是在杨布拉德夫妇的正确教导下，罗伯特与女友埃达·梅(Ida Mae)之间建立起了真正互敬互爱的两性关系。

　　在男权思想依然有着相当残留的当代社会，《杨布拉德》在黑人男性气概认知与建构过程中所表达出来的这种人性化和极具人道主义精神的性别伦理意识有着深远的意义，与致力于维护男尊女卑性别秩序的男权文化、性别角色观念保持了距离,使该作品中男性气概的建构具有更多的人文特性和人道主义精神,这对当代社会新型男性气概理想的探索有着重要的启示意义。

第三节　种族斗争的团结与组织

《杨布拉德》在男性气概书写方面第三个值得关注的思想内涵在于这种男性气概突破了西方白人个人英雄主义的局限性,强调了黑人种族团结的重要地位。对于饱受种族迫害和阶级剥削的黑人男性而言,对这一政治诉求的强调有助于黑人男性战胜种族暴力带来的恐惧,也让黑人个体男性气概的建构有了坚实的种族基础。

强调黑人间的团结一致、共同抵抗白人种族主义者的种种暴行是非裔美国文学中的一个重要议题,赖特的《黑小子》(*Black Boy*)与《孤独的征战》和《随后我们听到雷声》都是这一传统中的典型作品。鉴于黑人男性特殊的经历和现实处境,种族的内部团结已经与黑人男性气概紧密联系在了一起,并对后者的建构与实践有着深远的影响。

在漫长的奴隶制及其废除之后相当长的时间内,白人种族主义者利用各种媒体对黑人进行丑化和妖魔化,并通过各种手段把种族歧视观念进行法律化和制度化,用最有效的暴力机制牢牢地把黑人控制起来,确保广大黑人始终处于被压迫、被剥削的地位。同时,他们还打着"保护南方淑女"的幌子,煽动各种反动力量,形成暴民组织,对黑人随时进行打压和迫害。在这种惨无人道的种族暴力面前,黑人的人身安全无法得到保障,黑人的男性气概更是经常处于一种被压抑和阉割的状态。在这种情况下,黑人男性气概的建构与反抗种族歧视和迫害是联系在一起的,甚至可以说黑人男性气概就是在反抗白人种族歧视与压迫的过程中得以建构和实践的。然而,在有着军队、法庭、公安等暴力机构和白人民间暴力组织做后盾的白人种族主义者面前,光靠个人的力量很难与强大的种族暴力抗衡,黑人男性气概的建构与实践也无从说起。因此,加强黑人种族内部的团结性与黑人反种族歧视与压迫的组织性就成了黑人男性气概建构的政治策略。在这方面,杨布拉德父子经历了一个从自发到自觉的成长过程,从孤立无援的个人主义者成长为深受群众爱戴和拥护的反种族迫害和阶级剥削运动的推动者和组织者。

乔出生在美国南方的佐治亚州,六岁时父亲去世,九岁时母亲去世。十一岁时离开收养他的叔叔到外面去做零工养活自己。他没有接受过任何正式教育,一切知识都是从生活和社会中获得的。在他十六岁那年,有人告诉他说北方大城市有更多自由和工作机会,北方才是黑人的乐土(Promised Land),在那里黑人男性才能活得像个男子汉。于是他就乘火车北上,结果在火车上遇到堵截黑人北上的白人抓捕队。面对荷枪实弹的白人,乔毫无惧色,与之展开殊死的搏斗,最终因寡不敌众,被打昏过去并被带到农场上关了起来。在农场上,尽管他被打得遍体鳞伤,还是设法逃了出去。不久,他结识了美丽、聪慧、勇敢的劳瑞·李,赢得了她的爱情并与之结婚,从此扮演起了丈夫与父亲的角色,并在白人开办的一家松脂厂找到一份工作。然而,这份让他赖以养家糊口、实现自身价值的工作却给他带来无尽的痛苦和伤害。

对乔和大多数美国黑人来说,他们在工作中不但要承受一般意义上的阶级剥削,还要承受种族压迫,而他们的任何反抗都可能招致无情的打击。对乔来讲,工作虽然让他暂时扮演起养家糊口这一性别角色,但在工作场所,沉重的工作不但严重损害了他的健康,而且简直就为白人剥削其劳动剩余价值、阉割其男性气概提供了场所和途径。在阶级剥削和种族迫害之下,工作没有给他带来价值实现感与自豪感,而是无尽的耻辱,让他丧失了健康的体魄、人格尊严和生命活力,其男性气概也一直处于被压抑和阉割的状态。

由于他不满白人工头皮特(Pete)对黑人工人的侮辱挑衅,与之发生了冲撞,他便立刻受到白人管理层的报复,被调到三号工作台,一个人承担该工作台的所有搬运任务。为了养家糊口,乔只好忍气吞声地接受了如此不公正的对待。多次的打击让他意识到:"想让白人吃点苦头是万万不可能的。他们有千百万种方式把你击垮,而你却无计可施。……更何况他还要养活漂亮、娇小的妻子和他们长着一双褐色大眼睛、皮包骨头的女儿和帅气的儿子。"(YB 35)乔一个人负责搬运大号油桶,硕大的油桶几次把他压趴在地上,但是他"继续来回搬运着,专心干着自己的活,不管任何人的闲事,而且他安分守己,没有任何非分之想,任凭自己累得筋疲力尽。他一定得为家着想——为家着想。他万万不能得罪白人,因为那样会让他丢掉工作。对有色人种的男性来讲,工作越来越难找了"(YB 43)。就这样,安分守己、恪守职责的乔忍受着白人令人发指的虐待和种种不公而不敢有任何反抗。正如本书在第二章概念辨析部分中所说的那样,很多时候,一种空间或情境中男性气质的获得是以另一种空间或情境中男性气质的丧失为代价的。对于黑人男性而言,这种情形更为严重。

尽管乔忍气吞声、任劳任怨地干着沉重的工作,但白人对他的欺压并没有停止,甚至还得寸进尺。之前找过他麻烦的皮特调到了三号工作台当监工,对乔依然耿耿于怀的他对乔进行了威胁:"我要让你知道我现在是这里的老大,你要听从我的命令,我可不允许这里有任何差错。"(YB 43)乔到上级管理部门那里要求调换工作场地,遭到拒绝,他也就只好继续承受皮特的欺压和侮辱。他感到心力交瘁,精神已经到了崩溃的边缘。这些沉重的油桶挤压的不仅仅是他的肉体,更是他的灵魂、他的男性气概,正如他的妻子劳瑞所观察到的那样:"就像一个人用鞭子把马驯服一样,工作把他彻底击垮了。对她和孩子而言,工作把他变成了一个陌生人,让他的精神丧失殆尽,让他挺不起腰杆。"(YB 64)

在乔的工作没有什么可挑剔的情况下,皮特开始拿乔寻开心,要求乔在工作的同时还要表现出一副开心和满足的样子:"我真不明白为什么从来就没见你唱歌和开心地笑过,也没见你龇牙笑过,这让我感觉你好像很不开心似的。"(YB 44-45)这看似友好的话语中隐含着白人对黑人惯有的刻板印象,认为黑人单纯幼稚、头脑简单和愚昧无知,因此应当经常"唱歌""开心地笑"和"龇牙笑"。白人工头皮特之所以几次三番地要求乔等黑人在进行如此沉重的劳作的同时还要唱歌和傻笑,一方面,这样表示他们安于现状,对白人没有不满和敌意,这让白人感到安全;另一方面,从黑人的这种表现中,白人男性也可获得一种优越感,更能彰显他们的霸权地位。白人不知道,其实在奴隶制时期,黑奴在奴隶主面前经常唱歌和咧嘴傻笑并由此表现出一副无忧无虑、欢快满足的样子其实是为了麻痹白人，让白人放松警惕，也是一种自我保护的策略。而在内心深处，黑奴对白人奴隶主则充满了怨恨和仇视。

对于在南方种植园长大并对此再熟悉不过的乔来说，皮特的这种无理要求显然是对他人格的侮辱。因此，他假装没看见在身边喋喋不休的皮特，在搬运油桶时差点撞到皮特，而且在放油桶时伤到了皮特的腿。乔用这种看似非故意的方式发泄了一下内心的愤怒，然而他的这一行为遭到了白人更为残酷的报复。在下班回家的路上，当他路过仓库时，一群白人冲向了他：

> 他们手忙脚乱了一阵子后，把他拖进了满地灰尘的仓库，然后对他进行了一番毒打，直到他失去了直觉。"让这个黑鬼明白在白人面前该怎样做。——下次你碰到一个白人时，你最好摘下你的帽子，垂下你的脑袋，闭紧你的嘴巴，这些你都听清楚了吧，你这个丑陋的黑鬼！"(YB 45)

被打得半死的乔去找白人老板申诉，结果被他敷衍了一阵子后也就不了了之了。由于伤势严重，乔住进了医院。出院后，他实在不想再回到那个给他的灵魂和肉体带来无尽痛苦和创伤的工厂，但为了养家糊口他不得不继续在厂子里工作，继续接受白人对他的欺压。

在沉重的工作和白人种族主义者的欺压下，乔的生命意志逐渐被摧毁，逐渐失去了反抗的斗志和勇气。当妻子劳瑞把罗伯特与白人男孩发生冲突的事件告诉他时，他悲观消沉地说："这年头真不知道该怎样教育自己的孩子了。和他们说他们不比白人差——告诉他们不要受白人的气——这些都没错，因为这是我们对他们的期望所在——但是，尽管如此——这将会给他们带来怎样的后果呢？这无疑会让他们惹上该死的麻烦——我对此再清楚不过了。"(YB 60)可见，乔和劳瑞一样，希望孩子们活得堂堂正正，希望他们活得有尊严。但与劳瑞不同的是，此时的他已经毫无斗志，几乎放弃了走出困境的希望：

　　　　他坐在椅子上前后晃动着。他感到心力交瘁——全身上下
　　又酸又痛——辛苦劳累的一天总算过去了,而同样沉重的一天
　　很快就又要到来——有个问题无论白天和晚上都在困扰着
　　他——在白人掌控的世界里,你该如何生活? 你是要摇尾乞怜
　　式地活着吗? ——在白人面前你总是要弓着身子,把帽子拿在
　　手里,表现出一副毕恭毕敬的样子吗? 还是你该像个男子汉那
　　样昂首挺胸地活着? (*YB* 61)

　　显然,乔有男性气概的内在诉求,只是受自己的文化和觉悟水平所
限,在残酷的“白色恐怖”之下不知道如何才能实现这种诉求,他没有意识
到仅仅把这种诉求局限于自己和家庭是没有出路的;缺乏其他黑人男性
和黑人民众的支持,黑人个体男性气概是难以建构和实践的。在没有其
他黑人的拥护和支持下,乔陷入了孤单和绝望的境地,人也变得越来越消
沉和沮丧。这让妻子劳瑞非常失望,也在一定意义上削弱了他在家庭中
的威望和地位。

　　乔之所以被白人任意宰割而束手无策,一方面是因为没有法律的保
护。在黑人与白人发生冲突的时候,法律的解读和实施都偏向白人。这
一点从美国历史上众多黑人遭受的冤案就可以看出。另一方面,乔缺乏
团结黑人同胞、共同抵抗白人的种族歧视与暴力的自觉意识,这使他始终
处于一种孤立无援的境地。在小说的前半部分,乔基本是个个人主义者
和家庭本位主义者。他平时寡言少语,不太喜欢与人打交道,只想任劳任
怨、尽心尽责地做好自己的事情,扮演好一个丈夫和父亲的角色。另外,
在他的心目中,家的利益高于一切,因此他已经几乎把自己的全部责任和
精力都放在家庭的维护和供养方面,缺乏一种集体视野,没有意识到在种
族歧视泛滥的美国社会,黑人的单打独斗与孤军奋战是没有出路的,只能
让自己因势单力薄而任由白人宰割。而且他也没有把家的利益与黑人的
整个解放事业结合起来,没有意识到对黑人男性而言,如果不能有效地抵
制白人的种族歧视思想、政策和制度,即便想扮演好养家糊口这一男性角
色也是得不到保障的。

因此对乔来说,团结意识的形成是其男性气概最终得以建构和实践的重要环节。起初,乔对黑人内部的团结持怀疑态度,认为"这个地方的黑人就是团结不起来。就算你把他们组织起来并且确信他们会一心一意地跟着你干,只要白人大叫几声,他们就会像兔子似的四处逃窜了"(YB 202)。这也从侧面指出了广大黑人民众在漫长的"白色恐怖"下形成的一种胆小怕事和缺乏种族集体观念的心理状态以及黑人内部一盘散沙、不够团结的境况。其实乔自身就是这样的一个例子,他抱怨别的黑人不团结,他本人也从来没有真诚地、耐心地去团结过他人。尽管他在白人种族主义者那里受过无数欺压和迫害,却从来没有认真地反思过自己总是处于被动挨打境地的根源。这也让他始终处于孤立无援的境地,在白人种族主义者的欺压面前显得非常被动和无助,其男性气概也始终处于压抑的状态。就在他的身心经受着莫大折磨、几乎处于崩溃边缘之际,年轻知识分子、历史教师理查德下面的一番话给他带来了很大触动:

> 杨布拉德先生,我们必须要团结起来。这是唯一的出路。我知道,我们当中既有一些汤姆叔叔式的人,也有一些对白人唯命是从的人。这样的人一直都有——从奴隶制时期就有,但他们成不了什么气候。只要我们其他的人能够团结起来,我们就有足够的力量战胜白人。……一个再清楚不过的事实是,如果我们单枪匹马地作战,没有任何胜算。他们会采取各个击破的方式打败我们。另外一个确信无疑的事实则是,没有人会主动把自由拱手送给我们。(YB 202)

理查德的这一番话既点明了抗争的必要性,也点明了反抗的策略性,显示出一个知识分子的思想深度和战略性眼光。他清楚地意识到黑人要想活得有尊严,黑人男性气概要想不总是处于被压抑和阉割的状态,他们除了团结一致外别无出路。

正所谓一席话惊醒梦中人,理查德这番劝导让乔意识到自己以往岁月中屡遭白人欺压、挑衅却无力反抗的原因,意识到自己的匹夫之勇是无法与强大的种族暴力抗衡的。要想获得尊严和自由,广大黑人必须"联合起来共同作战",这也让他重新看到了获取反阶级压迫和种族歧视的希望和努力方向。获得了这种希望的乔在精神面貌上有了脱胎换骨般的转变。在妻子面前,他不再像以前那样麻木、低沉、消极、自暴自弃,而是重新燃起了与妻子交流、互动的渴望:"他迫切地希望能走到她身边去,而且他也希望她能站起身,走到他身边来。"(YB 205)可见此时的他已经开始从之前的孤独和自我封闭状态中走出,对生活充满热情,以一种开放的心态拥抱他人和世界。另外,重拾信心和希望的乔实现了勇气的回归,这让他在白人种族主义者面前变得不卑不亢、勇敢坚强,再次拥有了男性气概。这一点从他对白人出纳态度的变化上就可看出。之前在领取工资时,他明明知道每次出纳都在欺骗他、都会少支付工资给他却不敢反抗,而这次他则决定绝不让步:"谁若想打黑人辛辛苦苦挣的那点薪水的主意,他就真的该死了,而且死后在地狱里也要服苦役。这个烂白人如果今天还要在他身上故伎重演的话,那里就是乔·杨布拉德要送他去的地方。他几乎听到自己在给自己打气——乔,今天不能退缩,不能退缩。"(YB 206)这也清晰地体现了他要捍卫其人格尊严和权益的决心和信心。而在此之前,他每次受到白人出纳欺骗时都能感受到其男性气概受到的挑战和压制,而他的每次让步都让他感到自己的男性气概被阉割:

> 有时乔一句话都说不出口,此时他感到他的男性气概被全部剥夺了,被榨干了,就像自己浑身的血都被一条水蛭吸干一样。还有些时候他竟然回到家后才清点一下薪水。(YB 208)

但他这次当着白人出纳的面仔细地清点了拿到手的工资。当他发现少了85美分时,没有再像以前那样采取息事宁人的态度,而是大胆地告诉出纳数目有误。心中本来有鬼的出纳想用威吓的方式让乔知难而退,但乔没有让步,他让出纳当众清点了一下,出纳清点后只好把少的部分如数给了他。他的这次勇敢的行为不仅让在场的其他黑人感到扬眉吐气,还赢得了他们的尊敬。当他走向门口时,有几个黑人工友也跟了出来,这

让他感到了一种温暖和鼓舞:

> 乔转过身来时与瑞·莫里森撞了个满怀,后者不知道什么
> 时候站到了他的身后。两人就一起走了出来,另外两个黑人也
> 离开了领工资的队伍,跟着走了出来,他们是杰克·林伍德和查
> 理·朗特里。他们几个就在白人的注视下一声不吭地走向门
> 口。走在他们中间,乔感到瑞、杰克和查理等黑人都在他周围,
> 自己的脸上、肩膀上、胳膊上和腿上都能强烈地感觉到他们的存
> 在。他们的所有力量似乎都灌注到他一个人的体内。(YB
> 211)

可以说,之前历史教师理查德向乔灌输的种族团结意识让他重新获
得了希望和勇气,他的勇敢行为则让他赢得了其他黑人的尊重和拥护,而
他也从这种尊重和拥护中感受到了更多的温暖和力量。这是一种良性的
互动。一方面,勇气与男性气概对黑人族群的解放有着重要意义,因为后
者需要有勇气和魄力的人带动和领导;另一方面,个人的勇气与男性气概
只有植根于集体当中,才更有坚实的基础和可持续性,两者缺一不可。从
这个意义上讲,乔的这一果敢行为具有符号性意义,有着相当的导向性。
乔本人在这次反抗与胜利中也体验到了自己男性气概得到伸张的快感:

> 乔向门口走去。他感到步伐轻盈。虽然他感觉自己的背部
> 似乎赤裸裸地曝露在外面,没有任何保护,并因此感到恐慌,但
> 他同时感到非常开心与快意,尝到了一个男人应当感受到的那
> 种感觉。他要告诉劳瑞所发生的一切,她也许会感到害怕,但同
> 时也会感到很开心。(YB 211)

乔的这种感受是真实可信的。一个男性如果在社会中被剥夺了男性
气概,他在家庭成员面前也往往是很沮丧的,有的男性甚至把怨气发到妻
子和子女身上,因为他会觉得他们见证了他的懦弱无能,让他更加无地自

容,这也是乔在其男性气概在白人面前长期遭到压抑时在家庭成员面前表现得无比麻木和冷漠的原因。就此而言,很多黑人男性无法在家庭中做一个好丈夫和好父亲,与他们的男性气概在充满种族歧视的美国社会中备受压抑和阉割的现实有着相当大的内在关联。乔在白人薪水出纳面前勇敢地捍卫了自己的人格尊严和权益后,在妻子与儿女面前表现得非常兴奋与开朗,而且在吃饭时禁不住想把自己在白人面前的英勇表现告诉家人,与他们分享这种快乐:

> 他喝了一口百佛酒,嘴巴在对着瓶口吸吮时还弄出了"喷喷"的响声,感到酒的味道好极了,厨房里还洋溢着煎鱼时发出的香喷喷的味道。他感觉到了告诉家人他如何当场戳穿薪水出纳欺骗行径的时候了,告诉他们,他,一个黑人,是如何在白人面前挺身而出的。他很想在家人面前吹嘘一番,倒不是因为真的想吹嘘,而是他感觉非常自豪,想与他们一起分享他的这种强烈的自豪感,让劳瑞·李知道她有着一个怎样的丈夫,让孩子们知道他们有着一个怎样的父亲。(YB 217)

可见,乔只有在公共空间中的人格尊严和男性气概得到捍卫和伸张时,他在家人面前才重新焕发活力,变得更加和蔼可亲,充满了做父亲的慈爱与做丈夫的温柔。同时,他的男性气概在他与家人和睦相处的过程中得到进一步的加强,两者形成了良性的互动:

> 他们围坐在火炉四周,这种氛围让人感觉美好、温暖和亲切。炉中的木柴燃烧着,发出强烈的焦煳味;火炉四周闪耀着火光,忽明忽暗;他的烟斗的味道和他们的面庞,所有这些都让人感觉美好、温暖和亲切。乔伸出手去,放在他大女儿的头上,用他那粗糙而又温和的手抚摸了一下她那与劳瑞·李一样的又粗又黑的头发。上帝,我有着一个多么可爱的家啊!无论白人还是黑人,谁也别想扰乱我的家庭。(YB 218)

乔恢复了自己的人格尊严与自信后,整个家庭也获得了一种安宁与和谐,尤其是他与妻子劳瑞之间之前紧张的夫妻情感也得到了修复,其勇气的回归与自尊和自信的恢复也重新赢得了妻子劳瑞的尊敬与爱慕。小说在此也从侧面体现了真正的男性气概对家庭和谐的重要性。不无遗憾的是,男性气概的这层价值恰恰被过度看重权力关系研究范式的男性气质社会学忽略了。

这次事件让乔更加认识到在有着军队、法庭、公安等机构支持的强大白人种族主义者面前,团结一致对黑人解放的重要意义。团结意识不仅给以乔为代表的老一代黑人带来了新的勇气与力量,对以罗伯特为代表的年轻一代黑人子弟的成长也有着深远的影响。罗伯特对团结的重要性的认识首次发生在与加斯、索尼男孩(Sonny Boy)、"瘦猴子"约翰逊等几个黑人小伙伴嬉戏玩耍时。在玩耍的过程中,他们表达了各自的理想,交流了一些黑人遭受歧视的事例,并开了一些白人的玩笑。此时,罗伯特突然间对这些小伙伴们产生了一种无比亲切的感受:

> 突然间,他有了一种非常美好、温暖和舒服的感受,感觉就像在一个寒冷的冬天吃过一顿饱饭后坐在一个大肚子火炉旁边似的。他看了下周围其他男孩,感到自己与他们非常亲近。他感到心中灵光一现并像无数杯热茶一样迅速涌遍全身,温暖了他的整个身子。看着他们一张张面庞,他禁不住在想,也许他们将永远都会像现在这样,永远都会是如此亲密的朋友,永远永远。(YB 110)

可以说,这种顿悟也是罗伯特之前一段时间的情绪体验所积累的结果。前文提到,罗伯特在实践他母亲劳瑞参与建构起来的男性气概时遇到了前所未有的麻烦,陷入了无比孤独、彷徨与愤懑的心理困境。然而,正如引文所言,和其他黑人子弟在一起让他感受到了一种温暖和心灵的慰藉。同时他也感悟到了团结的力量,看到了黑人走出困境的希望:"他想告诉他们,如果他们在长大成人后还能继续做朋友而且永远都如此亲密无间的话,白人就休想碰他们一个手指头。……他想对他们说紧密团结在一起对他们来说是这个世界上最重要的事情。"(YB 110-111)而且他意识到了黑人内部摒除肤色歧视、团结一致的重要性:"黑皮肤、黄皮肤或棕色皮肤,都没有什么不一样。我们都是黑人,一种肤色并不比另一种肤色好。我们需要紧密团结在一起,不要在乎什么肤色。"(YB 112)这种团结意识的觉醒是罗伯特成长过程中的关键一步,让他避开了乔等老一代黑人走过的弯路,在反种族歧视和阶级压迫过程中不再采取孤军奋战、单打独斗的抗争方式。可以说,这种团结意识的觉醒为罗伯特后来成为工会的组建者和领导者做好了心理上的准备。

与团结意识紧密关联的是有组织的斗争形式。有了团结意识的黑人子弟只能说有了良好的心理基础,但要把这种团结意识变成一种有效的斗争,则需要有效的组织形式。然而,在种种保守的思想观念和现实问题的困扰下,拥有一个有效的组织形式并非易事。通过对罗伯特所在酒店工会组织组建历程的叙述,小说真实地再现了在黑人民众中开展有组织斗争的难度,同时也让读者看到了可能性和希望。

在小说中,罗伯特和其他黑人同伴们在黑人教师理查德的组织下完成了一场精彩的黑人灵歌表演,不仅高度颂扬了被白人历史埋没的多位不屈不挠抗击奴隶制和种族歧视的黑人传奇人物,而且还从侧面控诉了奴隶主和白人种族主义者在黑人身上犯下的种种罪行。这也让观看演出的很多白人大为恼火。理查德非常担心这些白人会对他和参与演出的黑人学生进行打击报复,但他想起了之前劳瑞在和他谈到庆典日演出时说的话:"白人在数量上不占优势的时候往往是不会轻易挑起事端的。如果他们找茬,我们就奉陪到底。"(YB 283)这给他带来了信心和力量。当他与乔、劳瑞、罗伯特等几个黑人来到剧场外面的时候,发现一群面目可憎的白人早已聚集在那里。他知道他们是在等他,不禁有些紧张。但此时,一大群黑人迎上前来,把他簇拥在其中。在这支人数众多、士气高涨的黑人队伍面前,本来气焰嚣张的白人则显得非常沮丧,最终灰头土脸地散去了。这次胜利不仅有力地证明了团结一致对黑人个人成长与种族解放的重要性,而且也强调了恰当的组织形式同样是非常重要的。

对于黑人男性来讲,自觉地寻求有效的组织形式是他们由个人到集体、由单打独斗到并肩作战意识形成后的又一次升华。在这一过程中,黑人男性气概的建构已经从人格与道德品质的培育向实践策略层面迈进。然而,在黑人民众间形成有效的组织形式并非易事,需要澄清很多落后的意识,而且要和黑人内部的很多保守势力做斗争。另外,黑人内部存在的互相拆台、互相诋毁的现象也增加了这一工作的难度。小说在后面的叙事中通过黑人校长布雷克(Blake)之口也表达了类似观点:"黑人就像装在篮子里的螃蟹。你如果把一群螃蟹放到一个篮子里,他们会整个一周的时间都待在里面,一个都出不来。因为它们中哪个想爬到顶部的话,其他的螃蟹就会上前把它拽下来。"(YB 297)可以说,布雷克的这番话不是没有道理的,他说的这种现象在黑人乃至世界各个族群的人中都是广泛存在的。无论是战争时期还是和平年代,这种相互忌妒、诋毁和拆台不仅不利于个体的成长,也不利于集体的发展和民族的解放。然而,布雷克还只是看到了事情的消极一面,这种悲观的腔调也是在为自己的不作为寻找托词,而且没有看到操纵着黑人命运,让黑人处在水深火热之境的那只幕后黑手。理查德对这种消极悲观的论点进行了有力的驳斥,而且给出了极为正面积极的解释:

> 人和螃蟹还是有所不同的。我们不能说是那些最底层的人把其他那些想爬到顶部的人拉下来,这根本不是问题的关键。那些向上爬的人中的确有一部分人在爬到一半时发现下面有成千上万的手在伸向他们,希望下面的人能拉他们一把。于是他们就抄起棒球棒对着这些手一阵乱打。但最应当引起我们注意的是那些最先把你们放到篮子底下的那个人,他才是那个竭力不让我们出去的罪魁祸首。(YB 297)

这段话虽然承认了黑人当中的某些劣根性的存在,但并没有因此灰心丧志,而是放远眼光,在一个更高的层面上把握问题的关键所在,指出要想根本性地改变黑人的现实境遇,就要坚决、彻底地与他们的命运操纵者——白人种族主义者——进行斗争。遗憾的是,头脑僵化并且只关注自己利益得失和中产阶级身份的布雷克根本没有听进去。

小说通过描述理查德在黑人民众中成败参半的宣传经历至少给读者带来两方面的启示。一方面,正如之前的莱德贝特(Ledbetter)牧师所建议的那样,最有抗争决心与信念的还是工人阶级和贫苦的黑人民众,他们更容易认同黑人革命领袖的理念,接受他们的领导,而黑人中产阶级因其既得利益与社会地位以及与白人千丝万缕的关系很难成为抗击白人种族歧视的主力军。另一方面,小说也似乎在告诉读者,无论是黑人工人阶级还是中产阶级,团结组织观念还没有深入人心,还需要做大量的宣传和动员工作。这一点从罗伯特在组织工友们反抗资方各种霸王条款的经历中再次得到印证。

为了减轻家中的经济负担,十六岁的罗伯特与几个和自己一起长大的童年伙伴到白人奥格(Ogle)开的酒店中工作。他们受到了酒店管理层各种不公正的待遇。这些不公正的待遇既有一定的阶级普遍性,同时还掺杂着相当的种族特殊性。对于黑人来讲,不仅要承受白人管理者对他们的阶级剥削,还要承受专门为黑人劳工设计的、带有明显种族歧视色彩的政策和制度。除此之外,他们还要忍受白人管理层的各种轻慢和侮辱行为。

在这种情况下,罗伯特等黑人子弟更加意识到有组织斗争的重要性与迫切性。此时,一种可以有效利用的组织形式——工会则成了这些黑人青年子弟经常讨论的议题。在非裔美国文学中,工会是一个重要文学母题,威廉·阿特维(William Attaway)的《锻炉血》(*Blood on the Forge*,1941)和前文分析过的《孤独的征战》都正面书写过这一话题。在纽约逗留期间曾经参加过工会组织的罗伯特更加意识到了工会在反抗种族歧视方面的重要意义。当有人怀疑工会组织在佐治亚州行不通时,他这样说道:"我们在酒店中就是需要这样一个组织——工会。我们如果有了工会组织,奥格先生就会拿我们当回事了。"(*YB* 352)

然而,正如团结观念遭到一部分黑人民众的质疑一样,关于工会组织的提议同样遭到一些黑人民众的抵制。罗伯特的这种建议马上受到威尔·特纳(Will Turner)等保守黑人的阻挠:"工会?你疯了,杨布拉德?你如果到酒店中宣扬什么要命的工会的话,奥格先生会马上让你滚蛋,那时你就走投无路了。"(YB 352)可见,在黑人工人中开展组织工作并非一件易事,要求组织者具有足够的耐心。对于普通的黑人工友而言,他们首先担心的是丢掉工作,而且他们对同胞缺乏足够的信心,担心那里的黑人不会团结一致,担心工会活动因缺乏经验而失败。更让他们担心的是,酒店中的白人员工可能会和他们唱对台戏,会与酒店管理阶层沆瀣一气,让工会组织的任何抗议活动都无功而返。总之,这些平时怨气冲天、满腹牢骚的黑人此时都显得顾虑重重,瞻前顾后。对此,罗伯特给予了正面的批评和引导:

> 你们平时总是对酒店的待遇牢骚满腹,这不好、那不好的,但我敢说,除非我们团结起来做点什么,这些恶劣的待遇将永远得不到改善。酒店老板是绝不会因为一时良心的发现给你任何好处的。他会根据你对种种恶劣待遇的最大容忍度来决定该给你多少东西。(YB 353)

引文中提到的"团结起来做点什么"其实就是进行有组织的斗争,也只有这种有组织的斗争才能取得反阶级压迫和种族歧视斗争的成功。这段话对黑人民众中存在的只会背后抱怨而不敢抗争的倾向给予了严肃的批评,同时也强调了从团结意识的形成过渡到有组织的行动还有很多工作要做。

在这种患得患失、瞻前顾后的心态作用之下,备受酒店老板欺压的黑人工友们在贝西(Bessie)的酒吧里发了一通牢骚,用酒精麻醉了一下心灵的苦痛之后又回到各自的岗位上继续工作,没有遭到任何反抗的酒店老板对他们的压榨和剥削愈发变本加厉了。一天,酒店经理布赛(Bussey)把罗伯特等一些黑人工友召集到办公室,先假意让他们对自身待遇等方面提提意见,见没有一个黑人敢发言,他就让一个平时非常听话的黑人莱罗伊·詹金斯(Leroy Jenkins)宣读专门针对黑人服务员的规则,在工作时间、轮休换岗、迟到和早退等方面提出了更加苛刻的要求。

在莱罗伊宣读这些新规则时,罗伯特强烈感受到自己的男性气概遭受剥夺,感觉"好像那个白人有意要莱罗伊当着其他男人的面把他的裤子脱下来似的"(YB 368)。当那个白人经理左一个"男仔"(boy)①、右一个"男仔"地对这些成年黑人男子进行发号施令时,他再次强烈地感受到自己的男性尊严遭受侵犯:

> 罗比心里在想——如果他们除了男仔之外什么也不是的话又怎么能够成为男子汉? 男仔——男仔——男仔——无论白天、晚上还是其他任何时间——他们永远都被称为男仔。不管他们年龄多大,他们是谁,他们是做什么的。(YB 368)

显然,白人在此通过权力与语言的双重暴力对黑人的男性气概实施阉割。尤其是在对黑人称谓上的这种阉割更加恶毒,更具摧毁力。这也说明,黑人工人和普通民众如果缺乏有效的斗争组织形式,他们每个人的权利都无法得到保障,他们的人格尊严也将不断遭受侵犯。在这种情况下,罗伯特对工会这种斗争形式的重要性和可行性进行了更为深入的分析:

> 如果我们把酒店中的男服务员、女服务员、电梯操作工等所有黑人都组织起来的话,那么酒店老板能把我们怎么样? 他总不至于把我们全部开除吧? ……他的确有权有势,非常强大,但他还没有强大到可以一个人经营整个酒店的地步。各位,如果酒店中所有的黑人都能紧密团结起来的话,奥格先生会吓得屁滚尿流的。当我们团结在一起的时候,他们才会真正感到害怕。我们从未看到哪个烂白人对一群黑人发起过进攻。他们最不希望看到的,就是我们团结起来,拧成一股绳,共同作战。(YB 374)

① 关于"男仔"(boy)一词的解读,详见第七章。

这也道出了工会组织成功的前提,那就是团结和组织所有人,这样才能最终逼迫统治阶层做出让步。正当酒店中的工会活动全面展开之际,罗伯特的父亲不幸被枪杀。考虑到罗伯特父亲的葬礼还在进行中,加斯建议罗伯特把第一次工会会议的时间推迟。罗伯特经过短暂的思考后,做出了自己的判断:“不行,加斯,绝不能推迟开会时间。”(YB 467)

可见,罗伯特已经有了当机立断的胆魄与主动担当责任的勇气。最终,在罗伯特、加斯、埃里斯(Ellis)等黑人以及以奥斯卡(Oscar)为代表的少数白人的努力下,黑人工会组织正式成立,黑人解放运动开启了新的篇章。

在全书的结尾处,黑人个体的成长及其男性气概的建构已经与整个黑人种族的斗争与解放交织在了一起。在与其他黑人同胞们的交流互动和并肩作战中,在对工会活动的推动、策划与组织的过程中,罗伯特也由一个胆小懦弱、意气用事、缺乏自律的青涩少年成长为一个勇敢坚强、独立果断、成熟稳重并且富有领导智慧的男子汉。

小　结

通过以上的论证我们发现,《杨布拉德》向读者展示了一种集个体人格、两性伦理与种族政治于一体的男性气概建构视野。在个体层面,该作品强调了勇敢自律等内在人格品质与生存智慧的培养;在两性关系中,该作品不再把女性作为歧视与压制的对象,而是强调两性的和谐与对女性的尊重,与男权思想划清了界限;在种族层面,根据黑人男性作为一个弱势群体在充满种族歧视的美国社会备受歧视与压迫的现状,该作品强调了单打独斗的个人英雄主义的局限性,主张把黑人个体男性气概的建构与反种族压迫和阶级剥削的团结性与组织性结合起来,从而使黑人男性气概的建构有了更高的旨趣和政治保障。

第七章　《孤独的征战》对男权思想的反思与男性气概理想的重构

在反映 20 世纪 40 年代美国黑人男性气概状貌的非裔美国文学作品中,切斯特·海姆斯①(Chester Himes, 1909—1984)的小说《孤独的征战》(*Lonely Crusade*, 1947)无疑是最为典型的一部。然而学界对该作品中这一主题的重要意义还缺乏足够的重视。国外学者倾向于把该作品纳入"抗议小说"(protest novel)书写传统,更多地关注该作品中的政治和种族主题。吉尔伯特·穆勒(Gilbert H. Muller)认为该作品本身是一部卓越的政治小说,认为在主人公李·戈登(Lee Gordon)所追寻的各种身份中,"正是他的政治身份让他的人物形象有了实质性内涵,也让《孤独的征战》作为一部富有思想的小说有了一种特殊的力量"②。在种族方面,学者们更为关注的是该作品中黑人与犹太人之间的种族关系。比如,斯蒂芬·罗森(Steven J. Rosen)认为"《孤独的征战》破天荒地提出了一个颇

---

① 切斯特·海姆斯的全名是切斯特·鲍玛·海姆斯(Chester Bomar Himes),是一位多产的非裔美国作家,生前出版了二十多部文学作品。早期作品以《如果他抱怨就让他走》(*If He Hollers Let Him Go*, 1945)和《孤独的征战》为代表,有着明显的抗议小说的特点,对美国社会中的种族歧视和阶级压迫等非正义现象进行了犀利的抨击。后期创作以侦探小说为主,创作了《为了伊玛贝勒的爱》(*For Love of Imabelle*, 1957)和《带枪的盲人》(*Blind Man with a Pistol*, 1969)等八部以纽约的哈莱姆区为背景的侦探小说,对沃尔特·摩斯理(Walter Mosley, 1952—)等年轻侦探小说家有着一定的影响。另外,他在去世之前还创作了《特级伤害》(*The Quality of Hurt*, 1972)和《我的荒谬生活》(*My Life of Absurdity*, 1976)两部自传。海姆斯生前没有得到学界的持续关注,但从他去世到现在,学界对其小说创作的研究兴趣有着明显增温的趋势。

② Muller, Gilbert H. *Chester Himes*. Boston: Twayne Publishers, 1989: 30.

具争议的话题,那就是黑人的反犹主义"①。

不能否认,种族与政治是该作品中不可忽略的两大主题,也是让戈登陷入困境的两个现实因素。然而,在戈登的各种身份中,最困扰他的还是他的性别身份,更确切地说是他的男性气概,正如作者海姆斯本人始终坚持认为的那样,"该小说书写的一个普遍主题就是'对男性气概的追寻'"②。我们也发现,"男性气概"(manhood)这一概念在该作品中反复出现,主人公对其男性身份的焦虑与危机感也贯穿了小说的始终。对男性气概的错误认知、建构与实践是让主人公戈登人格扭曲、良知泯灭和道德沦丧的重要原因,是使其陷入种种人生危机的内在原因,而其对西方现代男性气质及其蕴含的男权思想的反思以及真正男性气概理想的重构则是其走出心理和现实困境的重要途径,同时构成了该作品的一条主要的叙事线索,也让该作品充满叙事张力和艺术感染力。

第一节 对美国男权思想的反思

纵观整部小说,戈登之所以对其深爱的妻子鲁斯(Ruth)进行长期的虐待与伤害,甚至已经到了扭曲和变态的地步,除了个体心理和人格等主观因素外,还与其对美国男权思想和现代男性气质的认同与遵从有着密切关联。小说中的大量细节表明,戈登所认同的这种男性气质模式基本上属于康奈尔所提出的那种"霸权性男性气质"(hegemonic masculinity)③,这种男性气质模式认为男性应当是"主动的、竞争的、拥有权力的、控制

---

① Rosen,Steven J. "African American Anti-Semitism and Himes's *Lonely Crusade.*" *MELUS*,1995(20):47.

② Rosen,Steven J. "African American Anti-Semitism and Himes's *Lonely Crusade.*" *MELUS*,1995(20):63.

③ 按照康奈尔的男性气质理论,在西方社会,男性气质根据权力关系分为霸权性男性气质(有时也被译成支配性或主导性男性气质)、从属性男性气质、共谋性男性气质和边缘性男性气质。霸权性男性气质往往是在男权社会中占主导地位的男性气质,在各种权力等级秩序中处于支配地位。

的、主宰的"①。根据康奈尔的观念,"按照某些说法,男性气质实际上等同于以无比赤裸的方式进行的权力运作"②。他认为在当代欧美性别秩序中,这种"权力关系"(power relations)的核心"就是总体上维持女性的从属地位和男性的统治地位"③。可见,西方现代男性气质最突出的特点就是把男性的权力——尤其男性在两性关系中的权力——看作是男性气质建构与实践的核心要素。

在该作品中,主人公戈登男性气质体系中的男权思想主要通过其对父权制的维护、对性别角色观念的恪守以及对妻子扭曲的欲力发泄得以体现。正是由于对该男性气质模式及其蕴含的男权思想的认同,主人公戈登不能与妻子鲁斯平等、和谐地相处,无法和她齐心协力、共同经营他们的婚姻生活,而是把她当成自己竞争、压制、征服和统治的对象,甚至在妻子身上做出许多人格扭曲、道德沦丧之事。这不仅没有让他如愿以偿地拥有其孜孜以求的男性气概,反而让他的事业与人生陷入重重困境,让他始终生活在恐惧、空虚和孤独之中。

一、主人公对父权制的维护

戈登对男权思想的认同首先体现在他对父权制的维护上。他希望凭借父权制赋予男性的特权来保障其在性别秩序中的统治地位,以此实现其所遵从的霸权性男性气质的建构与实践。为了实现其在两性关系中的支配和统治地位,对妻子的肢体暴力就成了其惯常的手段。这是他在其男性气概的认知与实践方面的第一个误区。

康奈尔指出,西方两性秩序中维持女性从属地位和男性统治地位的性别权力结构其实就是"一种被女性解放运动称为'父权制'的结构"④。

---

①　方刚.男性研究与男性运动.济南:山东人民出版社,2008:43.

②　Connell, R. W. *Masculinities*. 2nd ed. Berkeley: University of California Press, 2005:42.

③　Connell, R. W. *Masculinities*. 2nd ed. Berkeley: University of California Press, 2005:74.

④　Connell, R. W. *Masculinities*. 2nd ed. Berkeley: University of California Press, 2005:74.

也就是说,父权制(patriarchy)其实就是"男性对女性的支配"①。根据社会性别研究学者佟新的定义,"现代社会,父权制也被用来泛指一切不平等的性别制度,这一制度建立在男尊女卑的意识形态之上,是保护男性普遍优先权的性别关系秩序"②。而父权制的这种旨趣在霸权性男性气质模式那里得到有力支持。在康奈尔看来,"霸权性男性气质可以被定义为性别实践的一种形态,这种形态体现出对父权制合法性的肯定,而这种父权制则又维护(或用来维护)男性的统治地位和女性的附属地位"③。至此,父权制与霸权性男性气质之间的共谋关系也就显而易见了。两者分别从社会权力机制与性别文化观念方面保障和维护了男性在性别秩序中的统治地位,这恐怕就是戈登维护父权制的根本原因。

在该作品中,戈登显然是父权制的追随者,认为在两性关系中,男性优越于女性,男性理所当然地应当在两性关系中处于主导和支配地位。这一点从他与毕业于塔斯克基的约翰·埃尔斯沃斯(John Elsworth)的对话中就明确地显露出来:

> 整整三个小时李都在听他极富才学而又言辞激烈地宣称黑人家庭是母权制,感到自己的心止不住往下沉。
>
> "但即便这是真的,"李辩驳道,"在一个以父权为主导的白人社会,这种母权制难道不会让我们处于更加不利的地位吗?"(LC 61)

由此可见,尽管戈登也意识到白人家庭的父权制未必适合黑人家庭,但他还是顽固地坚持着对父权制的维护,这背后的根本原因则是为了保持自己在性别秩序中的"有利地位",也就是自己在与妻子鲁斯之间的两性关系结构中的统治和支配地位。因为在他看来,只有保持自己在性别

---

① 吉登斯.社会学(第五版).李康,译.北京:北京大学出版社,2009:848.

② 佟新.社会性别研究导论(第二版).北京:北京大学出版社,2011:5.

③ Connell, R. W. *Masculinities*. 2nd ed. Berkeley: University of California Press, 2005: 77.

秩序中的支配地位,他所认同的霸权性男性气质才能得以建构和实践,而父权制无疑为他的这一企图提供了体制上的保障。相比之下,埃尔斯沃斯则没有盲目地认同和维护白人主流社会中的父权制,而是采取了一种实事求是的态度,根据黑人家庭实际现状来选择和确立两性关系格局:

> "我可不想处处与白人一样,"埃尔斯沃斯说,"我探求的是我本人和我所拥有之物的一切事实,我可不在乎这一事实会证明什么。"
> "但为什么你要接受一个让你在当代社会中备显低劣的结论呢?"李如此问道。(LC 61)

小说在此安排的这段对白显然是颇有深意的,它似乎在有意识地提醒读者——尤其是广大美国黑人男性,要以真诚与务实的态度看待自己的家庭结构和两性关系,不能盲目遵从白人社会和文化中的父权制和男性气质模式。遗憾的是,戈登并没有意识到这一点。在一次由犹太人、黑人、白人参加的"跨种族聚会"中,性别话题又一次成为讨论的焦点。其中一个人这样说道:"不存在什么男性特性和女性特性,只有一种特性——人类特性。"(LC 91)这句话显然是对片面夸大两性差异而严重忽略两性之间共通之处的男权思想的批判。对这种观点戈登既不赞同又无力反驳,只好采取回避的态度。当在场的唐·凯伯特(Don Cabot)问他怎样看待当时苏联的男女平等现象时,戈登说自己只关心自己的家。

显然,戈登对两性平等观念是非常忌讳的,因为在与妻子之间的关系中,他实践的就是一种男权文化思想,一种典型的男尊女卑观念。承认男女平等就意味着他不能再在家中推行他的大男子主义,无法在两性关系中居于权力上位,这是他不愿看到的。显然,他所"关心"的家庭是一种传统的父权制意义上的家庭,是能保证自己能够享有男性权威的家庭,是能够对妻子进行控制和支配的家庭。凯伯特看出了戈登的这种心思,并对他所维护的这种父权思想进行了批判:"我们都希望有个家,家也依然存在。但那种把家作为文化中心的古老的父权制家庭体制已经不合时宜了。"（LC 91）在此，凯伯特对旧的父权制家庭模式提出了质疑，批判了男尊女卑的性别权力秩序。

对此，有着根深蒂固的性别角色观念的戈登当然不会轻易认同，他坚持认为男性在家庭中应当具有不容置疑的家长地位，起到强势的主导作用："我喜欢有女人味的女性，我喜欢和她们睡觉并照顾她们。我不喜欢让女人照顾，也不喜欢她们与我竞争。"（LC 91）这也是他对妻子态度的鲜明写照。戈登之所以与妻子鲁斯一直矛盾不断，就是因为他认为妻子不够"女人"，不具备女性气质，不能安分守己地在家里伺候他、敬仰他、崇拜他，反而要和他"竞争"，找到令他艳羡不已的工作。由于对父权制的认同，他不能与妻子鲁斯形成一种"平等的、和睦的、民主的、双方共同发展的关系"①，而是始终维持着一种"统治关系"。他没有意识到，父权制给予男性的这种"特权"其实并不能真正给他带来勇气和力量，而更多的是一种束缚和枷锁。正如皮埃尔·布尔迪厄（Pierre Bourdieu）指出的那样，"男性特权也是一个陷阱而且它的对立面是永久的压力和紧张，这种压力和紧张是男人在一切场合展示其男子气概的义务强加给每个男人的，有时甚至发展至荒谬的地步"②。在充满种族歧视的美国白人社会，他所认同的霸权性男性气质根本无法真正得到建构和实践，正如康奈尔指出的那样，黑人男性在美国社会主要实践的是从属性（subordinate）男性气概或边缘性（marginal）男性气质模式。更为糟糕的是，在公共领域中所处的从属和边缘地位反而加剧了戈登在家庭中对权力的渴望和欲求，并且他通过殴打妻子的暴力手段实现着这种权力欲，维护着与妻子性别秩序中的统治地位：

　　　　他想把内心的想法与鲁斯谈谈，极力让她理解他内心的感受。但这显然是徒劳的，他这样告诉自己。他甚至不能理解在家庭中的支配地位对他的必要性，对他的自我——他的恐惧感

---

① 佟新.社会性别研究导论（第二版）.北京：北京大学出版社，2011：160.
② 布尔迪厄.男性统治.刘晖，译.深圳：海天出版社，2002：69.

给他带来的扭曲的、病态的、渺小的、怯懦的、畏缩的自我——更
是一无所知。就是这种自我让一个男人靠打老婆的方式来证明
他的强大。(*LC* 143)

在这段内心独白中,戈登能够意识到自己虐待妻子行为的扭曲、病态
和怯懦,说明他有一定的自我反省意识。但由于缺乏对自己所认同的父
权制与霸权性男性气质的反省和批判意识,他还不能从理性的层面自觉
地认识和改正自己的这种错误行为,也不能坦诚地把自己的真实感受与
妻子交流,更无法与妻子形成亲密无间的伙伴关系。

自从戈登第一次打了妻子以后,他的这种变态、扭曲的行为愈演愈
烈,以至于每个夜晚他都以折磨妻子的方式让自己所认同的病态的男性
气质得到病态的伸张。在这种男性气质模式的影响下,在种族秩序中备
受压制的戈登自然地把其男性气质建构与实践的希望寄托在性别秩序
中,通过对女性这一弱势群体的统治与支配来感受和伸张自己的男性气
质。这显然是一种自私、懦弱和扭曲的思想和行为,是父权思想和现代男
性气质文化观念与他本人的人格缺陷共同作用的结果。他没有意识到,
此时的他已经由种族秩序的受害者蜕变为性别秩序的施害者,其行为已
经违背了基本的人伦和道德,他的这种做法显然是自欺欺人的。正如小
说中所显示的那样,他极力谋求的"家庭中的支配地位"——即我们所说
的性别秩序中的统治地位——并没有让他那"扭曲的、病态的、渺小的、怯
懦的、畏缩的自我"得到解脱与拯救,并没有给他带来战胜恐惧的勇气,而
是让他生活在更为严重的怯懦、空虚和孤独之中。

戈登对权力的执迷,尤其是对男权思想的盲目遵从并非个案,而是有
着典型的代表性。很多时候,秉承了男权思想的黑人男性,在种族秩序中
备受压抑的同时在性别秩序中对黑人女性进行压制,形成白人男性-黑人
男性-黑人女性等级秩序中的中间环节,既是上级秩序(白人男性)的受害
者,又是下级秩序(黑人女性)的施害者。而且由于无力反抗上级秩序,很
容易把从上一级秩序那里接受到的压迫变本加厉地转嫁到下级秩序中,
把与女性之间本来应当具有的一种和谐相处、并肩作战、亲密合作的伙伴

关系变成一种统治关系,这也是戈登在婚姻家庭中依然感到孤独、焦虑和恐惧的重要原因。可以说,戈登这样的黑人男性形象在非裔美国文学中大量存在,如《杨布拉德》中的理查德、《格兰奇·科普兰的第三生》中的布朗菲尔德等都有这种心态。对这种错误观念和扭曲心理,很多非裔作家都给予了深刻的反思和严肃的批判。

二、主人公对性别角色的恪守

戈登对男权思想的认同还体现在他对性别角色观念(gender role concept)的遵从上,希望通过自己在生产关系(production relations)——此处主要指的是劳动的性别分工(gender divisions of labour)——中的优越性来确保其在两性权力秩序中的统治地位,从而使其遵从的霸权性男性气质得以建构与伸张。这也是他在男性气概认知、建构与实践方面的第二个严重误区。

根据康奈尔的观点,性别角色观念是指"作为一个男人或一个女人就意味着要扮演附加在其性别上的一整套期待——'性角色'"[①]。按照这种观念,"男女两性应该承担不同的责任和义务,如男性要努力工作、挣钱养家;女人要照顾家庭、抚养孩子"[②]。也就是说,男人首先要"扮演好社会角色",而"对女人的期望主要是扮演好妻子和母亲的角色,其次才是扮演社会角色"[③]。

戈登对霸权性男性气质的认同还体现在他对传统性别角色观念的遵从方面,他总是以"保护者"(protector)与"供养者"(provider)自居,并以此维护其在与妻子两性关系中的权威地位,在妻子面前彰显他的人格尊严与男性气概。然而这种性别角色观念与戈登身为一个美国黑人男性在社会中的实际处境之间存在着严重的错位。

一方面,在赤裸裸的种族暴力面前,戈登无法担当起妻子的保护者角

---

① Connell, R. W. *Masculinities*. 2nd ed. Berkeley: University of California Press, 2005: 22.

② 祝平燕,夏玉珍. 性别社会学. 武汉:华中师范大学出版社,2007:98.

③ 祝平燕,夏玉珍. 性别社会学. 武汉:华中师范大学出版社,2007:162.

色。比如,在他和妻子一起去剧院看演出的时候,一个白人用帽子占了一个座位,妻子让那人把帽子拿开,那人让她到别的地方找座位,她不答应。就在那人想动手打她的时候戈登走了过来,那人也就停了手。为了避免事态扩大,他的妻子在他假意向她问询时就轻描淡写地说没什么事,他也就此作罢。然而这件事给他的打击却是沉重的,他为自己怯懦的表现羞愧不已,感觉自己又丧失了一次在妻子面前证明自己男性气概的机会:"事情的整个过程他既看到了也听到了。他当时应当立刻对那个人进行斥责,但他还是接受了她对那件事息事宁人的做法。他无心观看演出,独自坐在那里生闷气。"(LC 40)回到家后,他旧事重提,不依不饶地向妻子追究起了这件事,而且还虚张声势地说:"我是你丈夫,你难道不知道吗?你不必接受任何人的侮辱,你难道不知道吗?……如果一个白人的妻子被人侮辱了,她肯定希望她的丈夫出面保护她的。"(LC 40)当妻子表示白人男子做得到,但黑人男子很难做到时,他扇了她一记耳光。由此可见,戈登处处与白人男性做对比,希望自己能担当起妻子的保护者角色,并以此证明自己的男性气概。他没有意识到白人男性气质模式与自己作为一个美国黑人男性对这种男性气质模式的实践能力之间的错位,没有意识到黑人男性个体的男性气概的建构与实践是与黑人——或所有有色人种——整个种族的解放分不开的,黑人男性不仅要树立团结一致的集体主义思想,团结一切可以团结的反种族歧视、反阶级剥削和压迫的力量,而且在性别问题上,要彻底摆脱白人性别角色观念的桎梏,不再把黑人女性当作是黑人男性的敌对力量和竞争对象,而应当把她们当成自己亲密的战友与合作者。这样,他才不会再"孤独"和无助,这样他才能获得其男性气概所需要的真正的勇气和力量。

　　另一方面,在种族歧视无处不在的美国社会,在就业市场上处处碰壁的戈登更是无法担当起家庭的供养者角色。然而,受性别角色观念的影响,戈登努力让自己在家庭中扮演养家糊口的角色。同时,他竭力让妻子鲁斯待在家里扮演妻子和母亲的角色,以此确保自己在与妻子的性别秩序中的主导地位。然而事与愿违的是,认同了社会性别角色的戈登却没有如愿地得到维护其在性别秩序中统治地位的任何经济保障。由于美国社会中的种族歧视制度,黑人男性在职场上往往最后一个被录用,第一个被解雇。在这种情况下,戈登在家庭中独自担当养家糊口的角色是非常困难的。在社会空间中屡遭挫败的他,无法独自担当家庭中养家糊口的角色,屡屡失业让他们的家庭经常入不敷出。为了维护家庭的正常运转,他的妻子坚持要外出工作,并很快找到了一份较为稳定和体面的工作,这让他感到无地自容:"他无法告诉她,当她找到一份他从未有过的好工作时他所受的伤害是多么严重。他也无法告诉她,他失业后要靠她养活的日子给他的内心世界带来多么大的伤害。"(LC 10)由于受根深蒂固的性别角色观念影响,戈登不但没有肯定妻子对家庭所做出的贡献,反而对此始终耿耿于怀,甚至做出许多不近人情的事情,让他与妻子之间的关系更为紧张。

戈登之所以有这种心态,其深层次的社会原因则是劳动的性别分工与霸权性男性气质之间的内在关联。在这方面,康奈尔的劳动性别分工理论对这一问题的剖析有一定的借鉴意义。在康奈尔看来,资本主义中的资本有着性别化特征:"通过劳动的性别分工,资本主义经济不可避免成了一种性别化了的积累过程。就此而言,资本主义经济不是一种统计性的事件,而是男性气质社会建构的一部分。其结果则是男性而不是女性控制着大公司和大笔私人财产。"①也就是说,资本主义男权社会如此强调性别角色观念和社会劳动的性别分工,在某种意义上是为了确保男性在性别秩序中的统治地位。换句话说,劳动的性别分工是男权社会和霸权性男性气质得以建构与实践的经济保障。

在小说中,戈登处处以养家糊口者自居,头脑已经非常僵化,根本无视自己作为黑人男性在白人社会中的不利地位与性别角色观念之间的错位,也无法用积极肯定的态度看待妻子对自己的帮助。相反,他始终把妻子拥有更稳定和体面的工作这一事实看作是对他男性自尊的伤害,看作是对他家长地位的威胁,是对其男性气概的阉割,可见传统性别角色观念

---

① Connell, R. W. *Masculinities*. 2nd ed. Berkeley: University of California Press, 2005: 74.

与支配性男性气概模式对其影响之深。最后,无法改变现状的戈登甚至采取了极为卑劣的做法:"当他深深地意识到自己对她的成功望尘莫及时,他就以自己的房子作抵押,向别人借了五百美元,然后只身去了纽约。一切都让他感到不如意,他只能这么做。他甚至没有和她说声再见。"(LC 48)可见,戈登所遵从的性别角色观念已经让他泯灭了基本的人性和良知,丧失了对家庭与妻子的责任感,甚至到了麻木不仁、冷酷无情的地步,其人格、道德、伦理体系到了全面崩溃的边缘。小说在此用一种反讽的口吻振聋发聩地揭示了男权思想中的性别角色观念对人性的异化作用。

三、主人公扭曲的欲力发泄

戈登对男权思想的认同还体现在其对妻子扭曲的欲力发泄中,企图用对妻子的性暴力来实现自己在性别秩序中的统治地位,建构其所遵从的霸权性男性气质。在权力与生产关系方面备受挫折的他,把性关系看作是实现其性别秩序中统治地位的最后一座堡垒,甚至发展到一种人格扭曲与变态的地步。这也是他在男性气概的认知与实践方面的第三个误区。

多数情况下,人们会把性行为看作是一种生理行为,而忽略了其社会文化性和政治性,忽略了它所体现的性别秩序。对此,康奈尔援引了一个弗洛伊德式的心理学术语"欲力发泄"(cathexis)来指涉"在现实世界中对客体(他人)情感性社会关系的建构"①。在他看来,"情感上的依恋不都是因为喜爱,也许还会是充满敌意的,或者敌意与喜爱同时并存"②。另外,男性把女性作为欲力客体(sexual object)并在其身上获得欲望满足的过程也是一种维护自己在性别秩序中的主导地位的过程,正如康奈尔所

---

① Connell, R. W. *Gender and Power*: *Society*, *the Person and Sexual Politics*. Stanford: Stanford University Press, 1987: 112.

② Connell, R. W. *Gender and Power*: *Society*, *the Person and Sexual Politics*. Stanford: Stanford University Press, 1987: 112.

说的那样,"产生和实现欲望的实践活动是性别秩序的一部分"①。我们发现,戈登对妻子的性行为不是一种爱的表达与情感交流,更多的是一种发泄、惩罚和统驭,甚至经常性地把妻子当成强奸和施暴的对象,以此来彰显自己作为家长的主宰地位。

在接下来的婚姻生活中,他屡次在他的妻子身上实施性暴力,希望借此补偿他那种扭曲的男性心理,让他在白人社会中无法实践的男性气质在对妻子的压迫和强暴中得到补偿,满足自己的控制欲和巩固自己的家长地位。可以说,性成了戈登逃避恐惧、对妻子发泄不满和证明自己男性气质的方式。起初,他的妻子还是以一种理解的态度和自我牺牲的精神来对待他的这种扭曲和变态:

> 起初她以为他这样做是出于一种迫切的需要。她相信他最终能够顺利度过这个阶段并且能够找到他孜孜以求的男性气概。曾几何时——现在看来是一段漫长而又不见任何成效的岁月——她坚守着这种信念,而且用自己特殊的疗治方式平息内心的伤痛。她没有在意自己所遭受的强暴,任凭他用这种怪异的、变态的方式伸张着他的男性气概,因为除了她之外,整个世界都在否定它、剥夺它。(LC 7)

然而,戈登并没有体谅妻子的良苦用心,没有幡然醒悟,没有从霸权性男性气质的桎梏中摆脱出来。相反,他对妻子的性暴力愈演愈烈,已经到了不能自拔的地步。事与愿违的是,戈登对妻子的性暴力没有给他带来战胜恐惧和自卑感的力量,他在对妻子实施性暴力的过程中所获得的性别秩序里的统治地位并不能改变他在男人真正的舞台,即社会空间中男性气概备受压抑的事实,他在对女性的性征服过程中所体验到的男性气概也不是一种真正的男性气概,这一点他本人也似乎有所体会:

---

① Connell, R. W. *Masculinities*. 2nd ed. Berkeley: University of California Press, 2005: 74.

在战争工厂中你无法做一个男人，因此你只能在床上才是
个男人。你在战争工厂中做不到的事情你都可以在床上做到。
因此，对于那些在你想都不敢想的战争工厂中工作的女人来说，
你只有在床上才能履行你的诺言。但自始至终你都清楚而又不
无沮丧地意识到，在战争工厂中别人说你不具备而你偏要执着
地去证明你具备的那种男人的优越性，与传说中你在床上具有
的优越性不完全是一样的。(*LC* 48)

看来，在社会空间中无法证明的男性气概在床上也无法得到证明。
这种希望通过性行为来证明和实践其男性气概的做法显然是自欺欺人
的，它更多地印证了白人为了对黑人进行妖魔化而缔造的所谓黑人男性
具有"超级性能力"(hypersexuality)的神话。就此而言，戈登希望在床上
证明的无非是一种兽性的东西，无法与真正的男性气概相提并论。在美
国白人性别观念误导下到处碰壁的戈登，最后终于明白了他所信奉的这
套性别观念从根本上讲是束缚和压抑人性的：

过去他一直都生活在一个干瘪、易碎的躯壳中，现在他要擦
干眼泪，挺起胸膛，继续生活下去，因为仅仅伤心落泪是不能让
他俩破镜重圆的——他要回到她身边，告诉她他流过眼泪。一
直以来，他都被他所继承的盎格鲁-撒克逊式的情感压抑习性所
限制。这种情感压抑习性对黑人是不适合的，但他却被它束缚
住了，正如他被他继承的所有白人习性所束缚的那样。(*LC*
313)

这段话触及了问题的要害和症结。引文中提到的所谓"白人习性"，
其实在很大程度上指的是浸淫在美国霸权性男性气质中的男权思想。正
是受了这种男权思想的影响，戈登无法与妻子鲁斯在性别结构方面形成
一种亲密无间、平等互助的"伙伴关系"，而是始终维持着一种充满张力的
"统治关系"；正是受了这种男权思想的影响，戈登不愿承认妻子外出工

作对家庭的贡献,没有对她的勤劳、能干与对家庭的付出给予肯定和鼓励,而是对其充满敌意和嫉恨,甚至对其进行无情的挖苦和打击;也正是受了这种男权思想的影响,戈登失去了爱的能力,只能用一种极为变态和非人性的方式进行着"欲力发泄";在这种男权思想的影响下,戈登无法触摸到内心的真实,而是生活在一种焦虑、恐惧和"孤独"的心理状态之中。

第二节　对男性气概理想的重构

通过以上论证我们看到,秉承着男权文化和现代男性气质观念的戈登不但没有得到妻子等他人的尊重,没有成就其在家庭中的家长地位,没有建构起其孜孜以求的男性气质,反而让他的妻子对他备感失望,让他们本来就岌岌可危的婚姻雪上加霜,也让他陷入更大的人生困境,天天生活在无端的焦虑和恐惧之中。

与一般白人男性工人相比,身为黑人的戈登同时受到种族和阶级的双重压迫,这是他备感压抑和恐惧的原因。在小说后半部分的叙事中,真正让戈登获得勇气、克服焦虑与恐惧感的恰恰是其内心对个人主义的超越与集体主义思想的觉醒以及伴随着这种集体主义思想觉醒而来的荣誉感的萌发、正义感的复苏与主体意识的复归。这不仅让他超越了小我的狭隘,战胜了孤独感和恐惧感,而且让他获得了一种自主、自觉与自为的主体能动力量,能够用一种主人翁的姿态看待世间的一切,成为一个真实的、有血有肉的、敢作敢当的男子汉。

一、集体主义精神的觉醒

在戈登男性气概的建构过程中,首次使他摆脱恐惧、获得勇气的是其集体主义精神的觉醒。戈登之所以无法从恐惧感之中走出,其中一个重要的原因在于他本质上是个人主义者和家本位主义者,对黑人种族集体命运缺乏热情,不能团结其他黑人,从而让自己处于孤立无缘的生命状态。

关于这一点,与他接触不久的杰姬·福克斯(Jackie Forks)就已经看出:"李,你不能凭一己之力解决所有黑人的问题。你必须和其他人一起努力。"(LC 149)而戈登没有意识到这一点,他的关注点还仅仅停留在自己和家庭身上:"我没有想解决所有黑人的问题,杰姬,我在全力解决我自己的问题。"(LC 149)显然,戈登还没有意识到他所遇到的种族歧视问题其实是所有黑人所遭遇的共同的问题。要想解决好他自己和家庭的问题,就要团结一切可以团结的人,对美国社会中沿袭已久的种族歧视进行有效的抗争。对于黑人男性个体而言,只有把压在黑人身上的种族歧视这座大山推翻,其男性气概才会得到正常的建构和实践。

戈登第一次感受到人民群众的集体力量是在他与鲁斯受邀到当地资本家福斯特(Foster)家做客时。在坐着福斯特私人司机开的车子去赴宴的途中,戈登刚开始时感到忐忑不安,不知道这个资本家葫芦里卖的是什么药,不知道自己在他面前该怎么表现才恰当。但当他后来想到了自己是工会的组织者,是人民的代表而不是一个摇尾乞怜的黑人时,他顿时有了勇气和力量:

> 但在内心深处的某个角落萌生出的一种想法让他深感宽慰,他不是以一个前来讨要机会的黑人或寻求加薪的工人的身份来到帕萨迪纳的,他是作为一个民众的代表来到这里的。这个念头给他的心理带来很大的变化。令他奇怪的是,他并没有感到害怕。李·戈登从车中出来并搀扶着鲁斯登上台阶时禁不住在想:真是不可思议,单单对世界上其他人的意识就给他带来了如此神奇的效果。(LC 168)

这显然是一种集体的力量,这种力量让他超越了自己的利益得失,萌发了一种对他人和集体的责任感与使命感,从小我走向大我。可以说,是这种集体的力量让他战胜了恐惧。直到这里,戈登暗无天日的心理世界第一次照入了一丝亮光。

接下来,这种集体主义精神也让戈登在这个霸道、阴险、狡诈的白人资本家面前表现得不卑不亢、进退有方。在这次"鸿门宴"的整个过程中,他没有向白人东道主表现出任何讨好谄媚、曲意奉承之意,维护了自己和自己代表的工会的尊严。当福斯特与查尔斯(Charles)主仆二人一唱一和,极力对工会组织进行诋毁时,他没有趋炎附势,而是据理力争,义正词严,表现出很强的原则性和十足的勇气。当福斯特用年薪五千美元的代价雇用他为其效力时,他没有在这个巨大诱惑面前倒戈投降。一方面,他不想为了金钱而出卖自己的灵魂,不希望自己的命运受这个白人支配;另一方面,他更不想脱离与自己患难与共的工友而让自己陷入一种独立无援的境地:"那样他会感到非常孤单,终日在白人的办公室中茫然无助、惶恐不安,他的命运也将完全被这个人任意摆布——还是为工会工作更好些,那里至少有和他一样感到迷惘、孤独和恐惧的人。"(LC 182)觉醒的集体主义精神不仅让戈登获得了勇气,而且还让他开始体认到自身存在的价值,让他感受到自身的重要性:"如今,就在他开始慢慢地感受到沮丧之情时,只有工会向他展示着希望——不是因为工会需要他,而是他需要工会。因为即便他对世界上任何人都无足轻重,也许通过工会中的事业他可以让自己对自己重要。"(LC 198)能够把自己从事的集体事业与自己的主体价值联系起来,是戈登男性气概探寻和建构途中迈出的重要一步,标志着他已经开始由对他者眼光的关注转向自我内在价值的认同,实现了其男性气概建构过程中的"他者导向"(other-directed)到"内在导向"(inner-directed)的转变。

同样是工作,戈登在工会中的这份工作与之前的工作有所不同,这份工作寄托着他的信念,正如他对同事卢瑟·迈克格雷格(Luther McGregor)所说的那样:"起初,这无非是另一份工作而已,但现在我已经开始对它有了信念。"(LC 213)而且当某一天四个白人警察试图收买他,让他背叛工会时,他坚定地说:"就算是你给我十万美元我也不会出卖工会的。"(LC 219)可见他对工会的信念和忠诚是坚定不移的。当恼羞成怒的警察对他大打出手时,他勇敢地进行反抗,直到"被打得连抬手的力量都没有"。整个过程中,他"只有呻吟过一次,但始终没有哭泣"(LC 221)。

在该作品中,戈登这种集体主义的觉醒以及这种集体主义精神的重要性还通过与鲁斯这一人物的对比得到进一步的凸显。在该作品中,他的妻子鲁斯因为缺乏这种工会意识和集体觉悟而在福斯特的利诱面前丧失了应有的尊严与原则性。前文提到,鲁斯出于对戈登的爱以及对婚姻家庭的维护,对戈登施加在她身上的种种伤害一直持一种宽容和隐忍的态度。在戈登陷入失业困境时,为了维持家庭的正常运行,她顶着戈登对她施加的种种压力,坚持外出工作,不仅解除了家庭的经济危机,也实现了自己的人生价值。但她的这种牺牲和奉献还停留在家庭空间中,缺乏在种族与阶级层面上的集体觉悟,因而具有一定的局限性。

当鲁斯随丈夫进入福斯特的住宅后,她被眼前这座雄伟、奢华的宅院惊呆了:"多么豪华的地方啊!——而且还这么有美国味道。"(LC 169)这句话既表现了她对福斯特这个财大气粗的资本家有着虚荣心理上的迎合,有一定的诌媚倾向——这句话也的确让后者感到非常受用,同时也表现出她对奢华生活的向往与对物质财富的贪求。另外,她在白人面前的这种大惊小怪也是一种未见过世面、缺乏风度的表现。当福斯特问他们是否想到宅院中参观一番时,她更显得迫不及待和欢欣雀跃。当她看到福斯特家豪华的露台时,她更是啧啧赞叹。尤其当福斯特提议要用年薪五千美元的条件雇用戈登为其工作时,鲁斯更是受宠若惊,表现得有点失态。当戈登婉言拒绝了这个高薪职位时,鲁斯在对丈夫的这一决定产生了短暂的钦佩之情后,更多的是对他的不满:"鲁斯接下来的反应是一种尖利而深刻的伤痛,因为她认为他自始至终只为自己着想。如果他心中还想着她或他们的话,他是断然不会拒绝的。"(LC 182)

可见,她还没从物欲中超脱出来,没有从小我走向大我,从个人走向集体。戈登拒绝福斯特给他提供的工作固然有其自身的考虑,与他一直以来对白人的恐惧感也不无关系,但戈登能够有勇气拒绝这份工作,也是出于对他个体人格尊严的捍卫以及相当高的集体主义意识,有着一定的超越性。这种集体主义意识也是鲁斯与戈登在福斯特的利诱面前有着截然不同表现的重要原因。

公允地讲,她对男性气概的基本认知还是值得我们肯定的。在她早先对戈登的期望中,她没有过多地看重戈登能够给她带来多少物质财富、名誉地位,她对戈登的失望主要不是因为他没有给她带来什么,而是觉得他缺乏真正的男性气概:"作为她的丈夫,戈登是她令人失望的生命中的最令她失望者。这种失望不在于他没有为她做什么和提供什么,不在于他没能力养活她,而在于他为人的失败——没有成为一个更加伟大、勇敢和强悍的男子汉。"(LC 187)可以看出,鲁斯还是很在乎与男性气概相关的内在人格与精神品质的。但由于集体主义精神的缺乏,鲁斯在切身利益面前丧失了应有的原则性,在男性气概的信念与实践方面,更是存在严重的分裂性与矛盾性,这种分裂性与矛盾性在她之后的一段内心独白中得到进一步的体现:"虽然她非常能够理解让他拒绝那份工作的那种内在品质——那种她曾经如此为之自豪的品质,但此时她觉得自己被这种品质排除在外,因而对之深恶痛绝,就像她既希望他诚实勇敢,但又同时希望他只对她一个人诚实勇敢一样。这种心理让她对他怨气满腹。"(LC 185)这段话严重地暴露出鲁斯在参与戈登的男性气概建构的过程中存在的知行不一、摇摆不定、缺乏彻底性等倾向,在个人主义与利己主义思想的左右下无法恪守信念和原则。

她没有意识到,她期望戈登所拥有的男性气概中,包含了在是非面前的原则性、对人格尊严的捍卫、抵制利诱等精神品质,他不能既成为她心目中那种诚实勇敢、光明磊落的男子汉,又不得不在强权、物欲、诱惑面前卑躬屈膝、唯唯诺诺。实际上,戈登能够在他迫切需要金钱来改善家庭生活条件的境况下坚决地拒绝福斯特向他提供的高薪工作,恰恰是他在男性气概方面知行合一的表现,其精神和胆魄是值得赞许和肯定的。他坚守了自己认定的原则,舍利取义,捍卫了自己的尊严和工会的利益。戈登之所以能够做到这一点,除了他在男性气概的认知方面更深刻、更彻底以及对其个体的人格尊严有着远比鲁斯更痛切的感受和需求外,还与他对集体主义思想的体认分不开。

二、自尊与荣誉感的萌发

伴随着戈登集体主义精神觉醒的是其人格尊严与荣誉感的萌发,这也是其男性气概认知与建构过程中使其摆脱恐惧、变得勇敢坚强的另一精神力量。这一点在戈登与福斯特博弈的过程中已经有所体现。

在小说中,为了说服戈登脱离工会,福斯特与他的得力助手查尔斯上演了一出双簧戏,一个唱白脸,一个唱红脸,一唱一和,对戈登进行轮番轰炸。发现所有的伎俩都无济于事之后,福斯特又打出了种族牌,摆出一副同情黑人的嘴脸,以一个同情与支持黑人解放事业的"开明白人"自居,并假装从戈登的切身利益出发对其进行劝诱:"我关心你们的民族,关心你们的思想、抱负和政治信念,我更关心你,男仔。我关心你作为一个男人的前程。"(*LC* 181)在美国社会,"男仔"(boy)是成年黑人男性最为仇视和痛恨的一个称谓,它是长期以来白人种族主义者对黑人男性气概进行压制与阉割的一种语言暴力形式。因为从性别文化的角度讲,男人与男孩有着本质的区别,"成为男人就意味着不再是男孩了。男人不但能够独立自主,而且还有自控能力和责任心;而男孩则有依赖性,缺乏责任心和自控能力"①。在白人种族主义者心目中,黑人种族幼稚、单纯、愚昧、不具有理性,因此成年黑人男性也不能被称为男人,"男仔"就成了白人种族主义者对所有黑人男性的惯用称谓,这种对黑人男性的语言暴力也一直被非裔美国作家所批判。可见,口口声声地表示对黑人种族和戈登本人的命运及前途同情、支持与关心的福斯特在此无意中暴露出自己对黑人种族及戈登的根深蒂固的歧视心理,他的"善意"被他的语言背叛了。

对于对自己的男性气概向来关注的戈登来说,福斯特对他的这一看似随意的称谓深深地刺痛了他,让他意识到,既然福斯特对自己缺乏基本的尊重,那么福斯特的所有同情、理解与关心也都是廉价的,为他提供的任何帮助也都无非是嗟来之食。所以,当妻子鲁斯死死地盯着戈登,热切地希望他以接受的态度对待福斯特能够给他的任何好处时,

> 戈登却感受到了一种轻微的抵触情绪。这个百万富翁心中明明把他当作男仔,但却声称关心他作为一个男人的前途。对这种真诚,戈登有着一种隐隐的拒斥感。他知道福斯特可能要

---

① Kimmel, Michael S. *Manhood in America: A Cultural History*. 2nd ed. New York: Oxford University Press, 2006: 14.

为他提供一份工作,他希望自己能够有足够的意志力予以拒绝,因为他知道无论福斯特打算给一个男人的东西是什么,只要他还把这个男人当男仔看待,他给这人的东西无非是一种居高临下的施舍,与随手扔给仆人的几件旧衣服没什么两样。(*LC* 181)

可见,戈登此时已经意识到尊严的重要性,意识到如果缺乏真正的尊重,白人不会把好东西给自己。即便给自己的东西有一定的价值,如果没有起码的尊重,这种东西也没什么意义。可以说,人格尊严意识的觉醒是戈登男性气概建构过程中极为重要的一环。正所谓知耻而后勇,有了自尊,一个人才能在强权面前不卑不亢、刚正不阿,才不会做出违背良知与自己人格的事情,也不会在权势面前唯唯诺诺和卑躬屈膝。

随着自尊意识的觉醒,戈登的荣誉感也逐渐萌发,这种荣誉感在当晚与妻子鲁斯的讨论中变得更为明晰。从福斯特那里做客回来,妻子鲁斯一直为戈登不接受福斯特提供的高薪职位而耿耿于怀,两人为此展开了一番争论。在争论中,戈登明确地告诉妻子,他不是不知道那份薪水对他们的重要性——他其实很希望有这样一份薪水,这样就可以如愿以偿地让鲁斯不用再出去工作,但他告诉鲁斯他不能因此"出卖工会",不能因此出卖自己的灵魂,做出违心之事。此时,他已经自觉地把自尊与荣誉感当作一种行为准则,当成自己男性气概的一种核心价值标准:

> 李·戈登在想,她无法理解的是,他不能在丧失自己荣誉的情况下做她希望他成为的那种男人。如果她不希望他仅仅做一个黑人的话,她就首先不要把他当作一个天生的黑人看待,她就必须相信他实际上是想为她做任何她想让他做的事情的——为她提供舒适的生活,宠爱她,珍惜她,把自己的一切都给她;那她就必须懂得他是不能在违背荣誉的情况下做到这些的,而且要知道他的人生已经到了这样一种地步,即如果他得不到男人应得的尊重,他也不想要其他任何东西。(*LC* 188)

可见，戈登已经自觉地把尊严(respect)和荣誉(honor)作为自己行事的两个重要指导原则。而且从尊严上升到荣誉，标志着他境界的提升。从两个词的内涵来看，荣誉感包含着尊严，但荣誉感比尊严有着更高的诉求，有着更高的旨趣和更丰富的内涵，与前面提到的集体主义精神有着密切关联，它可以超越个人得失，在一个超我的层面上运作，也是对自私与个人主义的一种超越。

三、正义感的激励与复苏

伴随着荣誉感的唤醒，戈登的正义感也得到极大程度的激发。可以说，正义感的复苏是戈登男性气概建构过程中克服恐惧、重获勇气的第三种精神力量。

得知自己的搭档卢瑟在福斯特和白人警察那里拿好处、败坏工会的声誉时，他怒不可遏，坚决地进行揭发。当他知道美国政党为了保护卢瑟而把杰姬当作替罪羊时，他超越了种族的矛盾，对这种卑鄙行为表现出极大的愤慨：

> 在他的一生当中，他见到过很多人——大多数是黑人——被冷酷地谋害过。他本人，李·戈登，也不止一次被陷害过。对每次陷害，他都怀有一种深深的仇视。但他第一次看到一个人如此被处以"私刑"，于情于理，他都感到忍无可忍。不是因为她是杰姬·福克斯——一个他曾经亲热过的白人女孩，他已经不无得意地向自己发誓要与杰姬·福克斯一刀两断了，而是因为她也是个人。(LC 259)

可见，此时戈登已经能够推己及人，用自己的良知和正义感对任何不公正的行为进行谴责和抵制。而且他的好恶不为个人和种族的恩怨所左右，而是有着较多的人道主义色彩。按照约翰·罗尔斯(John Rawls)的正义理论，"如果我们已经在正义的制度下生活和受益，我们就将获得一种做正义的事的欲望"①。然而,对美国黑人而言,美国显然是一个缺乏正义制度的社会。在这种情况下,戈登正义感的复苏及其捍卫正义的行为是极为难能可贵的,超越了正义感生成的一般条件。当众人在杰姬遭受诬陷之际保持沉默时,戈登勇敢地站了出来:

> 就在众人沉默之时,戈登站了出来——他知道自己这样做无疑是在犯傻,知道此时最明智的做法就是保持沉默,也知道他一旦开口就会立刻引起别人对他的怀疑,这对他是很不利的。但他还是忍不住要这么做,因为他内心深处的正义感让他无法对眼前这种肮脏的交易坐视不理。(LC 259)

这显然是一种舍生取义的精神,这种精神已经把个人得失和身家性命置之度外。正是这种正义感的觉醒让戈登超越了个人的得失,使他不再像以前那样,因为害怕失去工作或受到打击而唯唯诺诺、缩手缩脚。接下来他大胆地揭发了事实真相,当众指出出卖工会的不是杰姬而是卢瑟。可以说,正义感的觉醒,是戈登继集体主义精神、尊严和荣誉感的觉醒之后实现的又一次超越,给他的男性气概的建构注入了新的能量。

杰姬知道自己成为替罪羊后,立刻给她以前各行各业的朋友打电话求助,结果处处吃到闭门羹。这些人对她的遭遇要么佯装不知,要么不置可否,没有一个人肯站出来为她说话,"他们中的很多人倒是很愿意和她暧昧一下"。这些人之所以一个个都变成了缩头乌龟,不敢站出来伸张正义,主要是为了明哲保身,害怕受到打击和报复,正如杰姬本人所感受到的那样,"当她提到党派的所作所为时,从他们茫然、拒斥的眼神来看,他们也不是没有同情心,而是害怕自己站在她这一边会遭到报复"(LC 270)。可见,这些人充其量只有廉价的同情心,但是没有正义感,更没有捍卫正义的勇气。相比之下,戈登更具正义感,更敢作敢当,因此也更有

---

① 罗尔斯.正义论.何包钢,何怀宏,廖申白,译.北京:中国社会科学出版社,2011:360.

男性气概。

严格来讲,受到不公正待遇的杰姬本人也是一个缺乏正义感的人。她既是非正义的牺牲者,又是非正义的实施者。我们发现,她固然不能接受其所在的政党为了平息谣言而把她推出来做替罪羊这一卑鄙举措,但最让她不能接受的是"她的牺牲竟然是为了保护一个黑人的名誉"(*LC* 268)。她甚至"甘愿做出这种牺牲,如果不是为了保全一个黑人的声誉而是为了别的原因的话"(*LC* 270)。她甚至怀疑戈登——后者可是在杰姬遭受陷害之时顶着莫大的压力为之辩护的——也参与了对她的陷害。而且她还把对卢瑟等个别黑人的怨恨扩大到整个黑人种族:"随着时间分分秒秒地流逝,她对黑人们的憎恨像熊熊燃烧的烈火。起初她只是因为憎恨黑人种族而憎恨这三个黑人,之后她则因为憎恨这三个黑人而憎恨整个黑人种族。她憎恨他们的肤色,他们的灵魂,他们的思想,他们的性格,他们的嘴唇、牙齿、眼睛和头发。"(*LC* 269)她没有意识到,她对黑人种族怀有的这种种族歧视和怨恨其实本身就是非正义的。可见,一个缺乏正义感的人会完全凭自己的好恶和利益得失来判定事物,而不是从人性、人道的角度判定是非曲直。她在无力抗击她所从属的政党做的非正义之举的情况下,大打种族牌,希望用自己白人的种族身份为自己获得援助,保住自己的位置。

事实很快证明她这种以个别来判断整体或以整体判断个别的刻板式思维的谬误,尤其是她的种族偏见更让她错误百出。她认为白人不会陷害她,但带头控诉她的简·威弗(Jane Weaver)恰恰是个白人妇女;她认为陷害她的是"这些邪恶的黑人",但在工会会议厅里站出来宣称她是清白的戈登恰恰是个黑人。而且她对黑人和犹太人难以掩饰的种族歧视态度严重伤害了本来对她抱有同情态度的犹太女性莫德(Maud)的自尊,让后者由她的同情者和支持者变成了她的仇视者和反对者。可见,一个人如果缺乏正义的准绳约束,他的人性、人格体系就会残缺,他的伦理与道德体系就会混乱。相比之下,戈登则能凭一颗公正之心对待眼前发生的一切。面对卢瑟出卖工会的行为以及杰姬被陷害的事件,戈登没有因为卢瑟是黑人而偏袒他,也没有因为杰姬是白人而对她遭受的陷害漠然置之,而且他替杰姬说话也不是因为他与后者有亲密关系。他没有被种族矛盾、个人情爱遮蔽住自己的理性、良知和公正心,而是把正义作为自己判断和行事的准则。

在小说中,目睹了一场谋杀的戈登向杰姬求助,希望她能为他做不在场的证词,结果杰姬还是报了警。无可否认,戈登去找她作假证显然是怯懦与愚蠢之举,既不明智,也不合法。如果杰姬是从法律的角度拒绝和举报他,倒也无可厚非,甚至可以说是一种恪守原则的表现。但问题在于,杰姬举报他实际上是出于她的种族立场,出于对其白人种族优越性的维护,这也使其行为的性质发生了变化,使之成为一种非正义之举:"不管她私下里怎么做,在公共场合她将永远维护她的种族优越神话——因为无论何时,种族都寄托着她最强烈的情感。"(LC 334)

可以说,杰姬这一人物形象是白人种族主义者的一个典型代表。在种族歧视的左右下,一旦触及种族问题,他们的良知将会泯灭,正义的天平将会失衡,他们甚至会失去基本的人性与人道主义精神。同样,妻子鲁斯显然也缺乏这种正义感,在涉及正义与非正义的原则性问题时,她还是没有超越个人的利益得失。当戈登告诉她杰姬受陷害的事情并对此愤愤不平时,"她的心中慢慢地产生了一种不满的情绪。起初仅仅因为他竟然能够站在一个女工人立场上考虑问题,却从来没有站在他妻子的立场上考虑过问题。如果杰姬是个男人的话,她会为李的这种行为感到自豪的"(LC 263)。而且她还认为戈登站出来为杰姬说话是愚蠢的。在此,通过对杰姬和鲁斯两个女性人物形象的塑造,小说也从侧面凸显了戈登的正义感的坚定性与彻底性,而其正义感的复苏在其男性气概重构过程中也起到了至关重要的作用。

四、自我主体意识的回归

在戈登男性气概的重构过程中,使其彻底摆脱恐惧并获得解放与自由的第四种精神力量则是其自我主体意识的回归以及伴随着这种主体意识的回归而产生的对生命的热爱。主体意识的获得是一个人成熟的标志,是其自主、自觉、自为地把某种思想价值观念落实为行动的一种心理能量。在小说的开始部分,由于主体意识的缺乏,戈登把自己的种种厄运归咎于自己的黑人种族身份,归咎于美国的种族歧视,这显然是一种"受害者"心理。在这种心理的左右下,戈登始终生活在焦虑、恐惧和愤懑之中。与此同时,由于主体意识的缺乏,戈登盲目地认同了白人主流社会中有着浓厚男权思想和性别角色观念的美国现代男性气质,并以一种扭曲畸形的方式对之进行建构与实践,使自己从种族秩序中的受害者蜕变为性别秩序中的施害者,并最终让自己的事业与婚姻陷入危机。然而主体意识的回归则让戈登慢慢从这些困境中走出,并让其男性气概的重构得以顺利完成。

首先,主人公戈登主体性的重构对其超越性别角色观念与现代男性气质的桎梏、塑造更为真诚与真实的自我以及对自己的男性气概进行重新界定有着重要意义。

起初,由于自我主体意识的缺乏,戈登对白人主流社会的性别角色观念和白人男性气质模式缺乏批判意识,对其盲目地认同与遵从,并按照其内涵和种种界定来规约和指导自己的行动,甚至抹杀了自己的良知和人性,让自己成了一种陈腐观念的傀儡。然而,随着戈登自我主体意识的加强,其对自己之前所认同的男性气质进行了全方位的反思:

> 他是个有血有肉有骨的男人,不乏思想和情感,也不缺乏理性。但就男性气概那难以界定的本质而言,他显然是有所欠缺的。他欠缺那种让人类为了构建一个美好世界而世世代代奋斗不息的希望,欠缺让人类披荆斩棘、建立所有文明的信仰,欠缺让人类彼此获得谅解的宽容之心,欠缺让人类彼此仁慈相待的博爱之心,欠缺自立、诚实、正直、荣誉等让人类优于野兽的品质,尤其欠缺让男人们为了这些信念付出生命的勇气。(LC 365)

在此,戈登已经开始逐渐摆脱性别角色和现代男性气质等种种观念的束缚,开始用诸如希望、信仰、宽容、仁慈、博爱、自立、诚实、正直、荣誉、勇气等美德和人道主义精神来重新界定自己的男性气概。与现代男性气质蕴含的工具理性和缺乏人文精神的思想体系所不同的是，这些价值观念大大超越了种族与阶级的局限性，有着更大的普世性。

其次，主体意识的回归让主人公在更深层次上战胜恐惧，摆脱了"受害者"心理，并最终以主人翁的姿态看待自己的种族身份。

虽然戈登偶尔也会表现出一定程度的勇敢——比如在去福斯特家赴"鸿门宴"时在白人资本家福斯特面前的不卑不亢、在大庭广众下挺身而出为遭到陷害的杰姬进行的辩护、与四个白人警察的对抗等，但他更多的时候还是生活在一种恐惧的心理状态之中，而且他的勇气也缺乏一定的持续性和稳定性，经常会因意志的不坚定而做出错误的决定。这完全是可以理解的，而且也是真实的，因为恐惧感是人之本能，没有人天生勇敢，关键是如何合理控制与超越恐惧。在此情况下，只有建立起自己的主体意识，才不会用他者的眼光看待自己，活在他人与社会的审判中；才会以一种万物皆备于我的生命整合性、包容性与确在性战胜恐惧的虚无。只有确立主体生命意识，接受自己的生命与死亡，才能真正超越恐惧，正如小说中的犹太人埃比·卢森伯格（Abe Rosenberg）所说的那样："但一旦你把自己的犹豫不决消释到生命中去并且接受你的现实存在，你就不会害怕死亡。"(LC 383)可见主体意识对个体克服恐惧、获得勇气有着重要的意义。

正如前文所提到的那样，在小说的一开始，戈登把自己的种种厄运归咎于自己的黑人种族身份，归咎于美国的种族歧视，而且他甚至经常把种族歧视作为自己种种畸形心理和扭曲行为的借口，埋没和泯灭了自己的人性、良知与人道思想，对妻子鲁斯进行长时间的殴打和强暴。在这种扭曲心理的支配下，戈登做出了一系列愚蠢和错误的行为，并为之付出了沉重的代价，在工作、婚姻等方面经历了种种挫败，最后差点让自己死于非命。

种种惨痛教训终于让他明白，美国社会中的种族歧视虽然是他种种挫败的重要客观原因，但他自我主体能动性的迷失则是让他做出种种错误选择、陷入种种困境的主观因素，也是更为致命的要素。更何况并不是所有的白人都是种族主义者——在小说中,斯密提(Smitty)就是一个对黑人的处境有着极大同情和理解的白人,因此戈登也更没有理由让自己一味怨天尤人、自暴自弃,把自己的遭遇都归咎于自己的种族身份。经过一番挫败之后,他开始对自己的这种受害者心理进行深入的反思:

> 在这个孤独的夜晚,他终于开始直面自我。他知道自己绝
> 对不能再用种族的问题来为自己的困境找借口了。这一次最应
> 当受谴责的就是他自己——李·戈登,苟活在这个世界上的一
> 个低贱、懦弱的人。
>
> 没错,生为黑人确实是这一切厄运的一个原因。就此而言,
> 卢瑟的看法也有过一定的道理。但这永远不能成为一种正当理
> 由——永远不能——这也是卢瑟最终所意识到的。因为生为黑
> 人首先是一个事实。黑人就是黑人,就像松树就是松树、斗牛犬
> 就是斗牛犬一样——黑人就是黑人,就像他同时也是美国人一
> 样——因为他生来就是黑人。他不需要为此感到愧悔,也不需
> 要为此感到可耻。(LC 361)

这一反省是非常彻底的,也是戈登在其男性气概认知和重构过程中的重要一环,因为它标志着戈登主体意识的觉醒,同时还让他不再为自己的黑人身份而感到自卑和羞耻,这为他今后做一个堂堂正正的男子汉、理直气壮地生活在美国社会奠定了坚实的心理基础。有了对自我主体生命价值的认定之后,戈登不再把现实中的一切挫败都归结于社会的不公和世道的恶劣,而是由对外在因素的抱怨转向对自己灵魂的拷问,不再为自己的种种错误行为寻找借口,不甘心作为一个低下的族类而生存:"首先,这是一个事实! 但如果这个事实可以证明邪恶、不道德、罪恶的行为是正当的,如果它能够提供解决问题的出路,给出一个有效的借口,或者呈现出一个令人同情的条件,那么黑人就是一个低下的族类,永远不适合在一个正常的社会中生存。"(LC 362)

显然,戈登已经意识到种族歧视不能作为自己任何邪恶和不道德行

为的借口,意识到自己对行为所肩负的责任,意识到自己的人格、人性和道德要素在其男性气概体系中的重要性,意识到即便在一个充满不公的社会中,个体依然可以做出正确的选择:"现在这一念头让他袒露的思想面临一次严峻的选择——他,李·戈登,一个黑人,是做一个正常的人还是做一个低下的人?如果他要做个正常人的话,他就要超越美国赋予黑人种族的种种内涵。他就要像这个世界上人类中的任何一员那样,决定是站立还是倒下。"(LC 362)

由主体身份意识的确立到自觉的主体选择,读者在此看到了戈登的成熟与成长。此时戈登已经不再是以种族受害者、社会的边缘人的身份来思考问题,而是意识到了个人和族群主体存在的尊严,同时他开始接受自己的种族身份,意识到自己的黑人身份的客观性、实在性、确当性与合法性。这也让戈登获得了一种强大的心理优势,让他以一种居高临下的姿态看待美国社会上演的种族歧视闹剧和种种丑恶行径。

有了这种心理优势,戈登就不再处处以美国主流社会的标准和观念来衡量自己,而是以一个主人翁的姿态来看待自己,为自己立法,根据自己的真情实感做出自己的选择。更值得一提的是,具有了这种主体意识和心理优势的戈登同时还具有了一种宽宥和悲悯的情怀,甚至对出卖过自己的杰姬等白人种族主义者报以同情:

> 但此时他并不恨她,而是对她深表同情。因为他突然意识到,她也是身陷肮脏的种族罪恶之中而不能自拔的人。她之所以让自己沦落到现在这种地步是因为她顺从了这种罪恶,正如他就是因为顺从了这种罪恶才让自己到了现在的地步一样——正如这种罪恶给世界上所有听信它的人所带来的危害一样。他突然对这种罪恶的所有受害者们感到同情:既包括白人迫害者,也包括黑人被迫害者;既包括处私刑的人,也包括被处以私刑的人;既包括纳粹分子,也包括受害的犹太人。他们无一例外都是这种堕落的种族罪恶的受害者——既是他人的受害者,又是自己的受害者。(LC 369)

这种带有一定的宗教色彩的宽恕之心表明戈登已经彻底从受害者的心态中走出,不再用仇视和憎恨的眼光看待种族主义者,而是用一种悲悯的情怀看待这些深受种族歧视毒害而不能自拔的人。这在充分显示了他博大胸怀的同时也显示出他的心理优势,因为一个以受害者自居的人是不可能有这种悲悯情怀的,更不可能对施害者报以同情之心。在戈登的自我主体意识回归的过程中,犹太人卢森伯格对戈登的开导起到了关键性的作用,让他以一种哲学的高度认识自己的生命主体价值:

> 就像做我自己对我很重要一样,做你自己对你是非常重要的。如果不是这样的话,我们就是别的东西了。重要的不在于你制造了什么,也不在于你学到了什么。你的重要性来自于你生命的整体,来自于你的生命存在这一不容置疑的事实。食物之所以重要是因为它是食物。它的重要性不是靠自己去伸张的,它的重要性是由它在人的需要中的地位决定的,它是人的生命存在的组成部分。人的重要性不在于他们在做什么,而在于他们是什么。作为一个人而存在这一事实就是重要的。那么作为同为人类的黑人的存在也当然是重要的。民族可以划分,种族可以划分,国家可以划分,但他们存在的事实和这一事实的重要性是不可分割的。(LC 376)

这段颇有存在主义色彩的话是整部小说中关于人的主体性和自身价值的最为深刻和精彩的演绎,也是对男权文化与性别角色观念以及现代男性气质的非常深刻的挑战。因为无论父权文化还是现代男性气质观念,都是按照人的社会劳动分工来对人的价值进行判断,把人当成了工具和手段,甚至堕落到以人在社会上攫取财富和权势的能力大小来判定其男性价值有无的地步,这就在无形中否定了个体生命本身存在的目的性,抹杀了生命本身的价值与尊严。

同时,卢森伯格还从人与其所从事的事业之间的互动关系进一步阐释人的主体生命价值:"李,不能说你在为劳工运动做事,而应当说你就是劳工运动的一部分；不能说你在支持一项事业，而应当说你就是事业本身。这就是让你重要的东西，李。"(LC 383)这种观点显然也带有生命本位的色彩，只不过卢森伯格在这里把个人与集体做了区分，把个人的价值体现在对集体事业的献身中。

正所谓一席话惊醒梦中人，就在戈登人生陷入最低谷，内心充满孤寂、无助、惶恐之际，卢森伯格对他说的这番话起到了关键的开导和激励作用，有着醍醐灌顶般的神奇效果，让他接受了自己的种族身份，肯定了自己的生命价值，认清了自己所从事事业的意义，同时也让他的自我主体意识得到全面回归。

自我主体意识的回归打开了戈登的心结，让他的心灵获得了解放，恢复了对生命和世界的热爱，焕发了生命的活力，并在这种热爱中彻底战胜了恐惧。可以看出，彻底打开心结、走出心灵阴霾的戈登的精神面貌发生了脱胎换骨式的转变，其灵魂获得了彻底的解放。第二天起床的时候，他感到自己的整个生命焕然一新：

> 当戈登醒来时已经是满屋朝阳。就在他睁开眼睛的刹那间，他看到了一种不同的生活。他的感冒已经治愈，而且没有任何后遗症；他的头脑也感到清澈明晰，没有任何疑虑。那种令人颓丧的失败感一去不复返了，昨日种种愤愤不平的想法也不见了踪影——取而代之的是一种内心的振奋、精神的敏锐以及对所要面对之事的热切期盼。这种美好天气中的喜悦之情甚至让戈登感到了些许的刺痛。这就是他一直希望拥有，但又从来不曾有过的感觉——因为只有在这种感受之下生活才会是美妙的。(LC 384)

可见，思想得到解放之后，戈登的整个生命状态发生了质变，不仅身体有了生机和活力，心理上也充满了热诚与激情，不再受失败感与怨恨之情的囚禁，而且超越了一直困扰他的恐惧感，不再害怕面对现实的任何挑战。这是一种生命的"巅峰体验"。在这种生命体验中，人的自身生命能量得到极大程度的调动和激发,会变得更自信,更勇敢,更有激情,也更有活力。

有着这种生命体验的戈登对当天要举行的劳工集会充满信心,相信他们一定会取得胜利:"在这样的一天里,一切看上去都是有可能的。突然间他感到他们将会取得胜利。在此之前他从来没有想到自己今生还会赢得什么东西。这就像一种突破,一种目的的达成——正如获得了一种完整性一样。"(LC 384)显然,正是有了这种生命的完整性或整合感,戈登的主观能动性才得到了更大程度的发挥,战胜了自卑感,获得了赢得胜利的勇气与信心。

伴随着这种主体意识的生成和生命潜能的爆发,戈登看待世界的眼光、对他人的态度、面对挑战时的表现都发生了天翻地覆的变化。他一身轻松,食物吃起来也格外香甜可口。当他在有轨电车站等车时,平素让他心情沉重的肮脏、杂乱并充斥了流浪汉和妓女的街道,现在却呈现出另一番情形:

> 然而此时他看到的一切都带有一种悲悯的色彩,他听到的一切都带有一种祈祷的味道。即使肮脏的水沟中烂白菜发出的气味也因这个鲜活世界中的友善变成了一种芳香。仅仅生命本身就已足够精彩了——这一点死去的人会很清楚。这个想法有点令人感到奇怪和震惊,但对他没有任何影响,因为他感到自己此刻是如此笃定,如此生机勃发,如此轻松自在,如此快乐,就像在天堂中一样。(LC 385)

这显然是一种接纳和拥抱世界的心态,戈登对周围世界的美妙感受恰恰是这种心态的投射。相比之下,和他同坐一辆有轨电车的南方黑人则依然生活在阴郁、压抑的内心世界之中。除了感受到生命和世界的美好之外,戈登还感受到了希望,感受到了一种世界大同的思想,超越了种族的隔阂,拥有了一种四海之内皆兄弟的博大胸怀。这种兄弟情谊让他与工人们在一起时感到非常自然、亲切、和谐:

> 在珀兴广场换乘公交车时,他被夹在了早班工人的人群之中。但他没有感到迷失,也没有感到自己是个黑人,更没感到自己无足轻重,而是感觉自己就是人群中的一部分,被它容纳和接受,正如人类之河中的一个涟漪。戈登心中在想,世界本该如此——而且最终也必将如此。(LC 386)

此时的戈登不但接受了自己而且也接受了别人,感觉自己的命运和他们的联系在一起,而对他人的接受与容纳更增加了个体存在的信念和力量,两者之间形成了良好的互动。正是这种与人类共生共在的命运共同体意识和博大胸怀让戈登超越了小我的狭隘、自闭、渺小和悲观,对未来充满信心和希望。

当他得知警察已经获得拘捕令,要逮捕自己时,他"没有感到自己是受到了虐待或迫害",只是感到自己是"被一直悬在头上的灾难所击中"而已。他唯一感到遗憾的是,就在他获得新生之际,就在"幸福看上去唾手可得,生命看上去如此美妙之时"(LC 389),他却要与其失之交臂,而且无法让鲁斯知道他的变化,分享他的新生所带来的快乐。可见,此时的戈登已经不再局限于小我的荣辱得失,而是更多地想到了他人;不再有受害者的心态,而是以主人翁的姿态看待一切。

在工会的游行集会中,戈登遭到了很多警察的围堵。在危机面前,戈登更多地想到的是那些当初为他做担保的人,想到的是鲁斯等被他伤害过的人,想到的是工会利益:"他能为所有把他当朋友的这些人做些什么呢?他怎样做才能对得起鲁斯和工会?该怎样做才能不辜负卢森伯格对他的信任?他应该做些什么才能避免他即将给他们带来的伤害?"(LC 363)可见,此时的戈登不再给自己寻找任何理由,不再寻找任何逃避的借口,而是一心想为他人、集体做点什么,一心想弥补自己给他人和集体造成的伤害。

为了不想让妻子、朋友和工会蒙羞,不让他们再受伤害,戈登毅然决然地从斯密提的卡车上跳了下来,不顾警察要对他开枪的警告,勇敢地穿过人群,朝一直在与白人警察对峙的工会领袖乔·普泰克(Joe

Ptak)走去。卢森伯格和妻子鲁斯此时大声疾呼,让他不要去送命,但他没有停止脚步。面对挡在眼前的荷枪实弹的一排副警长,他也毫无惧色,"用尽全身力气把挡住去路的副警长推开,俯身躲开另一个副警长的警棍,从他们当中穿了过去"(LC 398)。通过眼角的余光他看到一个白人警察已经把枪口对准了他,但这仍然没有让他退缩:"他来到乔·普泰克身旁,拿起工会会旗,把它高高地举过头顶,开始大踏步沿着街道走下去。"(LC 398)接下来要发生的事情读者不得而知。不难想象,白人警察的毒打、枪击或者未来的牢狱之灾都将是戈登这一举动的代价。但他的这种可预见的牺牲并不会白费,他的这一英勇无畏的举动必将会给在场蓄势待发的工人们带来触动。在他这一英勇行为的感召与带动下,那些本来就跃跃欲试的工人们很可能会战胜恐惧,加入工会的游行队伍,为他们投票,促使这次游行示威的成功。至此,戈登已经彻底摆脱了焦虑、恐惧与惶恐,成为一个敢作敢当、富有责任感、大义凛然的男子汉。

小　结

作为男性气概书写的一部典型文本,《孤独的征战》不仅真实地再现了 20 世纪上半叶黑人男性气概备受压抑的境况以及黑人男性对其男性气概的强烈诉求,而且叙写了黑人男性因其对男性气概的错误认知而在其建构和伸张男性气概过程中给自己和他人带来的伤害。可以说,对于当今人类的男性特质认知而言,该作品在反思充斥于现代男性气质中的男权思想方面做出了突出的贡献。而该作品主人公走出其男性身份危机、重构其男性气概的历程则让广大读者进一步领略到真正男性气概的思想内涵以及人格尊严与荣誉感、正义感等内在精神品质在定义和重构男性气概中的重要意义。

在水深火热的民权运动前夕,在以赖特为代表的抗议小说思潮如日中天之际,这部小说却不遗余力地对性别问题进行书写,这似乎有点不合时宜,但这也正是这部小说最为独特和伟大之处。另外,在社会学等领域中的男性气质研究还远未成为显学之时,这部小说就已经开始了对性别角色观念与现代男性气质的深刻的反思,而且从一种美德伦理学与哲学的高度对黑人男性气概进行了重构,体现出了高度的丰富性、超越性和前瞻性。

第八章　"自造男人"的反思与男性气概重构：《随后我们听到雷声》

如果《孤独的征战》在男性特质书写方面一个最突出的贡献在于其对男权思想和霸权性男性气质进行了深刻反思并且在此基础上实现了男性气概理想重构的话，作为再现第二次世界大战期间美国军队中黑人男性气概状貌的典型之作，约翰·基伦斯的长篇巨著《随后我们听到雷声》(*And Then We Heard the Thunder*, 1962)则对过度强调个人成就和流动性的男性气质进行了反思，并在此基础上对真正的男性气概理想进行了重构。从历史文化的角度看，学者们往往把这种过度看重男性个体职场上的成功、自我成就以及社会流动能力的男性气质称为"自造男人"(self-made man)式男性气质。

根据美国男性特质研究学者基梅尔的考察，"自造男人"式男性气质是继"温和的家长"(Genteel Patriarch)和"英勇的工匠"(Heroic Artisan)之后美国近现代社会兴起的一种男性气质模式。1832年亨利·克雷(Henry Clay)在美国国会上做的一次演讲中首次提出了"自造男人"(或译为"自我成就的男人")这一概念，宣称这种男人是美国繁荣富强的中坚力量。从此以后，"自造男人"也就堂而皇之地进入了美国男性特质文化史，并在过去一百多年中一直处于主导地位。总体来看，这种男性气质体现的是美国男权社会的性别价值观和资产阶级的利益诉求，是靠"市场上的成功、个人成就、流动性和财富"[1]来衡量和定义的。作为美

---

① Kimmel, Michael S. *Manhood in America*: *A Cultural History*. 2nd ed. New York: Oxford University Press, 2006: 17.

国主流社会的主导性男性气质模式,"自造男人"式男性气质"完全是靠一个男人在公共空间中的所作所为获得其身份认同,以其所积累的财富和社会地位及其所在的地域和社会活动性作为其男性气质的衡量标准"①。

研究发现,该作品主人公所罗门·桑德斯(Solomon Sanders)在人生理想、婚恋及其人格等方面所经历的困境和危机与他对美国主流社会的这种"自造男人"式男性气质的盲目遵从有着密切关联,是其男性身份认同危机的结果和具体表现。该作品在对"自造男人"这一现代男性气质模式进行反思的同时,也为真正男性气概理想的建构提供了方向。

第一节 "自造男人"之梦的误导

在该作品中,桑德斯是一个相貌英俊、体魄健壮、头脑敏锐并且接受过高等教育的黑人男性。与其他同龄的黑人青年相比,他有着较为优越的条件和光明的前途。然而在该作品中,桑德斯无论在人生理想还是婚恋方面都无法做出正确的选择,其人格也经常处于分裂状态。

研究发现,桑德斯所经历的人生困境与他对男性特质的认知误区有着密切关联,是其男性身份认同危机的结果和具体表现。种种迹象表明,桑德斯所认同和遵从的男性特质正是美国主流社会长期以来奉行的"自造男人"式男性气质模式,并且他把事业上的成功、个人成就、职场上的出人头地、不断向上层社会流动的能力当作其人生目标和男性特质的主要评判标准。其中,美女、房子、车子、机遇等现代男性气质的标志性因素成了他孜孜以求的东西:"美女相伴—机遇—成功—出人头地—被人接受—生活富足—有自己的家产—汽车—地位。一言以蔽之,社会身份。"(AWHT 4)显然,这些要素几乎是"自造男人"式男性气质的全部内涵。其中,"成功""出人头地""地位"等话语更是这种男性气质的标志性因素。可以说,这种男性气质所蕴含的价值取向和评判标准给桑德斯的思想和

---

① Kimmel,Michael S. *Manhood in America*:*A Cultural History*. 2nd ed. New York:Oxford University Press,2006:13.

行为带来了严重的困惑。下面我们将从三个方面对该男性气质的误导性进行反思。

一、"自造男人"之梦对主人公人生理想的误导

在"自造男人"之梦的误导下,桑德斯不能恪守自己的人生理想,放弃了自己喜爱并擅长的文学创作事业,选择了军旅生涯。

文中交代,桑德斯在孩提时代就已经喜欢上了写作:"从他能够记事时开始他就狂热地喜欢上了写作,就喜欢在纸上写点什么。从十、十一或十二岁开始到现在,他已经尝试着写过很多小说和诗歌。……他在高中和大学的刊物上都有作品发表,他的一个抽屉里面装的全都是退稿通知单。"(AWHT 56)因为"他想用自己的语言和感悟写他自己的故事。……他喜欢舞文弄墨,喜欢隐喻的味道"(AWHT 4)。对他来说,只有在写作时他才能找回真正的自我,感受到人格的完整:"他写作时感觉很好,感觉自己像个男人,感觉自己完整、彻底和满足。"(AWHT 56)

然而,受"自造男人"之梦的影响,桑德斯放弃了自己早先想成为一名作家的人生理想,违心地投身军界,希望在军队中实现其"自造男人"的梦想。在他看来,在军队中当一名军官显然比当一名作家更现实,能让他迅速地出人头地,在短时间内获得最大的成功,实现最大限度的社会流动,而出人头地、成功、社会流动也正是他实现"自造男人"之梦的首要条件。他希望利用自己英俊的外表、良好的教育、精明能干等优越条件在军队中不断晋升,最终能够荣归故里,获得一定的社会地位,成为自己以后从事法律行业学习和工作的资本。

为了获得这些方面的满足,桑德斯没有忠实于自己的志向,背叛了内心的真实意愿。对于这种背叛,他本人都有点鄙视自己,感觉自己是欺世盗名的骗子和机会主义者:"他为自己的这种形象而感觉不安,想起了'骗子'和'官衔的投机分子'。"(AWHT 4)受这种男性气质模式的影响,桑德斯满脑子都是飞黄腾达、出人头地等思想,即便在与新婚妻子米莉娅(Millie)缠绵之际,他脑子里也在盘算着未来的宏伟蓝图。而且我们发现他在妻子面前的自信与自豪感主要来自他在军营里出类拔萃的表现,另

外他还"告诉她说他是美国中央情报局中的唯一一个黑人,而且到目前为止,一切都进展得非常顺利"(*AWHT* 4)。

在此,我们有必要提一下桑德斯的妻子米莉娅在他男性气概认知和建构中的影响和作用。从某种意义上讲,在桑德斯对该男性气质模式的认同与遵从过程中,米莉娅起到了重要的参与作用,正如小说所说的那样,"桑德斯做着他的妻子为他所做的梦,那个伟大的美国梦"(*AWHT* 4)。这个"美国梦"也是美国男人之梦,或是"自造男人"之梦。我们发现,她最热心的话题就是桑德斯如何在美国军队中不断获得晋升。为了达到这个目的,她甚至建议桑德斯忘掉种族问题:"至少在军队这段时间,忘掉种族问题。不要老想着自己是个黑人。你要做一个美国人,并且全力以赴地去赢得这场战争。在军队期间,你要像平时在社会中一样,争取一切机会让自己获得提拔。"(*AWHT* 6)

在这一连串的建议加命令的祈使句中,米莉娅以一种理所当然的口吻告诉她的丈夫要放弃自己的黑人身份,忘记种族歧视,不惜一切代价获得成功。显然,在她的心目中,男性就是要不惜一切代价地去争取成功,这是天经地义、无可置疑的事情。可以说,她的这番说辞已经成为"自造男人"式男性气质的一个注脚。米莉娅的这一人物叙事也从侧面体现了桑德斯所处时代的人们对男性特质的价值取向与评判标准。在这种"自造男人"之梦的煽动下,桑德斯在美国军队中处处谄媚讨好白人军官,以自己的"正确"态度和不辞劳苦博得白人军官的满意,任劳任怨地接受白人交给他的一切任务:

> 现在中士的所有工作都落到他的头上了。桑德斯要撰写早晨的报告,拟定 K. P. 执勤表与门卫执勤表,制定工资单,整理连队档案,还有所有其他责任——这些责任先是团长推诿给连长,后者又推诿给中士,中士又推诿给列兵(代理下士)所罗门·桑德斯。到他这里,整个推诿过程算是结束了。但他一点也不介意,他并不讨厌那个中士,与塞缪尔斯中尉关系处得也很好,甚至也许还有点喜欢他。(*AWHT* 44)

　　然而，白人军官虽然欣赏他的"正确"态度，但对他只是利用，把他当成了军队中白人各级军官的奴隶，让他日复一日地重复着各种琐屑工作，却从来没有真心想提拔他、重用他，也没有给他任何实权。不管他工作怎么努力，他还是个代理下士。

　　桑德斯从一个普通的士兵晋升为文书后，接到了一个临时看管屡次逃离军队的黑人下士杰里·斯科特（Jerry Scott）的任务，而且被警告说如果斯科特逃跑了，桑德斯就要代替他接受军法处置。然而不无讽刺意义的是，桑德斯的上司虽然让他看管一个像狮子一样健硕的斯科特，却没有给他配备手枪、电棍等武器。这一点被斯科特反复挖苦和嘲弄："如果我逃脱了你就要替我服刑，但他们连一支玩具枪都没给你，就让你来看守我，这难道不是在糊弄孩子吗？假如我想逃跑，你拿什么来制止我？我随便拿起个什么东西就可以打得你下周都醒不过来。这难道没让你感到自己像个傻瓜一样被愚弄吗？"（*AWHT* 32）

　　从某种意义上讲，枪代表了一种权力或权威，是男性气质的一种符号和象征。白人上级军官认可桑德斯的素质，赏识他的态度，进而想利用他为军队效力，却没有给他任何权力，说明白人没有真正信任桑德斯，同时也不希望看到桑德斯拥有男性气概。斯科特的话一针见血地揭示了桑德斯所处的真实处境，及其在美国军队中受支配和被奴役的从属地位。按照康奈尔给男性气质的分类，桑德斯拥有的充其量是一种"从属性男性气质"（subordinate masculinity），在白人男性的权力等级秩序中永远处于下位。桑德斯也深深为此感到尴尬、无助和懊恼，感觉自己扮演的角色确实很滑稽。可见，白人是不会轻易让他这个美国黑人实现白人们的"自造男人"之梦的。

二、"自造男人"之梦蛊惑下的婚恋危机

　　受"自造男人"之梦的蛊惑，在婚姻方面，桑德斯没有追寻自己真正的爱情，而是草率地进入了一种有性无爱、重肉体轻灵魂、重物质轻精神的婚姻，这也为其之后的婚恋危机埋下了种子。

　　在小说第一章两人情爱生活的叙事中，读者看不到桑德斯与妻子米

莉娅之间有多少爱情可言。两人在种族身份认同、职业选择、价值观等方面都存在着很大的差异,没有多少精神共鸣和深层次的情感交流。然而在小说的开始部分,两人在男性身份认同和男性气质认知方面却有着相当高的一致性,都把体貌、成功、财富、社会地位、性能力等外在因素看作是男性特质与男性身份的评判标准。尤其在职场上的成功与社会地位的获得方面,两人都表现出了无比的渴望。可以说,两人之间性的相互吸引以及在事业、成功、出人头地等方面的很多共识成了两个人结合的纽带,正如文中所描述的那样:

> 整个三天三夜当中,他们除了做爱、吃饭和交谈外,还到百老汇看了两场电影。回来后又开始做爱以及相互欣赏彼此赤裸的身体,同时计划着桑德斯在战争结束回到美国后所要做的事情。届时他将回到法律学校,在身边这位漂亮而且雄心勃勃的女人催促和永不休止地向上推举下完成学业。(*AWHT* 3)

这是桑德斯与妻子短暂蜜月期的一段情爱生活的描述。从这段文字中,读者看到的更多的是两个人肉体的相互吸引与性的彼此满足,看不到两个人在心灵与精神方面的共鸣;看到的只是两个人对未来的规划——两人谈论最多的就是工作,看不到两人在生命价值观方面的多少认同。而且言语中流露出一种讽刺的口吻,这种讽刺口吻可以说既是来自叙事者的,也是来自作者的,暗含着对米莉娅在参与桑德斯男性气质建构过程中表现出来的强势、功利和富有操控性的讽刺。在这种缺乏灵魂与精神维度的情爱模式中,性就成了把两个人结合在一起的主要纽带,正如文中所说的那样:"他们像亡命徒那样做爱,好像生怕蜜月结束后就什么都没有留下似的。"(*AWHT* 3)

对米莉娅来说,桑德斯英俊的外表、挺拔的身材、突出的性能力和事业上的"远大前程"所构筑的男性气质是吸引她的主要因素,是让她对这个"崭新的"丈夫充满无限敬仰与"骄傲"的前提,这一点从她对桑德斯的评价中就可见一斑:"你这么挺拔、英俊而且有着具有挑逗性的棕色皮肤,而且你又敏感、聪慧,受过良好的教育,具有雄心壮志。亲爱的,你是幸运的。在这个世界里你一定会一往无前、所向披靡的,没有什么能阻挡你的脚步,你已经万事俱备、应有尽有了。"(AWHT 4)

显然,米莉娅已经把高大英俊、聪明能干和出人头地等外在因素看成男性价值与身份的衡量标准,并把这些因素强加给了桑德斯,而对后者内心深处的真实感受和人生理想她并不在意。另外,即便是在夸奖、赞扬自己的丈夫时她也不失时机地对他进行鞭策和洗脑,不断强化他出人头地的念头。可以说,在桑德斯男性身份的建构过程中,米莉娅起到了重要的参与作用。只不过她参与建构的不是真正的男性气概,而是美国现代男性气质;其所看重和强调的不是桑德斯的勇气、人格尊严与道德品质,而是其在多大程度上能够履行男性的性别角色,从而获得成功,实现向上的社会流动。对于桑德斯而言,米莉娅无形中成了其所认同的这种男性气质的见证者和支持者,她对他的男性气质的仰慕和崇拜之情让他获得了一种满足感和心理支持,这也是他在明知道彼此在心灵上有着巨大差距的情况下仍然与之结合的一个重要原因。可见,对"自造男人"式男性气质的认同是桑德斯与米莉娅走到一起的"推动力"与"吸引力"。

然而,有着一定精神追求和情感深度的桑德斯很快就感受到自己与米莉娅之间的情感裂痕,品尝到了自己在婚姻问题上种下的苦果。参军的第一周,在白人军官与黑人士兵之间的矛盾冲突中左右为难的桑德斯在训练过程中跑到电话亭给米莉娅打了个长途电话,很希望和她谈谈自己的感受,释放一下内心的压抑之情,结果非常失望:"她正打算去杂货店购物。他听到身后的军哨声,但她却把如此珍贵的时间浪费在关于那家杂货店的闲谈上,而彼此之间可谈的事情有那么多。"(AWHT 24)可见,在米莉娅的价值体系中,物质消费与享乐占据了重要的位置,而在情感和思想方面,却无多少深度可言,她与有着一定的精神诉求的桑德斯在品位与志趣方面有着相当大的差距。另外,米莉娅把桑德斯在美国部队中的仕途似乎看得过于乐观和简单。即便是在桑德斯在军队中困难重重、心力交瘁之际,她也丝毫不为之担心,反而在信中反复念叨她为他设计的发迹梦:

前一天他收到米莉娅的来信。米莉娅在信中说她一点也不担心他是否能够适应军队的生活,相信他一定能获得成功并且成为军官,相信他一定能不断进取、步步高升,如此等等。有时候她这些关于军官、成功等反反复复念叨的话题真让他烦心不已。她把事情看得太简单了。(*AWHT* 43)

可以看出,此时她只关心桑德斯是否"不断进取、步步高升",是否能够获得成功,对他的真实处境和内心的感受则表现出很大程度的冷漠和麻木。显然,她对他的情感是模式化的,是按照美国社会对一个男性个体的性别期待和男性气质标准来看待和要求桑德斯的,这也使她在无形中把桑德斯看成一种男性符号,而非一个有血有肉的男人。在桑德斯身心俱疲之际,米莉娅"总是喋喋不休地向他唠叨要不断进取,要先把中尉头衔弄到手,然后再争取当上上尉。她在每封信中都提醒他,凭着他的外貌、个性和所受到的教育,没有什么能让他停止脚步的"(*AWHT* 44)。在桑德斯心力交瘁、迷茫彷徨之际,她的这种唠叨和"鼓励"也确实起到了一定的强心剂的作用,让他硬着头皮继续做白人军官的奴隶。

但随着桑德斯对这种升迁梦或发迹梦幻灭感的增强,妻子对他的这种"鼓励"已经慢慢失去了功效,甚至增加了他的心理压力,让他感到更加烦躁不安。妻子对他的这种洗脑让他愈发反感,他与妻子之间情感距离也越来越大,这让他们本来就缺乏爱情基础的婚姻陷入了危机。这种危机在他后来遇到菲尼·梅·布兰顿(Fannie Mae Branton)时彻底爆发。在该作品中,布兰顿是桑德斯的心灵知己,甚至是他的另一个自我:"菲尼·梅永远不会眼睁睁地看着世事变迁而无所作为,而且任何事情一旦被她碰触过后就与之前大不相同了。你就是我的另一个自我,菲尼·梅。你就是我渴望成为的那个自我。"(*AWHT* 168)可见,布兰顿才是桑德斯志同道合的灵魂伴侣。然而此时的桑德斯已经身不由己,已经没有了选择的自由。一边是自己的知心爱人,一边是自己的法定妻子,桑德斯陷入了进退两难的境地。最终,他不仅在事实上背叛了他的妻子,而且也在无形中伤害了布兰顿,让自己饱受道德与良心的谴责。

三、"自造男人"之梦蒙蔽下的人格危机

在"自造男人"之梦的蒙蔽下,面对美国军队中的诸多种族歧视现象和行为,一心想出人头地的桑德斯显得畏首畏尾、瞻前顾后,丧失了坚持原则与正义的勇气,而且丧失了基本的真诚与真实,变得不辨是非,甚至为自己的怯懦和无原则的忍让寻找各种冠冕堂皇的借口,其人格经历着严重的危机,其男性气概更是处于一种被压抑的状态。

首先,"自造男人"之梦让桑德斯丧失了捍卫个人和种族尊严、维护正义、坚持真理的勇气,让他在军队中的很多种族歧视行为面前显得唯唯诺诺、缩手缩脚。

实际上,桑德斯的人格体系中并不缺乏勇气,而且也有仗义执言的冲动和意愿。面对以绰号"书虫"(Bookworm)的黑人士兵约瑟夫·泰勒(Joseph Taylor)为首的一些黑人士兵在军营中对菲尼·梅·布兰顿的污言秽语,他毫不客气地进行了斥责:"别再拿那位军人服务社的女士吹牛了,打住吧。不要因为那位女士对你们友好和善一点你们就忘乎所以了。"(AWHT 55)可见,他是一个有着相当强的正义感和是非观念的人,但他这种伸张正义的勇气在白人军官面前却大打折扣。为了让自己在美国军队中步步高升,面对美国军营中白人军官对黑人士兵的种种欺辱性语言与不公正的对待,桑德斯总是表现得患得患失、顾虑重重,不敢站出来勇敢地捍卫自己和其他黑人士兵的尊严和权益。他经常抱着一种委曲求全、息事宁人的态度,甚至经常一厢情愿地站在白人军官的立场上思考问题,觉得黑人士兵的反抗行为做得过火了。

在小说中,面对白人上尉对黑人在称谓上的污蔑,"书虫"泰勒勇敢地站了出来,利用白人上尉语言上的纰漏让对方当众出丑。与泰勒在这点上的英勇无畏、敢作敢为相比,桑德斯此时显然有些胆怯。在大家还在哄笑之际,"桑德斯突然停止了笑声。够了够了!'书虫'做得太过分了。"(AWHT 20)显然,此时他不但没有对白人上尉对黑人士兵的蔑称表示愤慨,也没有为"书虫"有胆有识的做法感到自豪与骄傲。每当他想挺身而出时,他的发迹梦就立刻向他发出警告,提醒他小不忍则乱大谋,告诫他

为了实现自己的——当然更是他的妻子的——发迹梦,此时一定要把尾巴夹起来,一定要忍气吞声才行。为了将来的出人头地,他丧失了反抗强暴的勇气,放弃了原则,牺牲了自尊,其男性气概也始终处于被压抑和阉割的状态。

心胸狭隘的白人上尉为了让"书虫"泰勒背上确凿的罪名,让在场的黑人士兵提供不利于"书虫"泰勒的证词。桑德斯的良知告诉他自己不能这么做,但他给出的理由是:"我想,长官,在战士们入伍的第一周就让他们出面提供不利于他们某个战友的证词——尤其在他们自己的分队里,对军队的士气来说是最糟糕的事情。"(AWHT 22)也就是说,他在此还是不想正视白人对黑人的种族歧视在这次事件中所起的关键性作用,因为反对种族歧视就意味着要向掌握着自己前途和命运的白人军官开战,就必然危及自己的晋升。他的这几句听似很有"大局观"的说辞没有得到白人上尉的认可和赏识,反而让后者暴跳如雷、大动肝火,让桑德斯报出名字和编号。桑德斯顿时感到惶恐不已,战战兢兢地报出了自己的姓名与编号,心里面有了下面一番嘀咕:

> 如果你想在军队里平步青云的话,你就一定要和上尉这样的人搞好关系。因此,把你的名字和编号告诉他,假装你不知道他要它干什么。接下来,如果实在要你作证,到时候就见机行事好了。你的脑袋可不笨,很清楚第一周就把事情搞砸可不是什么好事。他的脸紧张得渗出了汗水,肚子开始乱叫。(AWHT 22)

文中也多次提到桑德斯动辄汗流满面这一细节,说明他内心极端的脆弱与惊恐。可见,正是这种一心向上爬的私心杂念让他变得患得患失、瞻前顾后,失去了应有的勇气与胆魄。桑德斯报出名号后,白人上尉依然不依不饶,对他进行了极富种族主义色彩的训斥:"有一件事情你要想清楚,黑仔——大兵,你被招募到军队里来不是这里需要你多么了不起的脑力。动脑筋的事情就不劳你操心了。你到这里来就是要做别人命令你要做的事情,仅此而已。你现在清楚了吗?"(AWHT 22)

　　这段说辞中暗含着白人种族主义者对黑人的一贯态度和逻辑,也是种族歧视的一项主要内容,是对黑人的心智,进而是对其完整人性的严重蔑视和抹杀。按照这套逻辑,黑人是幼稚的、愚昧的,缺乏深刻的情感体验与思想内涵。长久以来,美国白人就是靠这套逻辑和话语体系维系着白人优越论神话,以此确立对黑人的压迫、剥削和奴役的合法性。对此,桑德斯当然不会不清楚。然而他一心想在军队中出人头地的念头让他没有针锋相对地对这套污蔑之词进行回击,没有给黑人士兵一个扬眉吐气的机会,而是违心地说:"很清楚了,长官。"(AWHT 22)他的这种表现让在场的黑人士兵非常失望,认为他没有脑子,表现得像个瘪三。

　　其次,"自造男人"之梦让桑德斯丧失了明辨是非的能力,其对战争的本质缺乏正确的认识。

　　从世界范围来看,军队与战争往往是男人的舞台与领地。对于美国白人来讲,军队是体现男性特权、建构和实践男性气概的场域。对于在美国社会中深受种族歧视压抑从而难以实践男性气概的美国黑人男性而言,军队更是成了他们认为可以证明和伸张自己男性气概的场所,这也是美国历次对外战争中都有很多黑人踊跃参加的重要原因。这一历史事实也于不经意间在小说中得到展现。在小说中,白人军官针对黑人士兵士气低落的状况对他们发表了一通演讲,鼓励黑人士兵好好干,以便早日结束战争,回到正常的平民生活中去。此时,一心在军队中投机钻营的巴克•罗杰斯(Buck Rogers)这样嘀咕道:"这些混球们从来没有过得这么快活过。你除非要拿枪逼着他们,否则他们是不会离开军队的。即便这样,有些人也不会走的。如果你硬要他们走的话,你就干脆开枪把他们打死算了。"(AWHT 69)正所谓话粗理不粗,这番话也从侧面反映了黑人平时在美国社会所遭受的不平等待遇的严重性,揭示了他们如此热衷于参军打仗的社会动因。

　　然而让很多美国黑人男性没有想到的是,军队是种族歧视更为集中的场所,是对他们的男性气概进行阉割的另一所监狱;而战争,除了给黑人带来伤残与死亡外,也无任何光辉与荣耀可言。在小说中,入伍不久的黑人士兵就已经意识到,在军队中他们同样受到不公正的待遇,他们热心参与的这场战争是白人之间狗咬狗的战争,对提升黑人的地位与生活境遇来讲,没有任何作用。所以他们开始显得士气低落,非常消极。而白人军官却没有意识到这一点,反而误以为他们不愿打仗,以为他们更想过平民生活。

与其他黑人士兵不同的是,一心想在军队中出人头地、实现向上流动的桑德斯没有意识到这一点。相反,他有意无意地回避美国军队中存在的严重的种族歧视,对军队中日复一日上演的种族冲突熟视无睹。另外,企图在美国军队中实现自己发迹梦的强烈欲求让他对战争的非人道本质缺乏清醒的认识,对战争心存幻想:"这是一场捍卫民主自由的战争。这是他的战争,他对之心存信仰,他要为之全力以赴,奉献自己所有的力量。"(*AWHT* 24)即便得知"书虫"泰勒在酒吧里遭受到军地警察的侮辱和毒打之后,他依然坚持自己对战争的信念:"但天杀的,他对战争就是有信念,这种信念他们是无法阻止的。"(*AWHT* 59)显然,桑德斯是在用民主、自由、正义等"宏大叙事"来美化战争,为自己的思想与行为寻找一种说法,却严重忽略了西方国家之间战争的不民主、非正义本质。在他们还在美国国内军训的时候,面对军队中对美国政府与军队心怀不满的黑人士兵,桑德斯极力为美国政府辩护,极力说服黑人士兵,让他们放下种族怨恨,全心为美国政府效力:

> "你们现在是在军队,"桑德斯严肃地说,"因此你们最好对你们为之战斗的东西有点信念。我不是开玩笑的。如果希特勒征服了美国,美国黑人的处境将会比现在糟糕一百倍。另外,我们是美国公民,而我们的国家现在与敌国开战,因此很需要我们。有朝一日战争结束,我们回国时,我们不会让他们忘记我们曾经和其他士兵一样浴血奋战过。这场战争与上一次不一样,这场战争才是真正意义上的战争,你们的最高统帅是自林肯以来最好的总统。"(*AWHT* 17)

显然,桑德斯此时不希望黑人士兵闹事,以免牵连自己,影响自己晋升。因此,他试图用爱国主义话语来掩盖和淡化在军队中同样存在的种族歧视和种族冲突,从而消解黑人士兵对美国政府与军队的不满,避免消极情绪的扩散。可以说,此时的他完全成了他妻子的传声筒,把之前她向他灌输的种种观念向黑人士兵兜售。这一点他自己也有所觉察,甚至对自己的这种行径感到不齿。他的这种心理动机被同样有着投机心理的罗杰斯识破:"但我知道你在说什么,你这个能说会道的家伙。我此时说的话你最好不要当儿戏。你那套言不由衷却讲得头头是道的爱国主义陈词滥调糊弄别人倒还可以,但我和你一样——我他妈的自己就是个投机分子,我只是希望我有你那份优雅与风度。"(AWHT 18)

的确,敏感、睿智而且亲身经历过美国种族歧视毒害的桑德斯应当意识到,对美国黑人士兵而言,他们其实同时进行着两场战争。一场是反法西斯战争,一场是反种族歧视的战争,而这第二场战争则如影随形,随时会发生在他们自己身上,即便他们身处距离美国千里的异国他乡。为了自己能够在军队中顺利地向上爬,为了别出乱子,他宁愿无视真相,甚至违心地编造谎言。此时的桑德斯已经一厢情愿地完全站在了白人立场上思考问题,缺乏"书虫"泰勒、斯科特、布兰顿等黑人对战争持有的清醒认识。对他们来讲,反种族歧视的战争更加艰难与严峻,与黑人的切身利益也更加关系密切。显然,在其所追随的"自造男人"式的男性气质的影响和制约下,桑德斯的人格经历了严重的危机,在勇敢与怯懦、真诚与虚伪之间陷入了进退维谷的境地。小说在此似乎向世人表明,对现代男性气质的盲目认同和实践很可能会让人的良知泯灭,失去应有的正义感和是非观念,让人变得虚伪、怯懦和不公,并最终造成人格的分裂和异化。

通过以上论证我们看到,美国白人主流社会长久以来广泛推崇的"自造男人"式男性气质过分强调的成功和出人头地等观念和话语给桑德斯的人生理想和婚恋观方面带来了严重的误导,而且让他陷入了严重的人格危机,其男性气概也始终处于阙如的状态。通过对桑德斯这一人物所经历的种种人生危机的真实再现,小说《随后我们听到雷声》对美国主流社会"自造男人"这一现代男性气质模式进行了深刻的反思,警示广大黑人男性在认同和建构其男性身份时,不要盲目认同和遵从白人社会中的这一男性气质模式,不要一味地把成功、个人成就、出人头地等因素当作男性气概的价值取向和评判标准。

第二节 男性气概理想的重构

恰恰是在其"自造男人"之梦幻灭之后,桑德斯的自我主体意识才得以回归,在心理、人格与精神气质方面发生了一系列的蜕变:不再受美国主流社会男性气质片面强调的成功和出人头地等价值观念和话语方式的迷惑,不再被外在功名利禄左右,而是把自己的人格尊严与正义放在了重要的位置,作为自己判断、选择与行动的依据;凡事也不再以个人的利益得失为重,而是珍视兄弟情谊,把个人的命运与其他黑人士兵的命运联系在一起;不再逃避、忌讳恐惧和死亡,而是以一种真诚坦然的态度看待恐惧和死亡;不再把生命看作实现自己野心的手段,而是对生命本身的价值和意义有了一种更深刻的感悟和体验,并且能够以一种博大的胸怀看待他人,不管他们是白人还是黑人。通过这几个方面的转变,主人公桑德斯最终成为一个自主、自觉与自为的人,成为一个真正的男子汉。

一、真正男性气概精神品质的体认

从前面的分析我们看出,米莉娅认同的是白人文化的价值体系,在男性特质方面,她认同的是"自造男人"式男性气质,更多地关注男性特质依存的外部条件,而不太关心男性内心真实的感受和人生理想。在该作品中,米莉娅只关心桑德斯是否成功,是否能顺利加官晋爵,因此即便在桑德斯的精神和肉体都蒙受着巨大折磨和痛苦之际,米莉娅在给他的信中还是依然重复着她一贯的话题:"祝贺你荣升为下士。你什么时候去候选军官培训学校? 你将成为美国最英俊的军官。"(*AWHT* 137) 可以说,在桑德斯对自己之前的发迹梦开始幻灭并且将要挺直腰杆与白人的种族歧视抗争之际,米莉娅的这套说辞无疑让桑德斯重新回到军官梦想的枷锁之中。她对功名利禄的过分痴迷让内心有着一定精神追求的桑德斯非常反感。更让他感到无法容忍的是,她竟然把对桑德斯的这种期许寄托在未出生的孩子身上,在孩子出生之前就在规划着他的成功:"我们必须从现在开始就要为他未来的成功做打算。他长得一定会很英俊,我们现在就要做好准备,以便他将来不会错过任何机会。而且我们还要教导他好好读书,争取将来做一名医生或律师,比其他任何人都有出息。"(*AWHT* 172)这让对出人头地的念头已经没那么热衷的桑德斯非常反感。他自己已经意识到他所追随的发迹梦、升官梦让他丧失了作为一个男人的很多宝贵的东西,已经让他身心疲惫,因此他不想让他的孩子步其后尘。

与米莉娅相比,布兰顿更多地关注男性特质的人格尊严和勇气等内在精神品质,她实际上参与了桑德斯真正男性气概理想的重构。在该作品中,布兰顿这一人物形象的叙事功能主要体现在其对真正男性气概内涵的诠释上。她与米莉娅的人物形象的对照在一定意义上也是传统男性气概与现代男性气质在价值取向和评判标准方面的对照。

当桑德斯遭到白人上校毒打,精神处于低潮时,布兰顿鼓励他不要气馁,尤其不要丢掉自己内在的勇气与追求:"答应我——不管以后发生什么事情,你都不能心灰意冷,丧失斗志。不能让他们就那样扼杀了你的灵魂。"(*AWHT* 135)当她听说桑德斯想要当作家时,她立刻表示赞同:"好极了! 作家是人世间最伟大的人。他们永远活在人们心中。他们会在他们写的小说或戏剧中永生。"(*AWHT* 135-136)可以说,布兰顿是桑德斯的心灵知己。在桑德斯对未来充满迷惘,甚至连对自己当作家的理想都有点怀疑时,布兰顿情真意切地对他进行鼓励:

> 桑德斯,你绝对不能让这个世界在你身上做的一件事就是让你充满愤怒与仇恨。我是说无论是对军队、战争还是其他任何东西。对你的感受我多少也了解点,我也对所发生的事情深恶痛绝——之所以对此如此憎恨也是为了你。但你千万不能让它把你击垮,绝对不能,所罗门·桑德斯二世。这一点是绝对不能含糊的。你要给予这个世界的东西实在太多了。(*AWHT* 153)

显然，布兰顿更在乎桑德斯的精神与灵魂，希望他无论遭遇什么事情都不会丧失斗志。另外，与米莉娅只关注桑德斯如何从社会中索取更多的功名利禄有所不同的是，布兰顿更在乎桑德斯对这个世界有着怎样的贡献。当她知道桑德斯把他和众多黑人士兵所遭遇的种族歧视事件向众多报刊揭发并得到刊发时，她为桑德斯的这种勇气感到非常自豪，甚至原谅了桑德斯之前对她的情感欺骗。同时，考虑到桑德斯很可能会因此受到白人军官进一步的报复和打击，为了鼓舞桑德斯的斗志，她对真正男性气概的思想内涵和意义发表了下面一段荡气回肠的告白：

> 重要的是，亲爱的，任何时候都不能让他们把你击垮，不管这封信给你带来怎样的后果。无论发生什么，都不要为之后悔。因为那才是你真正的自己、真实的自己，是内心深处的你的自然流露。那才是真正的你，也是那个我真正感觉到的你。那是我爱你，而且永远都会爱你的原因所在。我爱你不是因为你外表长得英俊，而是因为你很看重自己的人格尊严与男性气概。男性气概比金钱和职位晋升更重要。请一定记住，永远不要牺牲你的男性气概。他们最不能忍受的就是看到黑人男性成为真正的男子汉。如果一个男性不能成为一个真正的男人，其他的一切都没有什么意义。我父亲在一所公立学校当了二十年的校长，但对任何一个白人混混来说，他仍然是个男仔。他们可以在你的面前欺辱你的女人，而你要么对之龇牙一笑，要么低下头，假装没看见，要么你就要以生命的代价与之血战到底。(*AWHT* 180)

这也是非裔美国文学对真正男性气概思想内涵的一段经典阐释。尤其这段经典阐释出自一个女性人物之口，更是发人深省。在这段话中，布兰顿一方面强调了人格尊严在男性气概体系中的核心地位，甚至把人格尊严与男性气概相提并论，触及了真正男性气概的本质属性。另一方面，布兰顿还强调了自我的真实性在男性气概体系中的重要意义，触及了男性气概的另一个重要原则,也是与现代男性气质相区别的一个重要特性。关于男性气概的真实性问题本书已经在第四章中进行过学理上的探讨,在此不再赘述。相比之下,现代男性气质则更看重一个男人是否拥有"金钱",是否具有获得"职位晋升"的能力。这是米莉娅最为看重的东西,也是她在桑德斯身上参与建构的东西,并且给后者带来无尽的困惑、焦虑和压力。

相反,布兰顿在桑德斯身上参与建构的这种男性气概则给他带来了勇气和气魄,让他在上尉因信件之事对他们进行威逼利诱时经受住了考验。尽管他还是有点害怕,但布兰顿的话回响在他的耳边,给他带来了无比的勇气。他不但自己表现得很勇敢,而且还鼓励他的同伴贝克(Baker)也不要害怕:"上尉无非是在吓唬我们。他不想让你成为一个男子汉。不要做他的线人。写几封信算不得什么罪过。"(AWHT 190)当卢瑟福特上尉对有点胆怯的贝克不断进行逼问,让他说出主谋时,桑德斯勇敢地站了起来,义正词严地对上尉的行为进行斥责:"我不能坐在这里眼睁睁地看着你侮辱一个男人的人格,让他失去士气——让一个像贝克这样的男人丧失了自尊。"(AWHT 192)虽然心中依然存有恐惧,但此时的桑德斯在白人军官面前已经不再唯唯诺诺、低声下气了。而且他很开心地看到那些信件让曾经发生的事情被再度提起。气急败坏但又无计可施的白人上尉只好色厉内荏地威胁桑德斯,说要对他严惩不贷。然而桑德斯没有丝毫退步,而是针锋相对地对之进行了回击:

> 你可以做任何你认为足够了不起而且足够显示你是白人的事情,长官,但你每往前走一步都非要打一仗不可,一直打到华盛顿。我会时刻记住你咒骂美国总统——这场战争的总指挥官,称二等兵斯科特为该死的黑鬼,咒骂我的灵魂以及你做的与一个美国军官身份不相符的任何其他的事情。我最乐意做的一件事情就是有朝一日在什么地方——随便什么地方——能与你狭路相逢,到时候你只要不是躲在你的官衔后面就好。(AWHT 192)

这可以说是桑德斯向白人军官最直接、最正面、最有血性的反抗。这次反抗也标志着桑德斯对白人军官再也不抱什么幻想,并与之彻底决裂。这次反击可以看作是桑德斯的一次男性气概的实践,其在实践过程中表现出来的勇敢、坚定和凛然正气显示出布兰顿参与建构的这种男性气概的正确导向性。在白人军官(也是直接影响着自己的命运和前途的顶头上司)面前,桑德斯再也不像以前那样忍气吞声、含糊其辞,而是理直气壮地表明了自己的主体性和担当意识:"这件事情与任何人都没有关系,卢瑟福特上尉,这一点我们可要说清楚。不管我做了什么,我都会敢作敢当并且坚持到底的。"(AWHT 193)而且他的这次反抗不是一时的感情用事,这一次"他的理性与感性处于一种密切合作的状态"(AWHT 193)。

另外,他的这次反击也反映出他独立自我意识的形成:"我只是说,无论我做什么,我都是按照自己的自由意志和理性做的,不需要任何人为我出谋划策。一切都是我自己想出来的,我的顾问是我自己。"(AWHT 193)这种独立性与自主性也是男性气概中的重要特征。这一宣言也有力地回击了白人一贯宣称的黑人没脑子的谬论。在菲律宾期间,在桑德斯决定和黑人士兵一起去营救被白人军事警察无端逮捕的吉米(Jimmy)时,菲尼·梅·布兰顿的话又回响在他的耳边,给他带来无穷的勇气:"他现在又听到菲尼·梅在他们一起度过的最后一个晚上所说的话了:'永远不要牺牲你的男性气概。永远不要牺牲你的男性气概。'"(AWHT 438)可以看出,布兰顿对桑德斯的鞭策和激励不断给他带来勇气,使他在犹豫和顾虑时变得勇敢、决断。布兰顿参与建构的这种男性气概之所以能够成为抵御恐惧的一种德性,正是因为这种男性气概是内在导向性的,强调的是人格尊严和正义,是一种浩然之气。该作品通过对布兰顿这一女性人物形象的叙事,正面向读者乃至世人演绎和诠释了真正男性气概的思想内涵,在男性气概的书写史上留下了厚重的一笔。

二、其他黑人士兵英勇行为的感召

除了布兰顿这位女性之外,其他黑人士兵在桑德斯的男性气概建构过程中同样起到了重要的参与作用,他们抗击美国军队中种族歧视的英勇行为对桑德斯形成了强烈的精神感召,为他树立了典范和表率,让他慢慢从怯懦、犹豫和矛盾的心理状态中走出。

其实在桑德斯的内心深处,他对斯科特、"书虫"泰勒等黑人同胞表现出来的英雄气概一直心存敬畏。但这种敬畏之心和崇敬之情一直被他出人头地的欲念压抑着,他甚至把黑人士兵对白人军官的抗议行为看作是不识时务、愚昧鲁莽的表现。一天中午,桑德斯和泰勒等几个新兵正在用餐时,一个白人上尉蛮横地闯了进来,说:"黑仔们,我要你们原地解散,然后在十五分钟之内回到营房做好出发的准备。"(*AWHT* 19)

正如我们在第七章所论证的那样,"黑仔"是白人对黑人成年男子惯用的污蔑性称谓。白人通过这一称谓宣告他们拥有家长地位和权威性。而对于黑人成年男子而言,这一称谓则赋予了他们幼稚、不成熟的特性和从属、被支配的地位,更无男性气概可言。在一个充满种族歧视的社会,"黑仔"成了黑人男子难以摆脱的魔咒,是辱没其人格尊严、阉割其男性气概的语言"私刑"。深谙此道的白人经常用这种称谓对黑人男性进行污蔑和压制,这种称谓也是他们挑衅黑人男性气概的试金石。面对白人上尉的这种污蔑性称谓,起初桑德斯采取的是息事宁人的态度,没表现出任何的反感,也没有做出任何反抗的举动。与他不同的是,"书虫"泰勒毫不犹豫地站了出来,勇敢地向白人上尉进行了回击。他首先质问上尉他们这些黑人士兵所在的是不是美国军队——实际上也是在质问上尉他们是不是军人,白人上尉当然除了回答"是"外没有别的选择。泰勒马上进行了义正词严的抗议:

> 就我们穿戴的这些军服和其他行头来看,就我们天天没完没了地喊着"吭、呼、嗨、呵"等愚蠢可笑的号子,齐步走来走去的情况来看,我本来也认为我们是在军队里的,上尉,长官。但听你一天到晚叫我们黑仔,我在想我们也许所在的不是军队。因为我在《每日新闻》上看到我们的总统罗斯福先生说,他只会让男人参加美国军队,他不会理睬那些男孩子们,会让他们老老实实留在家里。因此,如果我是男仔的话,我想你是否能安排一

下,让我立刻回家,回到妈妈和爸爸身边。麻烦你了,长官。我很想念他们,我实在太年轻了,不能到国外去送死。(*AWHT* 20)

这段话可谓以彼之矛戳彼之盾,利用对方语言上的漏洞以牙还牙,揭露了白人顽固的种族歧视心理以及妄图用称谓来贬损黑人男性、剥夺其男性气概的险恶用心,同时也向白人宣示黑人男性对其人格尊严及其男性气概的重视与捍卫,对白人种族主义者一贯持有的只有白人男性有男性气概、黑人男性不具备男性气概的僵化心理发出挑战。

在黑人士兵面前一向肆无忌惮的白人上尉显然没料到会有黑人士兵挑战他的权威,一下子变得色厉内荏起来。在众目睽睽之下,为了掩盖他的尴尬,同时也为了在泰勒身上找到破绽以便成为对其惩罚的正当借口,他让泰勒在大家面前做个跑步示范。泰勒漂亮、规范地完成了一系列动作,返回到上尉面前,向他行了个军礼。一心想在泰勒身上找出点纰漏的上尉自己反而出了错:他忘记了——实际上也是潜意识中的不情愿——给泰勒还军礼,这也正中泰勒的下怀。早有心理准备的泰勒立刻抓住了这一把柄,不卑不亢地说:"上尉!拜托,上尉。你忘记向我敬礼了。"(*AWHT* 21)上尉对泰勒的这两次既有胆魄又有策略的回击无法正面回应,只好用他的官职和权力,用以下犯上的名义对泰勒进行威吓与惩罚。即便面临白人的残酷惩罚,泰勒也丝毫没有畏缩。在士兵们把他拖走之前,他向上尉大声说道:"你只有把我当男人看待,我才会把你当男人看待,上尉,长官!"(*AWHT* 482)

"书虫"泰勒的这种英勇表现对桑德斯产生了很大的触动和感召力。桑德斯不得不钦佩泰勒正义凛然、威武不屈的胆量和气魄,对泰勒所实践的这种高贵的、更有人性尊严的男性气概有了一定的认同:"他希望这个矮矮胖胖的士兵和他们这些黑人士兵在一起。虽然他极力反对'书虫'谋划的第八纵队运动,但他却感受到了这个士兵身上所具有的某些东西,一些真实的、温暖的,同时又是极富战斗性的东西,一些令人羡慕的和真诚的东西。"(*AWHT* 21)

　　可以说,"书虫"泰勒身上的这些东西也是桑德斯渴望拥有但又暂时缺乏的东西。这些东西也是"书虫"泰勒所践行的男性气概所具有的品质。这是一种富有血性与胆魄的男性气概,蕴含着真实与真诚,把正义与人格尊严放到至高无上的地位,有着更多的内在性与精神诉求,而不是像桑德斯之前所痴迷的男性气质那样以财富、成功、名利和权位为追逐目标。值得我们注意的是,正是这种内在性与精神诉求让体型(矮墩墩、胖乎乎)与相貌(戴着一副眼镜、一副书生气)都很缺乏男性气质的"书虫"泰勒拥有了男性气概,而在身材(挺拔、颀长)与相貌(英俊)方面都很有男性气质的桑德斯却因为过于依赖外在条件而不具备男性气概的精神内核。通过两者在外部形象与内在品性上的反差对比,作者于无形中也在向我们昭示男性气概的真正思想内涵与价值取向。

　　被"书虫"泰勒针锋相对地回敬过之后,上尉在对黑人士兵的称呼上发生了明显的变化。在对桑德斯进行训话时,他是这样开头的:"有一件事情你要想清楚,黑仔——大兵。"小说中用破折号连接了两个完全不同的称谓,前者是他对黑人男性的惯用蔑称,后者则是正常的,甚至带有一定敬意的称谓。破折号的使用恰恰表明上尉在对桑德斯使用了蔑称后马上意识到这种称谓的不妥——因为之前他已经为此吃到了苦头,并马上改正了过来。可见,"书虫"泰勒其实不仅捍卫了自己的人格尊严和男性气概,也捍卫了其他黑人的人格尊严与男性气概,而且促进了白人在种族偏见上的反省。

　　另外一个对桑德斯的男性气概建构起到重要感召作用的是前文提到的斯科特,他的特立独行、桀骜不驯和敢作敢为的英雄本色以及其在白人军官的蛮横暴虐面前表现出来的毫不妥协、威武不屈的凛然正气对桑德斯产生了强烈的触动,为后者的男性气概建构树立了榜样。

　　在小说中,桑德斯开着塞缪尔斯中尉(Lieutenant Samuels)的吉普和中尉一起追上了正在逃跑中的斯科特,中尉不动声色地对斯科特说:"上吉普吧,大兵。"斯科特意识到中尉对他的轻视,马上进行了反击:"我是下士,你难道看不到我肩膀上的杠杠吗?如果你不尊重我的话,至少也要尊重我的军衔吧。"(*AWHT* 36)与"书虫"泰勒一样,他锐利地抓住了白人语言上的漏洞,对之进行回击。白人本来是想用贬抑性语言来欺辱黑人,宣告白人的优势地位,却成了泰勒和斯科特反击的把柄。傲慢惯了的白人中尉当然不会向黑人士兵低头认错,他依然称斯科特为大兵(soldier)①,而且还威吓说他很快会让斯科特失去军衔的。在这种恫吓面前,斯科特没有丝毫动摇,他的回击更为直接和无畏:"悉听尊便。但只要我还戴着这些杠杠,你这个该死的家伙就得尊敬它们,而且你最好不要对我骂骂咧咧的,你以为你是谁啊?"(AWHT 36)

面对着斯科特这样一个无所畏惧、态度强硬的黑人士兵,塞缪尔斯中尉也无计可施,他唯一能依仗的就是军事法庭。斯科特在白人面前敢怒敢言、威武不屈的表现显然给桑德斯的心理带来巨大的冲击:"他的头脑中闪现着斯科特那张清晰可辨的脸庞,上面带着狮子般满是嘲讽的表情。耳边似乎还能听到斯科特的说话声,一遍又一遍,反反复复、永不休止地在他耳边回响着,而且似乎将要永远地回响下去。"(AWHT 40)

显然,斯科特毫不妥协的态度、犀利的言语和勇敢的行为与桑德斯委曲求全、息事宁人的态度构成了鲜明的对比。可以看出,虽然一心想在军队中有所作为的桑德斯似乎还没有完全清醒过来,甚至把斯科特当作自己实现发迹梦途中的绊脚石,认为"斯科特这种类型的人让桑德斯自己这样想大干一场,赢下战争,然后与之告别的人处处过不去"(AWHT 40)。但在内心深处,他已经对后者有了更多的敬重,萌发了一定的兄弟情谊(brotherhood)。

三、兄弟情谊复苏与个人主义超越

随着桑德斯对美国现代男性气质的幻灭以及真正男性气概人格品质的体认,在其他黑人士兵不卑不亢、英勇顽强的精神感召下,桑德斯慢慢摆脱了现代男性气质中个人主义的狭隘,从封闭的自我空间中走出,与斯科特和泰勒等其他黑人士兵建立了宝贵的兄弟情谊,并拥有了更多战胜

---

① 大兵是没有军衔的,而下士是一种军衔,是一种荣誉。白人军官称斯科特为"大兵",意味着无视他的军衔,是对他的一种蔑视。

恐惧与惶惑的精神力量。

在"自造男人"所蕴含的工具理性影响下,桑德斯起初时时刻刻以自己的切身利益为重,把自己能否在美国军队中出人头地看得高于一切,对其他黑人士兵则显得比较冷漠。他甚至对他们心存防备,时刻与他们保持距离,生怕被他们的反抗种族歧视的行为所连累。这是因为此时他对男性气概的认识还局限于一种个人主义的范畴,认为只要自己在军队中出人头地,就可以成为受人尊敬的男子汉。在这种心态的影响下,他不可能把个人的利益和命运与黑人集体的利益和命运联系在一起,与其他的黑人士兵之间也缺乏真正的友谊。这是他在小说的第一部分所缺失的东西,也是在标题为"培育"(Cultivation)的第二部分中,桑德斯男性气概建构的重点"培育"部分。在这一过程中,桑德斯的兄弟情谊让他对男性气概有了更为深刻的认识,而随着桑德斯对真正男性气概思想内涵的体认,他对其他黑人士兵的兄弟情谊也得以激发,两者形成了良性的互动。在这一互动过程中,斯科特这一人物同样扮演着重要的角色。

小说中交代,桑德斯等人加入驻扎在加利福尼亚的美国军队后,同样感受到了那里的种族歧视。其中,斯特劳斯曼上尉(Captain Strausman)就是一个具有严重种族主义倾向的白人军官。他对黑人士兵的傲慢无礼立刻遭到斯科特的回击。与之前相比,桑德斯对斯科特的反抗行为表现出截然不同的态度。前文提到,在美国南方佐治亚州的驻军服役时,他对斯科特顶撞上司的态度和行为是非常反感和敌视的,认为他愚蠢至极,并且担心他的做法会连累到自己。然而此时的桑德斯对斯科特有了新的认识:"斯科特的真实性突然清晰地呈现在桑德斯面前。此处就是他生命栖居之地,在任何混蛋面前他都会寸步不让的。谁如果侵入了他的领地,那人就要遭殃了。这就是他的男性气概。"(AWHT 218)

正所谓英雄敬英雄,自身男性气概意识的萌发让桑德斯更能感觉并认同斯科特身上表现出来的男性气概,让他对后者有一种惺惺相惜的感觉。在斯科特身上他明确地感觉到,男性气概是男性个体随时随地展现出来的东西,该出手时就出手,不能像他以前那样总是等待和观望。另外,男性气概是一种主人翁精神的体现,是人类个体捍卫其权益和人格尊严的勇气。在这方面,斯科特其实一直都起着很好的表率作用,只是之前满脑子功名利禄的桑德斯没有注意到或不愿承认而已。此时,不再完全受制于"自造男人"神话并且有着一定的主体意识的桑德斯开始用欣赏、赞许与认同的眼光重新看待斯科特身上的男性气概:

> 桑德斯再次停下脚步,第一次如此细致、真切地打量了斯科特一遍。这也是桑德斯的生命中头脑极为清晰的一刻,注意力是那么集中,一切都在他的审视范围之内。斯科特是桑德斯所知道的美国唯一一个能随心所欲地摆布美国佬的士兵,唯有他敢对美国佬说:"好的,有种的就放马过来吧!"他不会想方设法地让自己出人头地,不会挖空心思地让自己得到上司的提拔,也不稀罕什么特殊待遇和官衔,什么都不稀罕。他除了对自己的男性气概极为看重外,别无所求。(*AWHT* 222)

所谓无欲则刚,斯科特身上体现的男性气概之所以如此彻底,如此坚决,如此无所畏惧,正是因为他没有私心杂念,对白人主流社会的"自造男人"式男性气质没有任何痴迷,对军营中的白人军官也不抱什么幻想。对于桑德斯而言,恰恰是因为他想借助白人军官的赏识和提拔实现自己的军官梦,进而实现自己的"自造男人"之梦,才让他在大是大非面前显得没有原则,顾虑重重。

可以说,斯科特身上体现出来的那种"真实的"男性气概进一步造成了桑德斯的"自造男人"神话的幻灭,从而促使他一步步从个人主义的泥潭中走出,开始以认同与接受的姿态对待其他黑人同胞。在斯科特身上,桑德斯意识到,只有彻底放弃对美国军官的幻想,"不稀罕什么特殊待遇和官衔",自己才能像斯科特那样勇敢起来,做一个真正的男子汉。另外,在对斯科特身上的男性气概认同的同时,桑德斯在感情上也接受了他,把他当成自己的亲密战友,这也进一步激发了他对其他黑人士兵的亲近感,一种兄弟情谊与集体主义精神也借此慢慢萌发。此时的桑德斯逐渐意识到,黑人们的命运是联系在一起的。因此,黑人需要团结起来,共同抵抗白人的种族歧视和种族暴力,光靠个人的单打独斗是无济于事的,正如他内心中念叨的那样:"为了我们——为了我们大伙。斯科特,你太对了。为了我们大伙!谢谢你,斯科特!这是'书虫'的故事,克林特的故事,也是吉米·拉克的故事和巴克的故事,也是我的故事,甚至是'水桶脑袋'贝克的故事。"(AWHT 219)显然,这种兄弟情谊的复苏也意味着桑德斯逐渐从个人英雄主义走出,具有了更广博的胸怀,这也让他的男性气概获得了更多的精神内涵与群众基础,更加得道多助,让他在接下来的一次黑人、白人士兵间的种族暴乱中经受住了考验。

在小说中,桑德斯的男性气概经受的最为严峻的一次考验是在小说结尾处黑人士兵与白人士兵之间的一次军事冲突。桑德斯的战友吉米在酒吧中被驻扎在菲律宾的军事警察抓走,后者的这一粗暴、蛮横并带有强烈的种族歧视色彩的行为引发了"书虫"泰勒、斯科特等黑人士兵的强烈愤慨。他们回到营地,发动起更多的黑人士兵,带上武器,开车到警察局要人,随即引发了一场发生在黑人士兵与白人士兵之间的种族暴乱。桑德斯听到这个消息后,他的第一反应就是加入黑人士兵的这场营救行动,并且担当他们的指挥。

此时的桑德斯再也没有之前的犹豫,已经彻底抛弃了对自己前途和生命的顾虑,把自己的生死与他的黑人战友们联系在一起。读者此时看到了一个勇敢、坚决、果断的桑德斯。虽然他心里面清楚这样做对他意味着他有可能"今生今世都无法见到自己的儿子、菲尼·梅和妈妈"(AWHT 437),虽然他很想回家,想回到爱人和亲人身边,但他还是毫不迟疑地对自己说:"我要去了。我无法听从你的想法。我要去和他们在一起并肩作战,而不是去把他们领走。我们要去把吉米从琼斯大街警察局营救出来。"(AWHT 437)此时的他已经把自己的命运与其他黑人士兵的命运联系在一起,他不能丢弃他们不管:"他一定要和自己的兄弟站在一起,加入到他们为之奋斗的事业中去,就算与他们一起牺牲也在所不惜。"(AWHT 438)

最后,桑德斯冒着随时会牺牲的危险来到黑人士兵与白人士兵火拼的现场,与他的兄弟们并肩作战。在战火硝烟中他看到了斯科特,这个曾经总是给他带来麻烦的士兵现在在这个反种族歧视的战场上成了他最亲密的兄弟和战友。此时,他对斯科特有了更彻底的理解:"他此时真正理解了斯科特,之前从来没有如此理解过他。杰里·亚伯拉罕·斯科特是一个具有真正献身精神的爱国者。人格尊严就是他所爱的国家,男性气概就是他爱的政府,自由就是他爱的大地。"(AWHT 471)正所谓英雄敬英雄,真正的男子汉才会看到其他男性身上的男性气概。在此,我们发现了男性气概(manhood)与兄弟情谊(brotherhood)之间的关系。一个有男性气概的男性会更加珍视兄弟情谊,而兄弟情谊又会进一步激发一个男性个体的男性气概,使其忘掉个人的得失,也使其有一种归属感和集体的力量。

在小说以"收成"(The Crop)命名的最后一部分中,兄弟情谊是主人公桑德斯的最大收获之一。他不仅冒着生命危险与黑人士兵们战斗在一起,与他们结成生死与共的好兄弟,并且得到了他们的接纳和爱戴,同时也获得了部分白人的友谊。此时他的男性气概已经不再是一种孤胆英雄式的、为己的、没有集体归属感的男性气概,而是一种有着众多兄弟拥护和支持的、为了他人可以献出自己生命的、有着坚定信念的男性气概。经历了血与火洗礼的桑德斯,最后终于意识到只有与自己本种族的同胞们站在一起,荣辱与共,才会拥有真正的男性气概:

> 菲尼·梅告诉过他:"在你的男性气概问题上,永远都不要妥协。永远不要舍弃你的男性气概。"他是一个美国黑人,只有和"书虫"、吉米、"娃娃脸"班克斯在一起的时候,他才能获得具有永久价值的东西。另外还有斯科特、格兰特将军和兰基,还有菲尼·梅与妈妈,还有朱尼亚。只有和他们在一起的时候才能获得人格尊严,其他的都是海市蜃楼。安静的吉米在埃本斯维利事件中走出队伍的那一刻估计对此就已经了然于心了。(AWHT 483)

可以说,兄弟情谊的复苏让桑德斯的男性气概超越了个人主义的狭隘,让他拥有了博大胸怀和坚定的信念。此时的桑德斯已经超越了那个更多地关注个人成功和发迹的自我,把自身的命运与广大黑人同胞的命运联系在一起,找到了自己的种族身份认同和归属感,其个人的男性气概也融入了整个黑人种族的命运和尊严之中,从而拥有了更大的精神力量,一种来自集体的力量。

小　结

经过漫长的焦虑过程和灵魂与肉体的折磨,主人公终于看清了"自造男人"式男性气质中"出人头地""自我成就""成功"等话语的本质,对该男性气质的功利性、外在性与物质性具有了一定的批判意识,开始更加注重男性气概的内在精神诉求,实现了从外在和他者导向到内在导向的转变。在这个过程中,桑德斯认识到了男性气概的真正思想内涵,认识到在种族歧视无处不在的情况下,黑人男性同胞团结一致、反抗种族暴力、获得种族解放对黑人男性个体男性气概建构的重要意义;意识到兄弟情谊作为一种集体精神力量在个体男性气概建构过程中的重要意义;意识到生命本身的价值,并获得了超越种族、性别、阶级的博爱意识。这些对当下人们正确认知和建构男性气概有着重要的启示意义。

第九章　财富梦的幻灭与男性气概的回归：评《太阳下的葡萄干》

除了小说外，男性气概也是非裔美国戏剧中的重要主题和演绎对象，著名的女戏剧家洛林·汉斯伯里（Lorraine Hansberry，1930—1965）的传世经典剧作《太阳下的葡萄干》（*A Raisin in the Sun*，1959）[①]就是较为典型的一部。该剧演绎了 20 世纪 50 年代发生在芝加哥南部一个黑人工人阶级家庭的故事，叙述了居住在芝加哥种族分离区中的杨格（Younger）一家的生活境况。三十五岁给白人当私家司机的瓦尔特·李（Walter Lee）与他的母亲丽娜（Lena）、妻子露丝（Luth）、儿子特莱维斯（Travis）和妹妹贝尼萨（Beneatha）五人拥挤地住在狭小、破旧的房子之中勉强度日。一心想发大财、成为大人物的瓦尔特企图利用父亲的死亡保险金与人合伙投资一家卖酒的店，以此实现他的财富梦，"他认为经济上的独立会给他带来自由，让他成为一个上等人"[②]。父亲的死亡保险金到手之后，母亲丽娜用一部分钱在白人区买了一套房子，剩下的钱让他存

[①]　洛林·汉斯伯里的《太阳下的葡萄干》是在纽约百老汇上演的第一部由非裔美国作家创作和导演的剧作。该作品完成于 1957 年，并最终于 1959 年 3 月 11 日在百老汇上演。就在同一年该剧被纽约戏剧评论界（New York Drama Critics Circle）评为年度最佳戏剧。汉斯伯里也成为该奖项自创立以来最年轻的获得者，也是第一个获得该奖项的非裔美国作家。该作品陆续被翻译成 30 多种语言，并在世界各地上演。1961 年，由该剧改编成的电影上映，也颇受观众欢迎。由该剧改编成的音乐剧于 1974 年获得托尼奖（Tony Award），被评为最佳音乐剧，并连续三年在百老汇演出。到目前为止，该作品已经被评论界公认为一部文学经典。

[②]　Bloom, Harold. *Lorraine Hansberry's "A Raisin in the Sun."* New York：Bloom's Literary Criticism, 2008：15.

到银行，以备他发展事业和妹妹读大学所用。被自己的财富梦冲昏头脑的瓦尔特不仅把他母亲分配给自己的那份资金拿去投资，而且还把妹妹读大学要用的那份资金也投了进去。就在他以为自己胜券在握、很快就能成为受人景仰的商业大亨之际，有消息传来说他的投资款被合伙人全部卷走。随着他财富梦的破灭，遭受到沉痛打击的瓦尔特痛定思痛，开始了深刻的反思，逐渐意识到自己这种财富梦的不切实际，尤其意识到建立在财富和金钱基础上的男人梦以及男性气质的虚妄，从而重新调整了自己的人生价值导向，不再受金钱与财富的蛊惑，找回了尊严与勇气，成为一个真正的男子汉。

　　《太阳下的葡萄干》之所以具有如此巨大的影响力，得到评论界的广泛认可和广大观众和读者的喜爱，除了在于其精湛的叙事艺术和真实的人物形象刻画，还在于其丰富、深厚的思想内蕴，在于其深刻的文化反思性。虽然汉斯伯里不希望该作品被过度阐释或上纲上线，不希望该作品艺术上的造诣被这样或那样的标签所荫蔽，因此也一再强调该作品的特殊性，宣称该剧只是讲了一个关于非裔美国家庭的故事。但该剧所触及的话题已经远远超越种族本身，涉及诸如"种族融合、女性主义、种族主义、非洲主义、男性特质和阶级等议题"[1]。而且该作品触及的一些重要的文化命题具有较强的前瞻性和超前性："《太阳下的葡萄干》在很多方面都具有超前性，它是最早以非裔美国人的视角描述种族自豪感和女性主义思想的美国戏剧之一。"[2]在学界，这两个方面所得到的关注也是最多的，尤其在女性意识和女性的生存境遇方面，所得到的研究也最为充分。

　　然而，由于某些原因，对于该作品在男性特质议题方面表现出来的深刻思想内涵，学界缺乏足够的重视，在深度和广度方面还存在很大的阐释空间。实际上，该作品在男性特质议题方面表现出来的深刻文化反思性与前瞻性，是种族自豪感和女性主义思想无法涵盖的。另外，从叙事结构

---

① Bloom, Harold. *Lorraine Hansberry's "A Raisin in the Sun."* New York：Bloom's Literary Criticism，2008：17.

② Bloom, Harold. *Lorraine Hansberry's "A Raisin in the Sun."* New York：Bloom's Literary Criticism，2008：17.

的角度看,从主人公对美国主流社会男性气质体系中的财富要素的过度痴迷到其财富梦的幻灭,再到其真正男性气概回归的过程,构成了该剧的一条重要叙事线索,对广大读者反思现代男性气质中的财富价值取向,实现对真正男性气概理想的重构有着重要启示。

第一节　财富梦腐蚀下主人公人性的异化

在该剧中,男性主人公瓦尔特对金钱表现出无比的热衷和痴迷,一心想发财,一心想成为一个"大人物"(a big man),甚至到了近乎疯狂的地步,正如他母亲所说的那样,瓦尔特"时刻都在想着怎么赚钱,几乎都快要疯掉了"(ARS 52)。在以金钱为导向的人生价值观的驱动下,瓦尔特的人格逐渐走向扭曲,人性经历着严重的异化。

首先,财富梦异化了瓦尔特的父性(fatherhood),影响了其与儿子之间健康父子关系的建构,让他无法给儿子真正的关爱以及在人生观和价值观等方面的正确指导,无法为儿子的身心健康成长提供完整、全面的教育。

该剧第一幕第一场中,瓦尔特一大早起来就对妻子露丝谈起了即将拿到的父亲死亡保险金支票的事,想用这笔钱来与他人合伙做卖酒的生意。露丝说那不是他们的钱,只有他母亲丽娜有权支配这笔钱。瓦尔特则给出了一个看似正当的理由:"我已经三十五岁了,我结婚十一年却还让儿子睡在客厅里,而且我除了给他讲富有的白人如何生活外不能给他任何东西。"(ARS 34)这种理由乍听起来非常正当,甚至有点冠冕堂皇,但从瓦尔特对孩子的热爱程度来看,这种说辞是难以让人信服的,明显带有一定的概念性和外在性,缺乏情感实质。

一方面,这种冠冕堂皇的借口暴露了他以金钱为导向的人生价值观的荒谬之处,暴露出其对父性认知的肤浅。一个真正的父亲给孩子最宝贵的东西恰恰不是金钱,而是对孩子发自内心的慈爱,是对其人生观、价值观、美德和健康人格方面的指导和教诲。显然,瓦尔特在这方面有着明显的认识误区。他没有意识到,作为一个父亲,他能带给儿子的最大的价值不在于为后者提供如何奢华富足的生活,而在于教导后者如何自立自强、实现自己的人生价值,在于为后者树立一个良好的榜样,向后者传授各种生存技能和做人的美德。尤其对于在各个方面都处于劣势地位的美国黑人子弟而言,这些能力、品质和美德是他们至关重要的人生财富。另一方面,父性的一大内涵是对孩子发自内心的爱,是一种近乎本能的父爱。从这一点考量,瓦尔特的说辞更是缺乏深厚的情感基础,甚至有点矫情和言不由衷。诸多细节表明,财富梦已经让瓦尔特丧失了基本的父性,让他感受不到也无法表达对孩子的父爱,这一点也体现在他对露丝怀孕事件的态度上。得知妻子露丝怀孕之后,瓦尔特没有感到做父亲的喜悦之情,而是在"震惊"(stunned)之余颓然地坐在椅子上。显然,他此时想得更多的是孩子将会给家庭带来的经济压力以及他作为父亲将要承担的种种责任。

因此他为儿子着想的说法是空洞和缺乏可信度的,也是缺乏足够情感支撑的。正是对金钱的过度看重以及对财富的执迷让瓦尔特无法产生发自内心的父爱。他对儿子特莱维斯表达父爱的主要方式就是给后者零花钱,而且是在家中十分拮据的情况下无原则地给儿子钱,甚至到了一种纵容溺爱的地步。其实即便这种看似慷慨大方的行为也并非完全基于对儿子的爱,而是在一定程度上以此彰显自己的男性气质,树立自己在儿子心中的威望。他没有意识到这种"现金联结"方式是非常肤浅的,不利于儿子正确价值观和人生观的培养。

瓦尔特的这种父性缺失还通过他与父亲"大块头"瓦尔特(Big Walter)的人物形象对比得到进一步的凸显。通过丽娜的回忆可以得知,"大块头"瓦尔特非常爱他的孩子们,有着本真的父性。他的妻子丽娜和儿媳妇露丝之所以对他钦敬有加,其中一个最主要的原因就是他身上表现出来的那种深深的父爱。她们甚至可以因此原谅他的其他缺点:"天知道瓦尔特·杨格身上有冥顽不灵、恶声恶气、对女人放荡不羁等很多毛病。但他的确非常喜爱他的孩子们,总是千方百计地想让他们得到一些东西,并且想让他们有点出息。"(ARS 45)当他的一个儿子克劳德(Claude)夭折时他悲痛欲绝,以至于丽娜甚至担心会因此失去他:"当我失去那个婴儿——小克劳德——时,我差点以为我因此也会失去'大块头'瓦尔特。噢,这个男人可太伤心了! 他是个非常喜欢孩子的男人。"(ARS 45)可见,一个男人的父性,或者说对孩子持有的无私的爱和责任感,也是一个男人男性特质的标志,也是赢得女性认可和尊重的一项重要美德。

与父亲"大块头"瓦尔特相比,瓦尔特对孩子则表现出非常冷漠的态度。当他的母亲丽娜告诉他露丝要去堕胎时,他甚至没有勇气做出劝阻妻子的举动,而是软弱无力地说"露丝不会这么做的"(ARS 75)。可以看出,其实妻子露丝扬言要去堕胎并非出于本意,也并非一定要去堕胎不可。她这么做一方面是表达对瓦尔特的不满和对现实的绝望,同时她也是在考验瓦尔特,看后者能否放弃不切实际的想法,看他能否转变对她的态度。如果瓦尔特能够像个男子汉那样坚决反对她堕胎并表现出足够的责任心和担当意识的话,她就会放弃堕胎计划。但瓦尔特表现出来的这种逃避和退缩心理让她感到非常失望和伤心。在她心中,一个好父亲是一个好丈夫的必要条件,父性也是男性气概不可或缺的组成部分。瓦尔特父性的缺乏既让他的丈夫身份受到影响,也让他的男性气概大打折扣,损害了他在妻子心目中的形象。

同样,对于传统道德与宗教意识非常浓厚的母亲丽娜来说,这种堕胎行为是一种谋杀,而且缺乏父爱的男人是不具备男性气概和男人身份的。因此,当她知道儿媳妇要去堕胎时,他很希望儿子瓦尔特能够像个男子汉那样担负起做父亲的责任,阻止妻子去堕胎。然而瓦尔特却完全没有了主意,显得优柔寡断。这让她感到非常气愤,认为儿子表现得不够男人,缺乏男性气概。因此,她以"大块头"瓦尔特为参照样板,对儿子进行训导:

> 儿子,我在等你表态。我在等你说句不愧对你父亲的话。你要做一个像他那样的男人。你妻子说她要把你的孩子毁掉。我期待能听到你能像你父亲那样说我们属于一个给孩子生命、不是毁灭孩子生命的民族。我期待看到你能够挺起胸膛,拿出

点你爸爸当年的气概,说我们已经因为贫穷放弃过一个孩子了,
我们不能再放弃一条生命。我在等你表态。(*ARS* 75)

然而,丽娜的话并没有唤醒瓦尔特的父性,也没有让他像他父亲那样勇敢地表达出对生命的热爱与保护。他既无法反对母亲的意愿,也缺乏要保留和抚养这个孩子的决心,只是把求助的目光投向妻子,什么也说不出。这也让丽娜有点忍无可忍:"如果你是我儿子的话,就告诉她!"(*ARS* 75)但瓦尔特什么都没说,而是拿起钥匙和外套走了出去。这让丽娜非常伤心和失望:"你……你父亲的脸面都让你给丢尽了。"(*ARS* 75)可见,在金钱导向的人生观的影响下,瓦尔特的父性已经钝化,缺失了老一代黑人男性的那种血性和男人气概,这其实也反映了新一代黑人男性价值观的蜕变,体现了以金钱为主要标准的现代男性气质对年轻一代黑人男性心理与灵魂的侵蚀。

其次,财富梦还严重影响了其对妻子的情爱感受与表达,使之无法正常与妻子进行精神和情感的交流与沟通,从而疏淡了夫妻感情。同时,财富梦也让他在妻子面前丧失了一个男子汉的宽厚与慷慨大度,破坏了两性关系的和谐。在财富梦的腐蚀下,瓦尔特变得急功近利、任性狭隘,在与妻子交流的过程中显得愈发粗暴无礼和缺乏耐心,丧失了对妻子基本的宽容和体谅之心,变得不可理喻,从而严重伤害了妻子的感情,破坏了他在妻子心目中的形象,这也让他们的婚姻陷入了危机。

当体贴的妻子给他做好早餐并催促他趁热吃的时候,他不但没有表达任何谢意和尊重,反而抱怨妻子只在乎鸡毛蒜皮的事情,不关心他的抱负和梦想。明明是他的思想和行为不切实际,却抱怨妻子不理解、不支持他的事业:"这就是当今有色皮肤妇女的问题所在。不懂得抬举她们的男人,让他们感觉自己是个人物,感觉自己能够有所作为。"(*ARS* 34)这些抱怨和指责暴露出瓦尔特内在人格与意志品质的阙如状态,暴露出他的男性中心主义倾向,以英雄和主人自居,无形中把女性放置于附属地位,把女性当成男性的崇拜者和景仰者。同时也暴露出其在男性特质认知及其男性身份建构方面的他者导向性,不仅依赖外物,而且依赖他人,正如

他本人所说的那样，"没有女人的支持男人是无法获得成功的"（ARS 32）。提倡男人与女人之间的相互支持与合作，这本也无可厚非，但如果男人把自己的成败归咎于是否得到女人的支持则是有问题的，是缺乏独立性的一种表现，而独立性与自主性恰恰是男性气概的一个重要评判维度。

瓦尔特对妻子露丝的依赖性让他对她的要求越来越高，也对她愈发不满，而且让妻子感觉他的失败似乎是她的过错，正如露丝对丽娜所说的那样，"有些事情正在瓦尔特与我之间发生。我不知道这种东西到底是什么，但他总在需要一些东西，一些我无法再给他的东西"（ARS 42）。露丝凭直觉感受到的"这些事情"是横亘在两人精神与情感之间的障碍与隔阂，而这种隔阂的根源则在于瓦尔特日渐膨胀的财富梦给他的心灵带来的扭曲。在这种财富梦的腐蚀下，瓦尔特丧失了自我和良知，怨天尤人，不能务实地看待自己的工作，而是把自己事业上的不如意怪罪到妻子身上。瓦尔特所需要的不仅仅是财富，同时还有他认为伴随着财富而来的别人的尊敬、崇拜和景仰，是他的社会身份。这些当然是露丝"无法再给他的东西"。露丝的这种感觉是中肯的。对于一个黑人来讲，财富梦的实现是无比艰难的。而且如果个人的自我和主体人格没有牢固地建立起来的话，在错误的人生观和价值观的指导下，即便实现了财富梦，瓦尔特的男性身份和男性气概也未必能得到建构。可见，瓦尔特实际上已经陷入了双重的困境。

再次，财富梦让瓦尔特的人格体系受到严重侵扰，让他丧失了平常心，其精神和心理陷入一种严重的躁狂状态。随着瓦尔特对财富痴迷程度的加深，他也变得越来越不可理喻，几乎到了崩溃的边缘。这一点瓦尔特的母亲看在眼里，痛在心上："某种东西一直在困扰着你，让你变得不可理喻。这种东西对你的困扰远比我没有把这些钱给你要大。在过去的几年中我发觉这种东西对你的影响越来越大。"（ARS 72）丽娜在此所说的"某种东西"显然是与金钱有关却又远比金钱复杂的东西，是一种更为抽象的欲念。更确切地说，这是一种男性身份的焦虑，是瓦尔特对以财富与权力为鹄的的美国现代男性气质的认同和遵从与其身为黑人男性在美国社会所处的从属和边缘地位之间的错位带来的男性身份的焦虑和男性气概的危机感。

随着瓦尔特男性身份意识的增强,其男性气概的焦虑与危机感也愈演愈烈,其精神上的躁狂状态也越发严重,甚至到了不能自拔的地步,这一点连他自己都隐约地意识到了。在母亲面前,瓦尔特吐露了他的心声,道出了他的症结所在:"妈妈——妈妈——我想要的东西太多了。我想要的东西太多,以至于它们几乎把我逼疯了……妈妈——你看我这副德性。"(ARS 73)由于缺乏文化反思性,瓦尔特还不能从理论的高度剖析他这种躁狂症的社会文化根源,只是模糊地意识到自己的痛苦和焦虑源自自己"想要的东西太多",没有进一步意识到其承袭的美国男性气质评判标准和价值取向在他欲望膨胀的过程中扮演的角色。而财富和金钱欲望的不断膨胀让瓦尔特忽略了自己所拥有的东西,把他拥有的最宝贵的东西弃之如敝屣。对此,丽娜一针见血地给予了指正:"你是个非常英俊的男孩。你有一份工作,一个好妻子,一个好儿子,还有……"(ARS 73)这显然近似于孟子所说的那种万物皆备于我的状态。然而,这番话瓦尔特根本听不进去,一心想赚大钱、成为大人物的瓦尔特认为自己给白人当私家司机不算什么工作,至少是一种低贱的、不体面的工作:"那根本算不上什么工作,甚至什么也不是。"(ARS 73)可见,财富梦异化了瓦尔特的工作观,让他变得眼高手低,失去了踏实勤劳的美德。

值得一提的是,虽然瓦尔特已经三十多岁,是一个十足的成年人,但丽娜依然称他为"男孩"(boy),而不是"男人"(man)。这当然有亲昵称谓的成分,但也从侧面暗示了瓦尔特在很多方面的不成熟,还不具备男人身份,更不具有男性气概。

可以说,即便在美国各个方面享有特权的白人男性也不能个个都当上白领,个个干体面的工作。作为一个在各个方面都处于劣势地位的黑人青年来说,瓦尔特的这种想法显然很不务实,其对白人奢华生活的艳羡更不切实际:"妈妈,有时候我路过市中心的那些很有档次并且看上去很安静的饭店,看到白人小子悠闲地坐在里面谈论事情……也许谈的是几百万的大生意……有时候我会看到有些家伙并不比我大多少。"(ARS

74)实际上,争取好的生活品质,改善生活条件,对黑人子弟来说本也无可厚非,但瓦尔特没有意识到,受历史与现实种种不利条件限制,黑人想处处与白人攀比,想一步登天是不切实际的,更何况这种片面追求物质利益而忽略道德与精神方面诉求的思想和行为不能从根本上让他获得解放和救赎。当丽娜问他"为什么总是谈论金钱"时,他这样答道:"因为金钱就是生命的一切。"(ARS 74)这种生命价值观与他母亲丽娜那一代黑人显然有着很大的不同,这让丽娜感到难以接受:"天哪,现在金钱竟然成了生命的一切。从前自由被看作是生命中最重要的东西,而现在却变成了金钱,看来这个世界真的变了。"(ARS 7)可以看出,丽娜等老一代黑人把自由看作是生命中最重要的东西,为此可以不惜一切代价;相比之下,以瓦尔特为代表的年轻一代黑人则把金钱看作生命中最重要的东西,为了金钱可以放弃或出卖自由。母子间的这种对话也显示了黑人社区从以自由和尊严为导向的生命价值观到以金钱为导向的生命价值观的蜕变,显示了黑人在人生观和价值观方面的代际差异。

对于丽娜这一代黑人来说,尽管生存处境非常艰难,而且还要受到被白人暴民处以私刑的威胁,但他们并没有丧失对人格尊严的诉求:"在我们那个年代,我们考虑最多的是如何不被处以私刑或者只要有可能就去北方,我们更关注的是如何在活下去的同时仍然能保持一份尊严。"(ARS 74)显然,丽娜等老一代黑人并没有因为社会的不公和生存的艰难而放弃对尊严的诉求。而以瓦尔特为代表的新一代黑人虽然人身安全和生存条件方面比老一辈黑人提高了很多,但他们却丧失了对自由与尊严的关注,在对物质的追求中放逐了内在的精神诉求。而对黑人男性来讲,这种人生观和价值观的蜕变直接影响了其对男性特质和男性身份的理解,其中一个明显的倾向就是对美国现代男性气质规范的认同与遵从以及对传统男性气概美德的背离,以前以自由、尊严为价值导向的传统男性气概也逐渐让位于以金钱和权力为导向的现代男性气质。瓦尔特所经历的心理困境和人生危机也在很大程度上证明了以金钱与权力为价值取向的现代男性气质给男性个体带来更多的是焦虑和躁狂,而不是抵御或超越压力和恐惧的勇气和精神力量。

第二节　财富梦蛊惑下的不义、不智之举

　　财富梦让瓦尔特疏淡了母子和兄妹之情,让他无法成为一个好儿子和好兄长,影响了正常的母子关系和兄妹关系的建立,甚至让他做出严重伤害母亲和妹妹情感和利益之事。更有甚者,在财富梦的蛊惑之下,瓦尔特丧失了理性和基本的判断力,最终做出了不义、不智之举。

　　在母子关系方面,在财富梦的蛊惑下,瓦尔特变得怨天尤人,很少替年迈的母亲着想,忽略了母亲丽娜的感受,无法体谅母亲的良苦用心,对母亲的劝诫置若罔闻,辜负了母亲对他的信任与期待,做出有悖母亲意愿的事情。在兄妹关系方面,受金钱价值观的腐蚀,瓦尔特更是毫无兄妹之情,不但丧失了自己作为兄长对妹妹的关心、爱护和支持,还变得斤斤计较、自私自利,极力反对妹妹继续读书,希望她放弃攻读医学学位的机会,早点参加工作,甚至做出了葬送妹妹学业和前途的不义之举,严重侵犯了后者的利益,伤害了后者的感情。

　　瓦尔特的妹妹贝尼萨是一个有着较强自我意识的现代女性,对传统女性气质规范具有一定的反叛精神。她不想嫁给富有却很乏味的乔治(George),而是想自食其力,继续攻读学位,打算将来做一个医生。对于妹妹这种难能可贵的积极进取精神,瓦尔特不但没有给予应有的鼓励和支持,反而给她泼冷水:"你计算过在医学院读书要花多少钱吗?"(ARS 36)为了获得金钱,他丧失了做人的原则,竟然理所当然地想把父亲的死亡保险金据为己有,使之成为帮助他实现财富梦的第一笔资金。因此就在死亡保险金支票即将送到的那一天,他格外紧张,生怕他的母亲丽娜把保险金用来资助妹妹读书,因此敦促妹妹尽快做出就业的决定,认为到了她为家庭做点贡献的时候了:"我和露丝已经为你做出了相当大的牺牲——为什么你就不能为家庭做点贡献呢?"(ARS 37)此时的瓦尔特丝毫没有为妹妹的前途和人生幸福着想,只是希望她赶紧就业挣钱并且找个人嫁掉,以减轻家庭的负担。

　　为了改善整个家庭的生活条件,母亲丽娜用3500美元在白人区买了

一所新房，把剩余的钱在兄妹间做了分配——3000美元用来给贝尼萨当学费，3500美元由瓦尔特自己支配——并信任地把钱交给瓦尔特，让他存在银行里，并且让他以后做一家之主。然而财迷心窍的瓦尔特为了一夜暴富，辜负了母亲对他的信赖，不仅把母亲让他支配的那笔钱赔光了，而且擅做主张，把妹妹的学费也投入了他那不靠谱的卖酒生意里，让她继续读书的愿望成为泡影。这不仅辜负了母亲对他的信任，而且也严重损害了妹妹的利益，显然是一种难以令人宽恕的不义之举。这也让他的妹妹对他非常鄙视，认为他是个疯子（nut）、莽汉（flip），不是个"男人"（man），而是个"男孩"（boy）。

瓦尔特的不孝之举还通过妻子露丝和妹妹贝尼萨对于父亲死亡保险金的截然不同的态度进一步得到凸显。对于父亲用生命换来的这份保险金，妻子露丝和妹妹贝尼萨都认为只有母亲丽娜有权支配，至于她怎么支配是她的事，她们没有表现出丝毫的贪占之念。露丝甚至鼓励丽娜用这笔钱到世界各地旅游一下，表现出对长辈的关爱和孝敬。相比之下，瓦尔特对这笔钱则表现出强烈的占有欲，理所当然地认为母亲丽娜应当把这笔钱用来支持他的事业，而且似乎认为自己比任何其他成员更有资格占有这笔钱，失去了一个男人应有的慷慨、大度与公正。

就其家庭中的三个女性而言，虽然她们都希望改善她们的居住环境和现实生活条件，但她们并没有像瓦尔特那样把金钱放到至高无上的位置，并没有为了获得金钱而置亲情于不顾，并没有为了发财致富而丧失理智。对于瓦尔特，她们并没有对他提出过高的要求，也并没有因为他无力为她们提供更为舒适的生活环境而抱怨，而是对他表现出了更多的忍耐、理解和体谅。她们更希望瓦尔特通过自己踏实和勤劳的工作来慢慢改善全家人的生活条件，并不希望瓦尔特用这种投机取巧、铤而走险的方式获得生活条件的改善。

然而瓦尔特则执拗地认为只要自己挣到了大钱，成了大人物，一切问题就都解决了，就可以赢得妻子和儿子的尊敬和爱戴，在他们面前就有男性尊严了。这显然是一种错位。而且他没有通过脚踏实地和勤劳的工作来实现自己的梦想，没有一步一个脚印地、循序渐进地实现自己的梦想，没有一个务实的态度和长远的打算,而是抱着一种投机者或赌徒的心理,寻求一夜暴富,认为"有色人种在这个世界上如果不开始冒险做一些投机生意的话,就永远别想出人头地"(ARS 42)。为了实现这一梦想,他不惜铤而走险,置道义和法律于不顾,与那个信口开河、一无是处并且毫无诚信可言的威利·哈里斯(Willy Harris)合作做卖酒生意,而且对于妻子露丝对他的提醒置若罔闻,把父亲用生命换来的钱拱手交到这个骗子手上。

第三节　财富梦的幻灭与男性气概的回归

　　把父亲用生命换来的这笔赔偿金交到骗子哈里斯手上后,自以为马上就要成为大人物的瓦尔特做起了白日梦,异想天开地向儿子描述起未来的美好图景。他幻想在儿子大约十七岁的时候,他已经成为一家公司的总经理、一个地位显赫的执行官,天天开着克莱斯勒豪华轿车上下班,在一些重要的场合抛头露面,签署各种合同和协议。而妻子露丝则开着凯迪拉克敞篷车去购物。在他向儿子描述的后者十七岁生日那一天的场景中,忙碌了一天的他疲倦而又不无成就感地回到家中,首先得到园艺工人尊敬的问候,然后在屋内受到款款地从楼上走下来的妻子的迎接,两个人互相亲吻了对方后就手牵着手来到儿子的房间,而来自世界各个名牌大学的入学通知书已经铺满了地板,让他眼花缭乱。而他则无比慷慨地告诉儿子:"今天是你十七岁的生日,你决定去哪所大学了? 你想去哪所大学只要告诉我一声就好了。"(ARS 109)

　　这显然是财富梦实现后的一种男人梦,也可以说是性别意义上的美国梦。这种美国梦到了现代社会已经发生了蜕变,给男性个体的人格与品性带来扭曲和异化。阿瑟·米勒(Arthur Miller)的《一个推销员之死》(Death of a Salesman,1949)和 F. S. 菲茨杰拉德(F. S. Fitzgerald)的《了不起的盖茨比》(The Great Gatsby,1925)都曾对这种变了质的美国梦有过深刻的反思。即便对于各个方面都得天独厚的美国白人男性来讲,美国梦的实现也如此艰难和虚幻,对于各个方面都处于劣势的美国黑人男性来说，这种美国梦显然更如海市蜃楼，不切实际。不难发现，这部剧作与上面提到的两部作品在思想内涵上有着相当大的互文性。

就在瓦尔特还沉浸在这种自欺欺人的白日梦中，甚至准备隆重庆祝之时，坏消息传来：哈里斯携款逃跑，不知所踪。他的投机生意不但没给他带来一分钱的利润，连他投入的 6500 美元也血本无归。这不仅让建立在金钱基础上的男人梦彻底成了泡影，也让自己在家人面前颜面丧尽，在为自己愚蠢行为备感懊悔的同时，他也饱受良心的谴责。瓦尔特为自己这种虚幻的男人梦付出了惨重的代价。这是一种双重失败，既是人生目标的失败，也是实现方式的失败。从他的人生目标的设定和男性身份确证的标准来看，这种建立在金钱基础之上的男性价值观本身就是错误的。即便他的财富梦实现了，他也失去了很多，不仅丧失了父性，而且也丧失了母子、兄妹和夫妻之情。更何况他这种孤注一掷、铤而走险的实现方式本身就有很大的风险，是难以成功的，事实也恰恰如此。

瓦尔特之所以对金钱如此痴迷，甚至几乎到了疯狂的地步，最终做出了不孝、不义和不智之举，其主要根结在于他把男性气概与财富梦的实现联系了起来，正如哈里·伊莱姆（Harry J. Elam）所说的那样：

> 由于受美国资本主义梦想的蛊惑，瓦尔特·李把对财富与资产的获得与男性气概（manhood）和男性气质（masculinity）联系了起来。生活在一个贬低黑人男性气质的社会，瓦尔特·李企图把富足作为界定男性气概的评判标准。[①]

的确，对于一个在政治、文化、教育等方方面面都处于劣势的黑人来讲，财富对他就更为重要，获得财富成了其男性身份和男性气概确证的主要方式。这也正是瓦尔特心理误区之所在。在此，该剧折射了把男人梦

---

① Elam, Harry J. Jr. "Cultural Capital and the Presence of Africa: Lorraine Hansberry, August Wilson, and the Power of Black Theater." *The Cambridge History of African American Literature*. Eds. Maryemma Graham and Jerry W. Ward Jr. Cambridge: Cambridge University Press, 2011: 683.

与财富梦相提并论,把男性气概与男人身份建立在金钱基础之上的思想和行为的荒谬性,同时也在一定程度上提醒广大黑人男性不要效仿美国白人的男性梦,不要盲目认同和遵从美国主流社会男性气质的定义与规范。一方面,囿于种族秩序中的不利地位,美国黑人男性要想实现这种美国男性梦可谓难上加难;另一方面,即便像盖茨比那样在一定程度上侥幸地实现了美国梦,也难逃最终幻灭的厄运。

　　然而正是在瓦尔特的财富梦破灭之后,他的人格尊严开始萌发,他才开始痛定思痛,反省自己种种错误思想和行为的根源。这一点从该剧旁白对其肢体语言的描述就可看出:"他一个人待在房间里,仰面朝天地躺在床上,衬衫在腰带外面敞开着,两只胳膊枕在后脑勺下面。他没有抽烟,也没有大声叫喊,只是安静地躺在那里,眼睛看着天花板,就像只有他一个人在这个世界上似的。"(ARS 131)这些表现与之前心浮气躁、喧哗吵嚷、耐不住寂寞的他大相径庭。在惨痛的教训面前,他终于冷静下来,开始独立思考和自我反省,这也标志着他逐渐摆脱社会流俗的羁绊,开始触摸自己的灵魂和面对自己内心的真实。另外,他开始思考人生的本质和真谛,开始以更务实的态度看待生命:"生命是实实在在的东西,要按其本来面目看待它。"(ARS 141)同时他也开始反思自己所犯错误的根源,认为像他这样的黑人之所以被欺骗,主要是因为他们没有形成正确的人生观,缺乏自我主体意识,过于看重他者的眼光,太容易受他人和社会流俗的左右,缺乏自己独立的思考和正确的判断:"因为我们的头脑都太混乱、太糊涂了。我们必须借助他人的指点来判断对错。"(ARS 141)此时他彻悟到威利·哈里斯只是一个利用他人的无知和糊涂行骗的人而已,根本不足为道,而从哈里斯那里他学到了一个教训:"他教会了我要把注意力集中在这个世界的真正有价值的事情上。"(ARS 142)可见,此时他已经从财富的蛊惑中解脱出来,开始调整生命的重心和价值取向。

　　我们发现,对生命价值有着新的认识,彻底从财富梦的迷雾中走出来的瓦尔特,其男性气概获得了很大程度的回归,其之前被金钱束缚的男性气概开始得到释放和伸张,他开始变得坚决与果断起来,并且表现出很强的行动能力。该剧在前面交代过,知道杨格一家人在白人居住区买了房子并打算搬到那里居住后,那里的白人居民表达了他们的抗议。他们派白人居住区社区管理委员会代表林德纳(Lindner)到杨格家造访,转弯抹角地表达了白人的意愿,并表示愿意出更高的价钱赎买丽娜在那里买的那座房子。瓦尔特当时虽然没有接受林德纳的提议,但也没明确表示拒绝。但此时的瓦尔特已经有了自己坚定的信念,也有了伸张自己信念、捍卫自己立场的勇气和魄力。

为了明确表达自己搬往该白人居住区的决心,同时也为了向白人表明黑人的尊严,瓦尔特找到了林德纳临走时留下的名片,按照上面的电话号码给他打了电话。林德纳来后,就在全家人疑惑地以为瓦尔特会接受林德纳的提议、放弃该房而搬往新房时,瓦尔特当着全家人的面明确地向林德纳宣告了他的决定。他一方面告诉那个白人,说他们搬到那里不会给该地的白人制造麻烦,他们会与那里的白人友好相处;另一方面,他也毫不含糊地告诉那个白人,他不会要他们的钱,让他们放弃阻拦他们一家搬迁的念头。同时他还义正词严地宣告了黑人的种族自尊心:"我的意思是,我们来自一个非常有尊严的民族,我的意思是说,我们是非常有自尊心的人。那边站着的那位是我妹妹,她打算以后做一名医生——我们是非常有自尊心的人。"(ARS 148)这既表达了他们以及黑人种族的尊严,同时也是在向白人示威,暗示他们黑人的不可侵犯性。

这一颇具仪式性的场景也标志着瓦尔特男性气概的彻底回归。这种男性气概显然是建立在尊严和荣誉——而不是财富——的基础之上的。瓦尔特的英勇表现得到了母亲丽娜和妻子露丝的肯定和赞许,正如丽娜所说的那样:"他今天终于拿出点男子汉气概了,不是吗?给人的感觉真像雨后的彩虹。"(ARS 151)至此,瓦尔特实现了从"男孩"到"男人"的成长和蜕变。他之所以能够做到这一点,在很大程度上是因为他彻底摆脱了现代男性气质的桎梏,不再把财富作为其男性身份的价值取向和评判标准,而是把其个体与种族尊严、正义与公民权利等因素放在了第一位,从而实现了其真正男性气概理想的重构。

小　结

　　作为非裔美国文学男性气概书写传统中的一部典型剧作,《太阳下的葡萄干》通过对男性主人公瓦尔特从对财富梦的痴迷、幻灭到男性气概的回归历程的书写和舞台演绎,提醒广大读者和观众,对财富的片面追求与痴迷不但不能让真正的男性气概得以建构,反而会让男性个体人格扭曲、心智蜕化和道德感丧失。这是该剧在男性气概的认知方面做出的一大贡献。

　　可以说,瓦尔特这一人物绝非个例,他的思想和行为具有一定的代表性,是那个年代众多男性的缩影,他的性别意识形态是其所处社会文化价值观及其形塑的男性气质规范共同作用下的产物。从其所处社会的文化价值观来看,瓦尔特所生活的年代正是美国后工业时期,是一个消费和享乐的时代,讲求勤劳节约、自力更生、艰苦奋斗的生产主义价值观已经让位于消费主义文化价值观。受这种文化价值观的影响,男性特质的价值取向与评判标准也相应地由原来讲求勇气、坚定、责任心、自信和荣誉的传统男性气概蜕变为讲求权力、财富和性征服的现代男性气质。按照这种男性气质评判标准,"男人必须不断地成功:不断地攫取、超越、占领"①。在这样的性别文化观影响下,对权力和财富的占有就成了男性个体建构其男性身份、彰显其男性气概的必要条件。由于缺乏对美国主流文化价值观的反思,缺乏对美国白人社会男性气质规范的批判,瓦尔特在很大程度上认同和遵从了这种消费文化价值观及其形塑的现代男性气质规范,放逐了对内在人格、美德和精神品质的诉求,并最终做出不义、不孝和不智之事。正是其财富梦破灭之后,瓦尔特的美德和精神品质才得以浮现,对人格尊严才有了强烈的诉求,其真正的男性气概才得以回归。

　　可以说,该剧正是通过瓦尔特的经历,尤其是通过造成其对财富无比

---

　　① 鲍迈斯特.部落动物:关于男人、女人和两性文化的心理学.刘聪慧,刘洁,袁荔,等译.北京:机械工业出版社,2014:146-147.

痴迷的现代男性气质价值取向来进行深刻的反思,并且重新审视了真正男性气概的思想内涵。正如学者哈里·伊莱姆所说的那样,"通过瓦尔特·李的个人磨难,汉斯伯里不仅质疑了已有的男子气概和男性气质思想框架,而且还对之重新进行了定义。最终,汉斯伯里认为男子气概不是由身外之物的获得决定的,而是由内在的自尊、自我定位和自主来决定的。在一个与白人男性进行实际意义和象征意义上的对抗过程中,一种修正过的黑人男性气概观念出现了"[①]。可见,这种"修正过的黑人男性气概"不再以外在的财富、权力和性能力等因素作为男性气概的评判标准和价值取向,而是更加看重内在人格尊严与自我主体性。显然,这是一种更具人文理性和美德伦理特质的定义与重构,有利于男性个体的人格完善和道德素养的提高。这种男性气概不再是给男性个体带来焦虑和压力的源泉,而是使其勇敢面对困境和挑战、坚持正义的勇气和精神力量。

---

① Elam, Harry J. Jr. "Cultural Capital and the Presence of Africa: Lorraine Hansberry, August Wilson, and the Power of Black Theater." *The Cambridge History of African American Literature*. Eds. Maryemma Graham and Jerry W. Ward Jr. Cambridge: Cambridge University Press, 2011: 683.

第十章 堕落与救赎：
《格兰奇·科普兰的第三生》中的男性气概

  作为一部再现从 20 世纪初一直到 20 世纪 60 年代美国黑人经历的史诗般巨著，艾丽斯·沃克（Alice Walker）的长篇小说《格兰奇·科普兰的第三生》（*The Third Life of Grange Copeland*，1970）是一部触动灵魂、感人至深的伟大作品，同时也是一部男性气概书写的典型之作，体现了非裔美国女性作家对黑人男性气概的浓厚兴趣，为当代美国黑人男性气概的认知与建构投来了他者的眼光。

  在该作品中，黑人青年布朗菲尔德（Brownfield）对任劳任怨、勤劳贤惠的妻子麦姆（Mem）进行了百般刁难和折磨并最终残忍地枪杀了她，在毁灭他人的同时也结束了自己可耻的一生。相比之下，虽然其父亲格兰奇（Grange）早年在妻子和儿子身上也犯过很多错误，但他没有一错再错，没有放弃改过自新的机会，而是在善待布朗菲尔德的妻子、对无可救药的儿子大义灭亲以及承担抚养孙女的责任的种种行为中得到救赎，让自己获得"第三生"。通过对这两个典型男性人物形象的塑造，该作品一方面表达了对父权思想和性别歧视的反思和批判，另一方面强调了勇敢、仁爱、道德良知、慈柔之心与悲悯之情以及自我反思与审判的精神在男性个体性别身份建构中的重要作用，让我们看到了男性个体超越僵化的现代男性气质模式、重构男性气概理想和健全人格的可能性。

第一节　认知误区与人格缺陷:布朗菲尔德的堕落之源

毋庸置疑,任何读过该作品、了解布朗菲尔德这一人物形象的人都不会对他有什么好感,甚至会对他深恶痛绝。从任何意义上讲,他对妻女犯下的灭绝人性、丧心病狂的罪行都是不容宽恕的,应当受到道德和法律的审判,他最终被他父亲格兰奇枪杀可以说罪有应得。但我们同时也必须意识到,虽然布朗菲尔德这一人物的形象看似有点极端,但在非裔美国文学中并非绝无仅有,《土生子》中的比格、《紫颜色》中西丽的继父、《他们的眼睛望着上苍》中的洛根、《孤独的征战》中的戈登、《阿巴拉契之红》(*Appalachee Red*,1978)中的"大块头"以及这部小说中早期的格兰奇等美国黑人男性形象都或多或少地有着类似的品性,只是在程度上有所不同。而且正如比格一样,布朗菲尔德这一人物形象也确实存在着现实原型。

根据艾丽斯·沃克本人所言,小说中布朗菲尔德枪杀妻子的故事来自她的家乡佐治亚州伊顿顿(Eatonton)小镇中的一个真实的案件。孩童时期的沃克目睹了那位被丈夫枪杀的女性倒在床上的情景,其面目全非、血肉模糊的惨状在她幼小的心灵中留下了创伤性的记忆,长时间困扰着她,以至于她不得不在多年以后用书写的方式摆脱这种"强烈而又令人绝望的印象"(*TLGC* 315)。同样的暴力事件也发生在沃克的亲人当中。她的外祖母同样是被其情人枪杀,而沃克的父亲也经常以语言和肢体暴力的形式实现对她母亲的统治和压制。

可见,布朗菲尔德这一人物并非个例,而是一类黑人男性的代表,有着相当大的普遍性。另外我们还注意到,布朗菲尔德这一人物并非一开始就是十恶不赦的恶魔,而是一步一步蜕变成后来的样子的。造成布朗菲尔德人格扭曲和道德败坏的原因有很多,有其早年生活经历的影响,比如父爱的缺失、文化素养低下、充满性别暴力的家庭环境和充满种族暴力的社会环境等等,也有其文化素养和人格品质方面的问题,但其对男性身份和男性气概的错误认知、其性别意识中的男权思想和性别歧视观念是其走向堕落和毁灭的重要原因。

一、虚幻的中产阶级男人梦

　　布朗菲尔德对男性气概的认知误区首先体现在其对现代男性气质的种种价值观和性别规范的盲目认同与内化,过度强调男性气概建构的外在条件。其中一个重要表现就是把物质享受放在至高无上的地位,这种建立在物质享受基础上的男人梦在其少年时代就开始了。

　　在该作品的开始部分,布朗菲尔德的叔叔、阿姨和堂兄弟一行开着豪华轿车造访他和父母所居住的美国南方乡下。期间,他的堂兄弟不无炫耀地向他描述了电梯、电影院、摩天大楼和百货商店等现代城市的设施和景观,大大激起了他对金钱和奢华生活的憧憬和渴望。不仅如此,他们还说起布朗菲尔德的父亲格兰奇的卑微、准奴隶式的生活,而他们的父亲则是受人尊敬的老板,自由独立,让人羡慕。对此,布朗菲尔德表现出了无比的向往和艳羡,他希望能像他叔叔一样拥有一辆汽车。在作品的这一部分中,汽车可以说是一个重要的意象,是城市文明的符号,代表着成功和奢华的生活,而这些也是现代男性气质的重要评判标准。

　　显然,在他还没有形成稳定的人格结构和价值体系之际,他的堂兄弟向他描述的高楼大厦、百货商店、电影院等城市符号及其象征的财富和奢华生活对他的人生价值取向产生了深远的影响,让他在男性身份认同和价值取向方面具有明显的物质性和外在导向性,使其在艳羡城市奢华生活的同时,与传统男性气概美德渐行渐远。其中一个直接后果就是他对自己当下的处境更加不满,感到更加自卑。受这种价值观的影响,布朗菲尔德心中出现了一些不切实际的幻想,甚至做起了中产阶级的男人梦:

　　　　在他的白日梦中,他坐着由其专人司机开的私家车慢悠悠
　　地来到他的宅院门前。那是一座庄严雄伟的宅院,有着樱桃红
　　砖头砌成的烟囱以及由颜色相配的砖头砌成的门廊和台阶。专
　　人司机先下了车,打开车后门,而此时的布朗菲尔德正坐在那里
　　抽着雪茄。之后专人司机就朝后院走去,在那里,司机的妻子正

坐在厨房的台阶上等着他。她是一个可爱而且受人尊重的厨师,已经和专人司机与布朗菲尔德一家一起生活了好多年了。布朗菲尔德的妻子和孩子——两个孩子,一个男孩,一个女孩——正在前厅中热切地盼望着他的归来。他刚一进门他们就扑上前来,对他没头没脑地吻了起来,几乎让他应接不暇。就在妻子为他调制薄荷露时,他把自己当天谈成的几桩大买卖津津有味地向她描述了一番。(*TLGC* 21)

这显然是一种典型的美国中产阶级男人梦,具有相当大的物质导向性。对于在经济结构中一直处于劣势地位的黑人男性来说,这种男人梦同样具有蛊惑力,甚至更为强烈,前文提到的《太阳下的葡萄干》中的瓦尔特就曾做过类似的梦。然而对于在各个方面都备受歧视和压迫的美国黑人来说,这种梦想是遥不可及的。这种缺乏内在精神导向和德性基础的男人梦也为布朗菲尔德的最终毁灭埋下了种子。

值得注意的是,布朗菲尔德做的这种白日梦恰恰是在他的堂兄弟向他描述北方生活之后:"布朗菲尔德的这种白日梦是从他的堂兄弟向他描述了北方生活的第二周开始的。年复一年,这种白日梦越做越长,而且愈发强烈和逼真,甚至经常让他不能自拔。只要他能梦到这种让他过得像个男人一样的生活,其他的一切都已经不重要了。"(*TLGC* 22)显然,布朗菲尔德已经完全把自己的男性身份认同与这种建立在物质、消费和享受基础之上的男人梦联系了起来。

从叙事的角度来看,布朗菲尔德叔叔一家的这次南方之旅具有双重功能。一方面,它在一定程度上向读者开辟了一条认识美国现代文化价值观及其形塑下的男性气质的途径,让该作品的文化反思视野更为开阔。另一方面,这次造访给布朗菲尔德男性特质价值取向方面带来的冲击也为其后来种种人格扭曲与道德失范行为埋下了伏笔,让读者看到其人性扭曲和道德沦丧背后的文化动因。在这种男人梦的蛊惑下,本来就没有多少文化和判断力的布朗菲尔德思想变得更加肤浅和空洞,更加自卑自贱。更为糟糕的是,布朗菲尔德的这种白日梦不但不切实际,而且他本人也从来没有为了这一梦想的实现而真正努力过。小说中交代,在初识麦姆之时,布朗菲尔德自惭形秽,但他自惭形秽的原因不是感到自己内在素养的不足,更多的是其经济上的困窘:"一想到他的穷困以及对乔茜和洛瑞恩的依赖他就感到非常沮丧。除了他身上的衣服之外,他一无所有,而这些衣服也没有一件是新的。"(TLGC 64)可见,此时的布朗菲尔德已经完全把物质财富看作自己男性身份和价值的评判标准。

在小说中,对于布朗菲尔德的倒行逆施实在忍无可忍并且不想再和他继续过这种地狱般生活的麦姆终于鼓起勇气,对他进行了一次坚决的反抗。就在麦姆被布朗菲尔德打得死去活来的第二天早晨,她手持猎枪,对他进行了一番控诉和训诫。面对着黑洞洞的枪口,布朗菲尔德道出了内心的一大症结:"上帝啊,麦姆,你知道我一直都在竭力做正确的事。但我挣不到多少钱,这你是知道的。白人又没有向我们提供体面的房子来居住,这你也是知道的。在这种情况下,一个男人还有什么可做的呢?"(TLGC 127)

这一点也呼应了他年少时所做的男人梦。正如前文曾提到过的那样,一所豪宅、一份能挣大钱的工作就是他的男人梦中的主体内容。此处的表白则进一步说明他已经根深蒂固地把物质和财产当作其男性身份确证的主要标准。虽然此处他说的这番话只是一个借口,是为自己的种种罪责开脱,或者为了引发麦姆的恻隐之心,达到缓和其情绪的目的,但同时也体现了他在男性气概方面的认知误区。实际上,他年少时所做的那种空中楼阁式的男人梦早已破灭。但更可悲的是,在他没有勇气和能力用物质和财产来确证其男性身份的情况下,他开始用一种扭曲和罪恶的方式在家庭中通过对妻子和女儿的统治和压迫来建构和实践这种扭曲的男性气概。

对他早已不抱希望的麦姆并没有被他这种"苦衷"打动,而是尖刻地讽刺道:"他至少可以不必像个腌臢的老公驴那样哀号个不停。"(TLGC 127)这一尖锐的讽刺也戳中了布朗菲尔德的要害,有力地斥责了布朗菲尔德把男性气概与对物质和财产的占有相提并论的观念,同时也指出物质财富不应当被当作男性气概的评判标准,一个有人格尊严和道德良知的男人即便在没有多少物质财富的情况下也照样可以拥有男性气概。

二、父权思想和性别歧视

与《孤独的征战》中的戈登相类似的是,布朗菲尔德在男性气概认知和实践方面的第二大误区在于他把男性气概与男尊女卑的父权思想以及性别歧视观念联系了起来。

作为一个男性气概一直处于阉割状态的美国黑人男性,布朗菲尔德把其男性气概看得无比重要,这一点从后来他对麦姆说的一句话中也进一步得到了体现:"你知道,对我而言,没有什么比成为一个男子汉更重要!"(TLGC 127)他的这一句话也确实说出了广大黑人男性的心声。对于在充满种族歧视的美国社会中备受侮辱、压迫和打击的美国黑人男性而言,成为男子汉是他们内心深处最热切的愿望。

然而布朗菲尔德对男性气概的理解显然是极为肤浅和鄙陋的。他没有意识到他实际上已经把对权力的占有当成男性气概的一个重要评判标准,把自己男性气概的建构与对妻子的统治联系起来。他没有意识到真正的男性气概思想内涵包含了对弱者的同情和关怀,而不是对他们的欺压和宰制。按照他的逻辑,身为男人就有权力对女性发号施令,拥有男性身份就意味着拥有对女性的统治权。在布朗菲尔德看来,因为他是男人,他就是一家之主,在家庭中就可以拥有至高无上的地位,就可以对妻子和女儿随意驱遣。

在该作品中,麦姆不想再和他一起过这种朝不保夕、流离失所的日子,她要在城里过一种稳定和体面的生活。于是她就在城里找了一个房子,并打算把全家搬到那里。这是布朗菲尔德最不能接受的,他再次把"男子汉"当成其冠冕堂皇的借口和挡箭牌:"我是个男子汉,我可不想在任何该死的工厂里工作。"(TLGC 115)这种说法显然立不住脚。因为在白人农场上,在白人农场主面前,他的地位与内战之前的奴隶没什么两样,他没有任何的男性尊严。因此他的这个托词是自欺欺人。其实他最担心的是他会因此失去在家庭中的操控权。显然,在社会上没有任何地位,也没有半点人格尊严的他已经把家庭当作建构其男性身份的最后堡垒,甚至已经到了病态的程度,宁可在白人农场上遭受压迫和剥削,宁可一年到头过贫困悲惨的生活,也不愿失去自己在家中的霸主地位。可见,"男子汉"(man)已经成了他的口头禅和在家里横行霸道的理由,以为仅凭"男子汉"这一身份就可以在家庭中为所欲为、说一不二了:

> "我说去哪里就去哪里,我说什么时候搬就什么时候搬;只要我还在支撑这个该死的家,我说去哪里就去哪里。"他用其浑浊的眼神凶狠地威胁着他瘦弱的妻子。"我也许不会读也不会写,但我依然是这个家中穿裤子的男人!"(*TLGC* 115)

这也彻底暴露出其对"男子汉"理解的片面性。对布朗菲尔德而言,男性气概其实已经蜕变成权力的外壳,"男人"成了"男权"的代名词。这种男权思想让他本来愚昧无知的头脑更加僵化,认为仅凭"男人"这个空洞的概念就可以解释一切,就可以在家里肆无忌惮、使混耍横了。

与布朗菲尔德根深蒂固的男权思想联系在一起的是他的性别歧视观念,两者交缠在一起,让他把女性仅仅当作发泄性欲的对象而缺乏对她们最基本的尊重和关爱。

可以看出,他对女性的评判几乎完全停留在肉体方面,停留在对其兽欲的满足方面。而这一点也是他残忍杀害麦姆的另一个重要原因。一方面,他用各种卑鄙残忍的手段压制麦姆,把一个健康、贤淑和充满女性魅力的麦姆变成一个瘦小枯干、语言粗俗、相貌丑陋的女人;但另一方面,他又无法忍受这样一个丑陋的女人,希望"来一个巨大的霹雳——从他那里发出,而不是来自天空,让她从自己眼前消失"(*TLGC* 136)。实际上,从不久之后他枪杀麦姆的行为来看,当时他潜意识中已经有杀死麦姆的打算了。这一点还可以从他枪杀了麦姆后的一些内心独白进一步得到印证。麦姆被枪杀后,布朗菲尔德戴着镣铐去参加了她的葬礼,对犯下的罪行没有表现出任何忏悔,反而在为自己的罪行寻找借口:"他喜欢丰满圆润的女人。这就是他给出的道德理由。因此,他谋杀了他的妻子是因为她已经变得瘦骨嶙峋,而且让他气恼的是,即便让她饱食终日,她也无法恢复到她曾经丰满圆润的状态。"(*TLGC* 212)可见,布朗菲尔德完全按照本能和兽性行事,把是否能够引起他的性欲作为评价女性价值的标准,已经完全把女性物化为他发泄欲望、感受男性权力的对象。拥有这种充满性别歧视的女性气质观念也可以看作是其男性气概认知误区的另一个重要表现。

三、良知泯灭与道德沦丧

布朗菲尔德男性气概认知和实践过程中的第三个误区是其所认同的男性气质体系中道德与良知的缺失,没有半点悲悯之情和仁爱之心,这也让他在实践充满父权思想和性别歧视观念的男性气质过程中缺乏必要的限制和约束,让他最终蜕变成一个没有人性、缺乏人道精神的恶魔。这一点在小说的第五到第七部分中得到充分体现。

在小说的第五部分末尾,由于惧怕麦姆的手中之枪,布朗菲尔德假意应允了麦姆给他制定的十条戒律,并同意与麦姆一起搬往城中,但一个更为恶毒的计划已经在他心中产生,他要用"一个巨大的计划来表达他的愤怒、屈辱感和刻骨的仇恨"(*TLGC* 134)。他利用麦姆的善良和对他的信任,让麦姆一次又一次怀孕,企图以此拖垮麦姆的身体,这样"他就可以把她拉回到连她自己都不曾想到的糟糕状态"(*TLGC* 133)。这样她就无力阻挠他把全家再次搬到白人农场上了,他就可以恢复他作威作福的家长地位了。可见,为了实现对妻子的压制,使妻子完全从属于他,确保自己在性别秩序中的优势主导地位,他甚至不择手段,无所不用其极,已经丧失了基本的道德和良知。

麦姆身体彻底垮掉之后,布朗菲尔德马上一改之前的温顺,露出了狰狞的面目。对妻子的病痛他不但没有丝毫的同情和关爱,而且拒绝支付家庭的所有费用,结果他们被房东赶了出去。这样,布朗菲尔德如其所愿地搬到了那个臭名昭著的 J. L. 先生的农场,再次掌握了家庭操控权,重新当起了家庭的暴君。更为卑鄙的是,他不但用这种丑恶的手段摧毁了麦姆的身体健康,而且还寡廉鲜耻地对麦姆进行嘲讽和挖苦,并把自己当初的邪恶计划告诉了她,企图给她的心灵带来摧毁性的打击:

我早就想让你垮掉了,小姐。…… 现在你要眼睁睁地看着我占上风了。…… 你以为我和你做爱是因为我喜欢做吗?乔茜可比你强多了。你的问题是从来不懂得让自己不要怀孕。一个肚子里总是有孩子的女人怎么能坚持太久呢?…… 我趾高气扬的小姐,你现在可算不像以前那样盛气凌人了。(*TLGC* 141)

他说这番话的时候,表露出扬扬得意的样子,"像个精神病人那样享受着这份快乐"(*TLGC* 141),经常"止不住咯咯地笑了起来"(*TLGC* 141),为自己邪恶计划的成功沾沾自喜,可见他的灵魂已经彻底腐朽。对自己灭绝人性的行为,他已经感受不到半点良心的谴责,而是让自己一路堕落下去。

当麦姆被他残忍地杀死之后,他又把邪恶的目光投向了父亲格兰奇和女儿露丝(Ruth),想利用格兰奇的善良对之进行报复,正如他对经常和他厮混的乔茜所说的那样:"你曾经对我说过这老家伙心脏不太好……那好,也许我们应当经常给他制造点麻烦,让他不得安宁。"(*TLGC* 282)为了达到这个邪恶的目的,他千方百计地想把女儿露丝抢夺过来,以此彻底让格兰奇崩溃:"只要我把她弄到我身边,格兰奇就彻底方寸大乱了。现在我就想让他吃点苦头。我们已经让他感到害怕了,乔茜!"(*TLGC* 283)

布朗菲尔德的这种绝情寡义和心狠手辣甚至让乔茜感到胆寒。听到布朗菲尔德自鸣得意地谈论他以前如何残暴地对待妻子、如何把自己三个月大的儿子放到外面冻死等种种行为之后,乔茜感觉他已经和野兽没什么两样了:"奇怪的是,乔茜第一次对麦姆产生了同情之心。她瞪着惊恐的眼睛看着布朗菲尔德,第一次发现他的人性已经完全不在了。"(*TLGC* 286)此时的布朗菲尔德已经没有了爱的能力,没有了忏悔、自省和改变的能力,已经成为一具活死尸:"他不会忏悔的。他从不把自己做过的事情放在心上,做过就做过了,该发生的已经发生了:美丽的容颜衰老了,漂亮的面庞变丑了,温柔可爱变成了尖酸刻薄。他从来都没想过这一切其实还可以以别样的面孔出现。"(*TLGC* 286)而对依然有着一定良知的乔茜,布朗菲尔德则心存鄙夷:"乔茜啊乔茜,你最大的毛病在于你太容易被感动了,你太容易同情别人了,不管他们是否值得你同情。"(*TLGC* 282)

　　总之,僵化的男权思想、扭曲的男性身份意识、对男性气概的错误认知,加上男性气质体系中道德良知的缺乏,让布朗菲尔德彻底变成了一个恶魔。相比之下,虽然在相同的环境中生活,格兰奇的男性气概的成功建构与"第三生"的获得则让读者看到男性个体超越现代男性气质和种种男性气概流俗对人性的异化,实现自我救赎的可能性。

第二节　传统男性气概的回归:格兰奇的自我救赎之途

　　早期的格兰奇对妻子和儿子也有很大的失职,犯过很多错误。但与布朗菲尔德不同的是,同样面对自己的人性弱点,同样经受着种族歧视与阶级压迫,格兰奇没有走向自甘堕落和自我毁灭,而是实现了自我救赎。格兰奇之所以能够做到这一点,除了其不同的人生经历,尤其是他的北方之旅对他的触动外,主要还在于他在男性气概的认知与建构方面选择了一条不同的轨迹。一方面,他没有盲目认同与遵从 20 世纪初开始逐渐大行其道的现代男性气质规范,而是按照自己的真情实感行事,把捍卫荣誉、坚持正义的勇气、责任感、自律等美德和内在的精神品质当作其男性特质的价值取向与评判标准,实现了对真正男性气概的回归。同时,他重新拥抱了被现代男性气质拒斥的情感,秉承了一种悲悯之情和仁爱之心,使其男性气概的建构与实践在道德与良知的规约和引导下得以建构,从而让他的男性气概具有了情感深度和人性高度,成为他实现自我救赎的精神力量。

一、"憎恨"中勇气的复苏

　　在格兰奇男性气概建构与自我救赎的过程中,其勇气的复苏是第一个重要环节。这一回归主要发生在他人生的第二阶段,即他去北方谋求生路的那段时光。在其勇气复苏的过程中,他在纽约中央公园的经历和遭遇具有仪式性的意义。

在纽约中央公园,他无意中目睹了一对青年男女在湖边分手的场面。那个显然已有家室的士兵扔给那位女士几百美元钞票后就匆匆离去,把那个有孕在身的女人扔在冰冷的湖边。那个士兵离开之后,在同情心的驱使下,格兰奇甚至忘记了一直以来白人女性对黑人男性的危险,捡起散落在地上的钞票,走到女士身边,打算安慰她几句,以免她过度哭泣而伤害了身体。

然而,那个白人女性看到格兰奇之后,立刻露出种族主义者的丑恶嘴脸,立刻摆出一副傲慢、冷漠和高高在上的姿态。她宁可把那个士兵给她的钱扔到水里也不给当时饥寒交迫的格兰奇,并且对他进行了无情的嘲讽和挖苦。不仅如此,她还把她在白人男性那里遭到的欺骗和受到的伤害发泄在格兰奇身上:"她没有从自己遭受的苦痛中学到任何东西。刚才她还表现出一种绝望无助的样子,但在比她更为弱小的人面前却马上换上了另外一副嘴脸,开始肆意报复起来,这也把他们之间所有的同情纽带切断了。"(TLGC 199)可见,这个白人女性把自己在美国社会性别秩序中所遭受的屈辱和伤害转嫁到种族秩序中,在对各个方面都处于劣势地位的黑人进行欺压的过程中获得心理补偿。她骂他"黑鬼",威胁他,并且狠狠地朝着他的小腿踢了一脚。

尽管如此,在她失足掉到池塘里时,格兰奇出于人道主义精神的考虑还是向她伸出了救援之手。但根深蒂固的种族主义偏见让那个白人女性在抓住他的手之后又松开了,这也严重伤害了他的自尊,他"若有所思地看了下自己的那只手,转过身去,把散落在地上的钱匆匆地收集了一下,离开了"(TLGC 201)。正如其本人所想的那样,换作其他任何一个女人,不管她是谁,不管她对自己有多大的怨恨,他都会全力以赴地去救她,但他拒绝再去救这个女人,而且没有因此感到内疚:"对于他拒绝救她这件事,他始终都能坦然面对,因为她对他的蔑视已经成为最后一根稻草。以后无论他们再遇到什么事,他再也不会理睬了。"(TLGC 201)

值得注意的是,在小说中这一事件成了格兰奇自我救赎的转折点。

他开始意识到人格尊严的重要性,其对男性气概的欲求也随之被唤醒。因为从概念属性上讲,人格尊严本身就是男性气概的重要组成部分。所谓知耻而后勇,遭受到那位白人女性的鄙视、辱骂甚至踢打之后,格兰奇有了新的感悟:

> 他认为自己在那个女人身上犯下了谋杀罪,是需要遭受灵魂谴责的;但这一事件却以一种奇特和怪异的方式解放了他。他感觉自己人生的不幸得到了某种意义上的补偿。正是因为他剥夺了那个白人女性及其孩子的生命——而不是拿走了她的钱,他才更迫切地想重新活一次。他认为自己无意中做了一件黑人男性为了重新获得或锻造他们的男性气概(manhood)或他们的自尊(self-respect)而不得不做的事情。他们必须杀死他们的压迫者。(*TLGC* 202)

这段话耐人寻味。一方面,小说在此已经把男性气概和自尊相提并论,使两者形成一种同构关系,也为格兰奇对男性气概的定义和建构确立了一种方向,一种与布朗菲尔德截然不同的方向。格兰奇人格尊严的萌发与其男性气概的觉醒也是同时发生的,是相辅相成的。另一方面,人格尊严或男性气概的获得与建构需要必要的反抗,要推翻和杀死一切压迫者。这里的压迫者可以是具体的人,也可以是让他们感到压迫和恐惧的一切事物,或者就是恐惧本身。正如本书在第一章中所提到的那样,如果男性气概可以定位为一种德性的话,这种德性的主要功能就是对恐惧的抵制。

格兰奇此刻的感受让我们想起了《土生子》中的比格无意间误杀了白人玛丽之后的感受,两者构成了一种互文关系。在《土生子》中,比格在误杀了白人女性玛丽之后,在恐惧之余似乎获得了一种解脱或成长,或者说获得了某种主体意识:"他犯了谋杀罪,但同时也让自己获得了新生。整件事情都是他一个人做的,是他平生第一次所获得的东西,是别人拿不走的。"①小说在此是喻说性的,并非对谋杀行为本身进行渲染和提倡,更多的则是强调长时间的种族歧视和迫害给黑人男性带来的恐惧和压抑,以及彻底摆脱这种恐惧和压抑对黑人男性气概建构的重要性。在非裔美国文学中,这种男性气概的获得所带来的欣喜,可以与基督徒获得神启时的激动心情媲美。欧内斯特·盖恩斯的小说《老人集合》(*A Gathering of Old Men*, 1983)中的查理(Charlie)最终克服了对死亡的恐惧,重获男性气概之后,就体验到了一种获得宗教感的狂喜,有了一种脱胎换骨般的变化。

对于格兰奇而言,那个白人女性的死显然是其男性气概萌发的一个重要契机,有着巨大的象征意义。一直以来,白人女性,尤其是所谓的"南方淑女",是白人迫害和镇压黑人男性的一大借口。纵观黑人历史,很多黑人男性就是以冒犯白人女性的莫须有罪名而被白人暴民处以私刑的。所以很多时候,白人女性是黑人男性的灾难,是笼罩在他们心头挥之不去的阴影。在短篇小说《杀死阴影的男人》("The Man Who Killed a Shadow")中,赖特用"阴影"(shadow)这一中心意象(charged image)来象征白人女性给黑人男性带来的恐怖和灾难。在该短篇小说中,身为一座教堂的图书室清洁工的索尔(Saul)受到一个白人女性的刁难,不仅被她性诱惑,而且被其辱骂为"黑鬼"。他在极度愤怒之下扇了这个女性一个耳光,这个女性就使出了白人女性迫害黑人男性的惯用伎俩:大声喊叫(scream),而且不休不止。这让索尔感到极度恐惧,为了让她停止喊叫,他失手杀死了她。可以看出,在整个过程中,面对那个白人女性对他频频施展的性诱惑,索尔并没有感到有多少性的冲动,而是感到"如此困惑、羞辱和恐惧以至于禁不住愤怒起来"②。因为在索尔耳闻目睹的很多案件中,不管黑人男性对白人女性有没有侵犯行为,只要白人女性一喊叫,他

---

① Wright, Richard. *Native Son*. New York: Harper Perennial Modern Classics, 2005: 105.

② Wright, Richard. *Eight Men*. New York: Harper Perennial Modern Classics, 2008: 193.

们就立刻会受到白人警察或暴民的残暴惩罚和打击。可以说,白人女性的喊叫成了众多黑人男性的梦魇,成为一种恐怖的创伤记忆。

因此,纽约中央公园中这个白人女性的死让格兰奇打开了心结,医治了郁结在内心深处的这种恐怖的创伤记忆,尤其打破了白人种族神圣不可侵犯的神话。作为一个种族,白人已经不再像之前那样像神一样高高在上、神秘而恐怖,因此其他人"也就没有理由不去反抗这些根本就不是什么上帝的人"(*TLGC* 204)。不管是这个不知名的白人女性的死,还是赖特这部短篇小说中白人女性的死,其象征意味都远远超过其现实性。对格兰奇来说,那个白人女性的死是一种典型的种族神话祛魅,让他深刻意识到白人和黑人一样,无非也是血肉之躯,也是非常脆弱的。

他发现"杀死一切压制男性气概的因素,让男性气概得到解放之后,一个人想活下去的欲望就更加强烈"(*TLGC* 202)。而且"他平生第一次感觉充满活力,变得无拘无束起来。他希望能看到一千个明天!"(*TLGC* 202)可见,伴随着人格尊严和男性气概意识的萌发而来的是灵魂的解放和生命力的勃发,是一种自由感以及由此带来的狂喜。此时的格兰奇与第一阶段的他可谓判若两人,简直是涅槃后的重生。这也似乎在告诉广大读者,真正男性气概的建构和伸张对一个社会个体的健康人格的建构是极为重要的。

格兰奇的这种勇敢并非虚张声势,而是非常彻底的,是一种对死亡的接受:"但他的极度快乐部分来自随时赴死的念头。作为一个有罪之人,觑见过上帝的面容之后,就不想再继续他过去那污秽的生活从而悖逆他的信仰,而是随时准备马上再与他相遇。"(*TLGC* 202)可以说,对生死的看淡以及对死亡恐惧的超越让格兰奇变得更加勇敢与坚强,让他更加爱憎分明。

人格尊严的觉醒与男性气概的萌发在让格兰奇更加热爱生命的同时也激发了他对一切邪恶势力和压迫者,尤其是白人种族主义者的憎恨,他甚至把憎恨看作是生存的一种动力,而且到处宣扬他这种憎恨哲学:"'让他们学会憎恨!'他在哈莱姆大街上来来回回地叫喊着,两只眼睛也因这种新获得的宗教而熠熠发光。'如果你想让他们生存下去的话,那就让他们学会憎恨吧！'"(*TLGC* 202)可以说,格兰奇的"憎恨哲学"(philosophy of hate)是有一定现实基础的,是美国这种种族伦理扭曲、缺乏人道主义精神的社会所催生的一种"生存哲学"(philosophy of survival)。

　　一方面,格兰奇发现那些是非不分、爱憎不明的黑人教士,以博爱宽容的心态对待白人,却无法改变被白人压榨、剥削的现状,他们甚至无法养家糊口:"他们所挣的钱实在少得可怜,甚至无法让他们的孩子在礼拜天的晚餐上沾到荤腥。"(*TLGC* 203)另一方面,这些在教堂内外鼓吹博爱的黑人教士们在家中却表现出另一副嘴脸,经常打骂妻子和儿女。所以当一个教士对他说"要爱你的邻居,要善待那些恶毒地利用你的人"时,他不无激愤地进行了反对:"我们爱过他们,我们现在仍然在爱他们,但上帝啊,这种爱正在让我们死去！它已经把你杀死了。"(*TLGC* 203)这里所说的"死亡"不是指肉体的死亡,而是这些黑人教士们灵魂的麻木,指的是黑人教士不辨是非善恶,缺乏斗志的精神状态。目睹了南方和北方众多黑人的类似表现并结合其自己的亲身体验,格兰奇得出了这样的结论:

> 　　无论南方还是北方,对他们白人邻居的爱不但让他们一无所得,反而让他们经常被打得鼻青脸肿,让他们的孩子对他们更为鄙视。但他们有勇气探究他们为什么缺乏自爱并且对孩子总是怒气冲冲吗？不,他们没有这个勇气。(*TLGC* 203)

　　在格兰奇看来,黑人教士对白人的爱并非发自内心,而是一种被奴化的结果,是一种怯懦的表现。实际上,在内心深处他们对天天歧视、侮辱和压榨他们的白人是充满憎恨的:"在我们的内心深处,我们对他们是深恶痛绝的。"(*TLGC* 204)但受白人宗教的蛊惑以及自身的怯懦,他们不敢承认这种憎恨,也不敢在白人面前表达这种憎恨,于是就把这种恨发泄到自己的妻子和孩子的身上,这显然是一种人格扭曲和缺乏男性气概的表现。针对这种情况,格兰奇认为对白人种族主义者的憎恨可以让黑人更加友爱和团结,因此"要把这种憎恨表达出来并且灌输给黑人子弟"(*TLGC* 204)。同时他还提醒黑人男性表达憎恨要找准对象,要把憎恨释放在该恨的人身上:"既然憎恨一直都在你们心中滋长,那就应当让它释放出来,只不过这一次要找到正确的目标和方向!"(TLGC 204)此时我们发现,在格兰奇的憎恨哲学中,男性气概体现在对敌人的恨以及对自己、家人和朋友的爱上。憎其所该憎,才能爱其所该爱。这一认识对格兰奇之后的思想和行为有着重要的影响,也是其获得第三次生命、实现自我救赎的关键环节。

真正具有男性气概的人是不会欺负弱小的,只有那些没有男性气概的人、怯懦的人,才会在弱者身上变本加厉地发泄其在强者面前不敢表达的愤怒和怨恨。也就是说,欺软是因为怕硬。我们发现格兰奇对邪恶势力的憎恨本身就体现了一种勇气,而对邪恶势力的憎恨又反过来进一步伸张和强化了这种勇气。也正是有了这种勇气,"他之前只是发泄在妻子、孩子和密友身上的这种攻击性现在开始释放到这个充满敌意的现实世界中去了"(TLGC 204)。之后的几周中,格兰奇开始把这种新获得的男性气概付诸实践,痛击那些飞扬跋扈、不可一世的白人,在他们身上宣泄着自己的愤怒。更耐人寻味的是,他把硬碰硬地在邪恶势力身上进行的这种宣泄看作是对自己曾经虐待过的妻子的一种赎罪:"在战斗的过程中,在他恰如其分地用愤怒宣示其自由和男性气概的过程中,他体尝到了一丝甜蜜的血腥味。他对每张白脸的痛打都是以他离世爱妻的名义进行的。"(TLGC 204-205)在此,格兰奇已经把在敌人身上表达憎恨与宣泄愤怒和伸张其男性气概联系在了一起,是对其人生第一阶段种种缺乏男性气概表现的弥补和救赎。在往敌人身上宣泄愤怒的过程中,他感受到了久违的自由:"每个男人都要解放自己,他如此想到,而且是用他力所能及的最恰当的方式。"(TLGC 205)

需要指出的是,小说在此所强调的并非暴力本身,不是宣扬暴力,而是格兰奇的转变,是他从一个爱憎不分、欺软怕硬的男人到一个敢爱敢恨、恩怨分明的男子汉的身份的转变。从整部小说以及格兰奇的自我救赎的历程来看,格兰奇在邪恶势力身上实施的这种暴力,既是他的新观念——爱其所爱、恨其所恨——的实践,也是他决定以后不再怕硬欺软、在妻子和孩子等弱小者身上发泄愤怒的表白。在一个良序社会,格兰奇

的这种暴力行为显然是不值得提倡的,也为违法的。但在小说中,格兰奇
这种看似极端的男性气概实践方式,是在充满种族歧视的非正义的美国
社会逼迫下的结果,是美国黑人男性反抗邪恶、捍卫自尊的特殊方式和策
略,具有一定的时代性,是可以理解的。纵观整个美国黑人的种族解放
史,用暴力的方式抗击美国白人的种族歧视和种族暴力也一直是美国黑
人捍卫尊严、获取权利的一大传统。

二、爱的能力与悲悯之情

与布朗菲尔德不同的是,格兰奇没有在憎恨的深渊中越陷越深乃至
不能自拔。憎恨给他带来了抗击邪恶的勇气,但憎恨只能算是格兰奇发
生转变的一种催化剂,有效地调动了他的血气,让他疾恶如仇,同时对邪
恶势力的恨反而让他更能去同情和爱那些弱者和善良人。由恨到爱的转
变,使格兰奇的男性气概有了更多的情感深度和人性高度。而且爱的复
苏让格兰奇敞开了心扉,让他的胸怀变得更为博大,也更具有责任感。

在这一转变的过程中,孙女露丝起到了积极的促进作用。正如他本
人所说的那样:"与露丝在一起时他对憎恨有了更深刻的了解。他若想教
她学会憎恨,就要首先激起她的愤怒感。但他又怎么忍心破坏她的天真
无邪,剥夺她稚嫩清新的表情并且让她那充满好奇的眼神变得黯淡呢?"
(TLGC 206)这种由对敌人的恨到对自己的爱,再到对他人的爱的过程,
体现了格兰奇心智的成熟与人性的丰富和完善。

实际上,在麦姆死后,对露丝抚养责任的担负让格兰奇弥补了他过去
作为父亲的失职,让他真正体验到了一种弥足珍贵的父性。这种父性的
回归让他懂得了爱的意义:"爱至少让一个男人为他曾经爱过别人而自
豪。憎恨则让一个男人,正如他现在这样,在信赖他的年轻人面前感到羞
愧。"(TLGC 207)爱的感受能力和表达能力的复归让他从恨的荒漠中挣
脱出来,让人性变得更为完整和丰富,并且在付出爱的同时他也得到了
爱。同时,这种父性的回归也唤醒了他的良知和道德敏感性,改变了他原
来僵化生硬、麻木不仁的生命状态。

除了爱与责任感外,格兰奇男性气概中的另外两个情感要素则是他

的慈柔之心和悲悯之情。在纽约的中央公园,当他无意中目睹那对白人青年男女的分手场面后,不由得"对那个年轻的女人和士兵产生了怜悯之情"(*TLGC* 195)。这种怜悯之情显然超越了种族恩怨与隔阂,显示出一种博大情怀与人性的光辉。

在这方面,格兰奇同时也超越了长久以来西方男性气质规范对情感的压抑与鄙视。根据西方或美国现代男性气质规范,恻隐之心与怜悯之情属于女性气质的范畴,是缺乏男性气概的表现。而格兰奇则打破了这种非人性的性别气质规范,显示出了较强的自我主体性。小说对良知、恻隐之心和怜悯之情的强调,也在很大程度上拓展和超越了既有男性气概的定义,为男性气概的思想内涵注入了更多的人性要素。

相比之下,那对白人青年男女在这方面则显示出了极度麻木和冷酷。即便是那个让人感到同情的被抛弃的白人女士,其麻木和冷漠也让人备感心寒:"这张正在极力挽回颜面的脸没有流露出任何悲伤之情。它暴露出自怜的缺乏(格兰奇坚信一个人的自我是经常需要一点怜悯和同情的),同时也意味着对人类社会中所发生的那些根本性的悲剧也缺乏同情之心。"(*TLGC* 196)这段话一方面体现了美国白人社会在情感世界的荒芜,同时也体现了格兰奇男性气概体系中的情感深度和人性高度,这也是他最终能够走出暴力怪圈,把对白人的恨转化成对亲人和自我的爱,义无反顾地担负起抚养孙女的重任的重要心理动因。

三、自我反思与审判的精神

格兰奇实现男性气概的建构与自我救赎的另外一大内在原因是其具有的自我反省和自我审判的真诚和勇气。可以说,自我反思与审判的精神既是男性气概的表现,同时也完善和丰富了男性气概的思想内涵。这种精神体现了真正男性气概理想所蕴含的真诚与真实,是一种敢于承认和面对人性弱点的勇气。在小说中,格兰奇的自我反省和自我批判主要体现在他与孙女露丝的对话中,露丝成了他第一个忏悔对象。在向露丝忏悔的过程中,他的某些心理创伤也得到了一定程度的医治和安度。格兰奇的这种自我反思和审判精神在布朗菲尔德出狱后不久父子俩偶遇时展开的一番对话中得到了集中的体现。

　　在这次交谈中,布朗菲尔德没有表现出任何自我反省和自责意识,而是把一切责任都推到别人身上,对于父亲的真挚忏悔和感悟他更是无动于衷,而且对之进行了无情的讽刺和挖苦。在嫉恨他、仇视他并且一心想毁灭他的敌人——儿子布朗菲尔德面前,当着孙女露丝和自己第二任妻子乔茜的面,格兰奇没有为自己曾经对儿子的失职开脱,而是进行了真诚的自我反省和忏悔,也没有为自己当年对儿子的离弃寻找任何理由:"他认为多年前我不应当抛弃他,他的这种想法并没有错。"(*TLGC* 262)而且他认为自己所做的错事不能完全归咎于白人,而是因为自己不是真正的男人,缺乏男性气概。实际上他也在努力弥补自己曾经的失职,抚养布朗菲尔德的女儿露丝就是他的这种弥补意识的一种具体表现。

　　但遗憾的是,布朗菲尔德现在却不想给他这个机会,他想让格兰奇永远生活在内疚之中。当着大家的面,格兰奇诚挚地对露丝祖露道:"在谴责与愧疚方面,你爸爸让我懂得了我之前不太清楚的东西。你瞧,我就知道他会把他生活中的大部分不如意怪罪到我头上的。他认为我没有为他的人生指点方向,没有给他关爱。"(*TLGC* 262)在此基础上,格兰奇为自己当初缺乏自我主体性、缺乏做出正确决定的勇气而错失良机做了真挚而沉痛的自我反省和忏悔:"我的意思是,那些烂白人可以让我逃离我的妻子,但当我在从来没有告诉她我去哪里,没有告诉她我已经原谅了她,没有告诉她我自己是多么不好的情况下就偷偷地溜走时,那个身为男人的我又在哪里?"(*TLGC* 264)这也从侧面强调了男性气概在男性个体的人生抉择方面的重要意义。之后,格兰奇在揭示了白人主流文化在男性气概的文化内涵方面存在的误导性的同时,就自己对乔茜的利用和无情进行了严厉的自我审判:"白人或许会强迫我相信搞过一百个妓女就意味着我有男性气概了,但当我在这里如此轻而易举地得到了她并且只在乎她是否照我的意图做,让我最终得到这个农场却从来不关心她的死活时,那个身为男人的我在哪里?"(*TLGC* 264)

　　格兰奇反复强调的"那个身为男人的我"指的就是"那个具有真正男性气概的我"。根据美国现代男性气质标准,对女性的性征服是确证男性气质的手段和策略,格兰奇自觉地对这种男性气质定义和标准进行了反思和批判。可以看出,格兰奇已经深刻意识到美国现代男性气质的荒谬,为自己之前在这种男性气质误导下所做的种种泯灭良知之事痛心疾首,并且痛彻地意识到要想具有真正的男性气概,首先就要与美国现代男性气质划清界限。

　　更为难能可贵的是,他并没有把自己的错误完全归咎于白人男性气质规范对自己的误导,更多的是对自己的人格和良知进行了反省和谴责,同时也揭露了布朗菲尔德种种罪孽背后的人格问题,那就是其男性气概的缺失及其道德的沦丧与良知的泯灭。在格兰奇看来,男性气概是男人处世为人的最后一道屏障,不管其所处的社会秩序多么混乱,社会风气多么败坏,不管其受到多少不公正的待遇,真正的男人不应当允许自己逃避责任,不应当违背良知做出任何伤害他人之事,不应当把罪责都推到他人的头上,而布朗菲尔德之所以做出种种有悖于道德良知的事情,主要是因为他不具备,也没有实践其男性气概,正如格兰奇对露丝所说的那样:

　　　　至于你爸,白人或许可以强迫他住在简陋的窝棚之内,他们甚至可以使他像对待狗那样打自己的妻子和孩子,这样他就可以始终感觉自己一无是处,低贱卑微。但布朗菲尔德在杀死自己妻子的时候身为男人的他在哪里? 难道是烂白人扣动扳机的吗? 就算是烂白人迫使他杀死自己的妻子,布朗菲尔德也应该调转枪口自杀谢罪,因为他不是一个男人。他之所以让烂白人控制了他的枪,是因为他太软弱,已经无法把烂白人的意志与自己的意志区分开来。在这方面我也一样。我们两个都逃避了责任,不敢面对自己的任何过失,这让我们都丧失了勇气和力量。
(*TLGC* 264)

　　格兰奇一针见血地指出了布朗菲尔德种种卑劣行径背后的主要原因是其真正男性气概的缺失。而这种男性气概的一个重要思想内涵就是抵抗邪恶、担当责任的勇气。正是因为布朗菲尔德男性气概的缺失,他才没有勇气抵抗白人对他的奴役和控制,他才丧心病狂地杀死妻子,而且杀死自己的妻子后没有勇气自杀谢罪。同时,格兰奇的这番话也从侧面指出了真正男性气概的思想内涵。接着他对布朗菲尔德说:"如果我再活一次,你妈和我也许会在某个烂白人农场的排水沟里饿死,但她死的时候有我在她身边握着她的手!这一点我会做到的——而且我相信她会看到那个身为男人的我。"(*TLGC* 265)而布朗菲尔德此时的头脑已经非常顽固和僵化,无法理解格兰奇的这种感受,认为"当男人饿得要死的时候是不需要这些握手之类的狗屁东西的"(*TLGC* 265)。对于自己对妻子玛格丽特(Margaret)所犯下的罪错以及原因,格兰奇很真挚地对布朗菲尔德说:

> 除了你妈外没有人关心过我,但我却在努力让自己成为一个大人物的过程中把她毁掉了!我在农场上干了两年,一直都是一无所得,于是我就背弃了我所拥有的东西。我无法面对一筹莫展的窘境。布朗菲尔德,我之所以这么说是因为有朝一日我得回顾一下我的一生,看看我是在哪里走错了路。当我真的回望过去的时候,我发现当初如果不是我把她送上死路——正如你对待你妻子那样,你妈现在还会活在世上。我们是有罪的,布朗菲尔德,而且如果我们不承认这一点的话,我们都不会朝正确的方向迈进一步。(*TLGC* 265)

听了父亲格兰奇这番情真意切的忏悔,布朗菲尔德不但没有被感动,反而顽固地说:"我不会这么善罢甘休的,我要让这些烂白人为他们在我身上所做的一切付出代价。"(*TLGC* 265)这显然是一种虚张声势,没有任何可信度可言。从布朗菲尔德在白人面前一贯唯唯诺诺、卑躬屈膝的表现来看,他根本没有这个勇气和能力对白人进行任何形式的反抗。另外,他显然也没领会父亲格兰奇一番话的深意所在。对此格兰奇进一步说道:"我说的是你,布朗菲尔德,我竭力想说的是,在你心中你必须留出一部分空间,牢牢地把它看好,不让白人进来。你不能把这个小女孩带走,让她又要和那些连你都不了解的白人接触,那样她会感觉生不如死。我们不要再为了那些对我们毫无意义的人而毁灭自己了!"(*TLGC* 265-266)可见,格兰奇对美国男权文化及其种种陈规陋俗的批判立场是坚定的,他对自己以往种种失职的反省也是非常彻底的,表明至此他已经彻底摆脱了外在虚伪、缺乏灵魂深度的西方现代男性气质的困扰,已经能够触摸到自己的良知,尤其能够以主人翁的姿态看待一切。这既是一种男性气概的回归,也是真正男性气概的表现和实践。

小　结

经过以上分析可以看出,正是在 20 世纪初以来的男性气质规范的熏染和毒害下,以布朗菲尔德为代表的年轻一代黑人男性才沦落到了丧失自我与灵魂、泯灭人性与良知的地步,并在南方种族压迫下成为恶魔。相比之下,格兰奇虽然也走过弯路,经历过迷失,但他最终与美国社会的男权思想和男性气质意识形态分道扬镳,没有在沉沦与堕落的道路上一直走下去,而是经过不懈努力,实现了自己的救赎。

格兰奇能够做到这一点,在很大程度上有赖于其人格尊严的萌发和真正的男性气概的回归。他开始把荣誉、正义、责任、独立自强等内在精神品质——而不是财富、权力和性等外在因素——作为其男性气概的基石。伴随着这种回归,他变得爱憎分明起来,变得勇敢和坚定起来。与此同时,他没有排斥情感因素,而是把良知、怜悯之情与慈悲之心等情感与道德因素纳入其男性气概体系之中,这也让他最终获得了健康的人格与完整的人性结构。另外,他后期表现出来的自省、自责与自我改变的意识与勇气,在其男性气概回归与自我救赎过程中也起到了相当重要的作用。正是这些美德和人格品质让格兰奇摆脱了美国男性气质、性别角色的束缚,摆脱了无产阶级男人梦的蛊惑,摒弃了男性中心主义和性别歧视思想的毒害,克服了自己人性与人格中的诸多弱点,实现了自我救赎,获得了第三次生命。

值得一提的是,在对男性气概的认知与建构方面,作者并没有"与时俱进",而是逆写了人类认识事物的进步法则。在小说中,实现对男性气概正确认知与建构的是老一代黑人格兰奇,而不是新一代年轻黑人布朗菲尔德,其中缘由耐人寻味。从历史文化的角度看,格兰奇代表的老一代黑人男性之所以能够实现向传统男性气概的回归和自我救赎,一个重要原因还在于他所生长的年代还是一个崇尚传统男性气概的年代,现代男性气质规范还没有深入人心,传统男性气概的诸多美德在他的灵魂深处留下了深刻的烙印,对他的人格体系有着根深蒂固的影响。相比之下,在布朗菲尔德所生长的 20 世纪 20 年代,传统男性气概美德已经被以权力、财富、性等外在因素为鹄的的现代男性气质所替代,这对浸染其中的布朗菲尔德产生了根深蒂固的影响,并最终蛀空了他的自我和灵魂。这种非"与时俱进"的人物形象塑造恰恰体现了美国在 20 世纪上半叶男性气概到男性气质的蜕变,不仅深刻地反思和批判了现代男性气质对男性的误导,而且表达了沃克作为一个人文主义者对传统男性气概的认同和重构的信念。

结　语

　　通过以上章节的理论探索和批评实践,本书比较充分地挖掘和论证了非裔美国文学在男性气概这一文化命题和学术专题方面蕴含的丰厚的思想资源,不仅审视了非裔美国文学作品对现代男性气质和男性气概的社会流俗的反思和批判,而且对诸多男性气概书写经典之作中男性气概理想的重构路径和策略进行了全面深入的研究。

　　从时间跨度上看,本书不仅审视了 20 世纪非裔美国文学中的男性气概状貌,而且作为一种文化溯源,还对 19 世纪的非裔美国文学的最初文学样式——奴隶叙事的代表作品进行了探究;从空间跨度上看,本书不仅探究了当代美国南、北方黑人的男性气概状貌,而且还回溯了作为当代美国黑人男性气概文化镜像的非洲 19 世纪部族社会中的男性气概状貌。在理论与文本关系的处理方面,本书的运思方式强调了理论与文本的互动,不仅用已有的男性研究理论和概念去发现和解决文学作品中的很多文学现象和文学问题,找到这些问题的根源和症结所在,而且还把文学作品在男性特质书写方面体现的独特思想作为对已有理论的丰富、修正和拓展。本书的研究主要通过以下几个方面试图为文学中的男性专题研究做出贡献。

　　第一,通过对大量男性特质书写典型之作的文本细读,本书比较翔实地呈现了文学在男性特质的认知和表征方面的学科特性。从对男性特质的态度和立场上看,文学家和文学作品并没有像诸多社会学者那样几乎一边倒地对男性特质进行诟病和批判,而是表现出了相当的思辨性,对以权力、财富、暴力等外在因素为重要价值取向和评判标准的现代男性气质规范进行了深刻的反思,对更加偏重内在精神品质的传统男性气概美德则进行了很大程度的肯定和发扬。本书对于这种人文特性的把握更有利于我们发掘文学作品在男性特质的认知和表征方面体现出来的独特思想内涵和文化价值,从而丰富和拓展当今人类对男性特质的认知和研究视野,促进男性研究人文视角的建构,为该研究领域做出本学科应有的贡献。

第二,本书在学界首次论证了男性气概作为一个西方文论关键词在文学研究中的确当性与合法性。自从社会学领域中的男性气质概念被引入文学研究以来,男性气质这一概念就成了表征男性特质的主导性概念,而男性气概这个更具人文特质且更贴近文学中男性特质品性的概念反而被忽略了。然而从概念选择方面看,文学家和文学作品更倾向于使用有着悠久历史文化积淀的"男性气概"概念,很少使用社会学等学科领域所青睐的"男性气质"概念,甚至对后者表现出不屑的态度。在这种情况下,在对文学作品的分析过程中,不做区分、千篇一律地使用"男性气质"概念在一定程度上窄化甚至阉割了文学作品所书写的男性特质的丰富性和复杂性,无法把文学作品在男性特质书写和表征过程中最为关注的人格尊严、美德、情感等内在精神品质准确直接地展现出来。

因此,在对文学作品中男性特质人文特性的充分把握基础上,本书结合人文学者在词源学、文化人类学、历史文化学、政治哲学等学科对男性特质研究方面的研究成果,对男性气概的概念史、男性气概在人类文明早期的初始定义和基本文化内涵、男性气概在全球范围内存在的文化基础、男性气概在人类生存和发展史中的重要历史和现实意义以及男性气概的文学书写传统和诗学特性等方面进行系统研究,确立了"男性气概"一词作为西方文论关键词的学术合法性。与此同时,本书的研究没有忽略男性气质的社会学研究及其权力关系研究范式在反思现代男性特质的种种缺陷和弊病方面做出的贡献,把现代男性气质的种种弊端作为参照和反思对象,实现了社会科学和人文学科在某些层面上的有机融合。

第三,本书对男性气概与男性气质两个男性研究领域中的易混概念进行了系统辨析,厘清了男性气概和男性气质两个概念在词源史与文化史、定义范围和评判标准、价值判断与价值取向、建构方向与实践方式等方面的区别。这一辨析有利于扭转当下学界一边倒地、不做区分地对男性气概和男性气质进行诟病和批判的倾向,促进人们从历时和共时的角度深化对男性特质的认识,为分析和评价文学作品中的男性特质提供了恰当的话语方式、视角和批评维度。

第四,本书明确提出了男性研究的人文转向和当代男性气概人文重构议题,弥补过度拘泥于权力关系研究范式的不足,丰富和拓展男性特质的认知和研究视野,凝聚人文学科在男性特质方面的研究合力。在男性研究与人文学科双向交流与互动方面,根据男性气质社会学研究在 21 世纪的理论创新力度衰减而人文学科在男性研究领域的学科潜力尚未充分挖掘的学术现状,结合吉尔默、曼斯菲尔德、基梅尔、贝德曼等人文学者或有着高人文素养的学者在男性研究领域所做出的贡献,论证了人文学科在男性研究领域所做出的学术贡献及其具有的学科优势和学科使命,在国内学界首次提出了男性研究的人文转向的趋势性判断,并在此基础上旗帜鲜明地提出了当代男性气概人文建构的设想和策略,指出在当代男性气概认知与重构过程中要秉承追本溯源、去伪存真和因势利导三个导向。这一研究不仅丰富了文学研究的批评视角,而且反过来也拓展了男性特质的研究视野,实现了理论建构与批评实践两者间的良性互动。

第五,在方法论上,这项研究成果在合理运用男性气概和男性气质等男性特质概念和理论对文学作品进行文本阐释、分析和解决诸多文学现象和文学问题的同时,充分尊重文学作品在男性特质认知方面的艺术特性,反观文学作品在男性特质这一文化命题和文学主题方面蕴含的思想价值,审视其对现代男性气质反思以及男性气概理想重构方面表现出来的态度、立场以及为由男性特质引发的种种社会问题所提供的解决方案和路径。这种运思方式让本研究的批评实践不仅没有局限于已有的文学理论框架和批评视角,反而通过批评实践极大程度地拓展了已有的男性研究视野和维度,而不是让文学作品沦为某些概念和理论的注脚。对于外国文学这一学科而言,这种运思方式在一定程度上具有某种方法论意义上的价值。

第六,通过对《根》《达荷美人》《我的枷锁和我的自由》《杨布拉德》《孤

独的征战》《随后我们听到雷声》《太阳下的葡萄干》《格兰奇·科普兰的第
三生》等八部文学作品的男性特质分析发现,父权制、男权思想、性别角色
等 20 世纪 70 年代以来性别研究和男性研究所触及的诸多问题,在《孤独
的征战》等 20 世纪早期的非裔美国文学作品中都已经得到了深刻再现,
体现出了文学作品在男性特质表征方面具有的敏感性和前瞻性。

　　通过细致的文本研读我们发现,在价值取向和判断标准方面,这些作
品都没有盲目认同和遵从现代男性气质性别规范,而是对现代男性气质
规范中蕴含的男权思想、性别歧视、僵化的性别角色观念及其评判标准的
外在或他者导向性给予了深入反思和批判:《孤独的征战》重点对男权思
想和性别角色观念进行了痛彻的反思,《随后我们听到雷声》对以成功和
出人头地为导向的“自造男人”式男性气质进行了有力的反思,剧作《太阳
下的葡萄干》则对财富梦的异化力量重点进行了剖析,而《格兰奇·科普
兰的第三生》则对性别歧视思想进行了深刻的反思。在男性气概的重构
方面,大多数作品都强调了勇敢、坚强、自律、责任感、尊严、荣誉感、正义
感等内在人格和精神品质的重要意义,这些和我们在前两章探讨的男性
气概特性是基本一致的。比如,《根》强调了坚强与自律的重要性,《我的
枷锁和我的自由》在强调了勇敢的同时还强调了教育或智慧的重要意义,
《太阳下的葡萄干》强调了家庭责任、勤劳踏实的美德和内在生命价值的
重要意义。

　　但有些作品对传统男性气概定义中忽视的品质也有所强调。比如:
《达荷美人》除了强调勇敢和坚强的男性气概品质的重要意义外,还强调
了真情实感的重要意义;《孤独的征战》还强调了集体主义精神和自我主
体意识的重要意义;《随后我们听到雷声》除了强调正义感和人格尊严外,
还强调了兄弟情谊的重要性;《格兰奇·科普兰的第三生》强调了爱憎分
明、慈柔之心和悲悯之情、自我反思和审判精神的重要性。对这些美德和
情感的强调,丰富和拓展了人们一般所重视的男性气概品质,让男性气概
的思想内涵更为丰满,更具有人性高度和情感深度,更具有人道主义精
神,对当今人类男性气概的认知与建构提供了宝贵的思想资源。

　　总之,本书对男性气概的研究突破了沿袭已久的男权-女权这一二元

对立的思维模式,不再纠缠于权力政治,也没有局限于性别相对论的思维模式,而是更多地关注男性气概体系中的美德伦理,强调良知、仁爱、责任、智慧等美德和内在人格与精神品质,而这些富有人文特性和人道主义精神的精神品质恰恰是修正当代男性气质种种弊病、走出男性气质困境和危机的超越性力量。另外,本书对男性特质的研究与作品中主人公的成长和救赎结合起来,从德性论的角度重新对男性气概理想进行了定义,在继承中批判,在反思中重构,充分体现了人文学科,尤其是文学在男性特质研究方面具有的学术潜力。从学科的角度看,本书不仅可以在一定程度上促成当今学界男性研究的人文转向,能够引起学界更多学者对男性气概这一学术概念以及男性研究人文视角的重视,而且在研究思路方面的创新意识将会为男性研究开辟出更多的学术空间,让人文学科,尤其是文学在男性特质和性别研究领域中的学科优势和学术潜力得到充分释放和发挥。可以说,对文学中男性气概的这种人文特性的把握也让本书的研究具有了相当高的学术辨识度。从社会价值和现实意义的角度看,本书倡导的这种人文视角能够为当今人类的男性特质认知和建构提供一种重要导向,促使人们把真正的男性气概理想与社会中残存的种种刻板印象和流俗区分开来,把传统男性气概的美德伦理与现代男性气质的权力政治区分开来,并实现前者对后者的超越,最终使男性气概成为一种完善人格、提升个体和民族素质的道德与精神力量。

参考文献

Athey, Stephanie. "Poisonous Roots and the New World Blues: Rereading Seventies Narration and Nation in Alex Haley and Gayl Jones." *Narrative*, 1999(2): 169-172.

Auger, Philip. *Native Sons in No Man's Land: Rewriting Afro-American Manhood in the Novels of Baldwin, Walker, Wideman, and Gaines.* New York: Garland Publishing, Inc., 2000.

Bederman, Gail. *Manliness & Civilization: A Cultural History of Gender and Race in the United States, 1880—1917.* Chicago: The University of Chicago Press, 1995.

Bell, Bernard W. *The Contemporary African American Novel: Its Folk Roots and Modern Literary Branches.* Amherst: The University of Massachusetts Press, 2004.

Bloom, Harold. *Lorraine Hansberry's "A Raisin in the Sun."* New York: Bloom's Literary Criticism, 2008.

Bourdieu, Pierre. *Masculine Domination.* Trans. Richard Nice. Stanford: Stanford University Press, 1998.

Clark, Keith. *Black Manhood in James Baldwin, Ernest J. Gaines, and August Wilson.* Urbana, IL: University of Illinois Press, 2002.

Cleaver, Eldridge. *Soul on Ice.* New York: Delta Book, 1991.

Connell, R. W. *Gender and Power: Society, the Person and Sexual Politics.* Stanford: Stanford University Press, 1987.

Connell, R. W. *Masculinities.* 2nd ed. Berkeley: University of

California Press, 2005.

Crane, Stephen. *The Red Badge of Courage*. Ware, Hertfordshire: Wordsworth Editions, 1995.

Douglass, Frederick. *My Bondage and My Freedom*. New York: Penguin Books, 2003.

Douglass, Frederick. *Narrative of the Life of Frederick Douglass: An American Slave, Written by Himself*. New York: Signet Classics, 2005.

Du Bois, W. E. B. *The Souls of Black Folk*. New York: Bantam Books, 1903.

Fish, Audrey. *The Cambridge Companion to the African American Slave Narrative*. Cambridge: Cambridge University Press, 2007.

Friend, Craig Thompson. *Southern Masculinity: Perspectives on Manhood in the South Since Reconstruction*. Athens, GA: University of Georgia Press, 2009.

Gilmore, David D. *Manhood in the Making: Cultural Concepts of Masculinity*. New Haven: Yale University Press, 1990.

Graham, Maryemma and Jerry W. Ward Jr. *The Cambridge History of African American Literature*. Cambridge: Cambridge University Press, 2011.

Haley, Alex. *Roots*. Philadelphia: Vanguard Books, 2007.

Haley, Alex and Malcolm X. *The Autobiography of Malcolm X*. New York: Ballantine Books, 1964.

Hansberry, Lorraine. *A Raisin in the Sun*. New York: Vintage Books, 1994.

Hernton, Calvin. *The Sexual Mountain and Black Women Writers: Adventures in Sex, Literature, and Real Life*. New York: Doubleday, 1987.

Himes, Chester. *Lonely Crusade*. New York: Thunder's Mouth

Press, 1947.

Hooks, Bell. *We Real Cool: Black Men and Masculinity*. New York: Routledge, 2004.

Jarrett, Gene Andrew. "'For Endless Generations': Myth, Dynasty, and Frank Yerby's *The Foxes of Harrow.*" *The Southern Literary Journal*, 2006, 39(1): 54-70.

Jeffers, Jennifer M. *Beckett's Masculinity*. New York: Palgrave Macmillan, 2009.

Killens, John Oliver. *And Then We Heard the Thunder*. New York: Alfred A. Knopf, 1963.

Killens, John Oliver. *Youngblood*. Athens, GA: University of Georgia Press, 2000.

Kimmel, Michael S. *Manhood in America: A Cultural History*. 2nd ed. New York: Oxford University Press, 2006.

Kimmel, Michael S. *The Politics of Manhood: Profeminist Men Respond to the Mythopoetic Men's Movement (and the Mythopoetic Leaders Answer)*. Philadelphia: Temple University Press, 1995.

Kimmel, Michael S., Jeff Hearn, and R. W. Connell. *Handbook of Studies on Men & Masculinities*. Thousand Oaks, CA: Sage Publications, 2005.

Knights, Ben. *Writing Masculinities: Male Narratives in Twentieth-Century Fiction*. Houndmills, Hampshire: Macmillan Ltd., 1999.

Lemelle, Anthony J. *Black Masculinity and Sexual Politics*. New York: Routledge, 2010.

Malti-Douglas, Fedwa. *Encyclopedia of Sex and Gender*. Detroit: Thomson Gale, 2007.

Mansfield, Harvey C. *Manliness*. New Haven: Yale University Press, 2006.

Mosse, George L. *The Image of Man: The Creation of Modern Masculinity*. New York: Oxford University Press, 1996.

Muller, Gilbert H. *Chester Himes*. Boston: Twayne Publishers, 1989.

Pratt, Louis Hill. "Frank Garvin Yerby." *Contemporary African American Novelists*. Ed. Emmanuel S. Nelson. Westport, CT: Greenwood Press, 1999.

Reeser, Todd W. *Masculinities in Theory: An Introduction*. Chichester, West Sussex: Wiley-Blackwell, 2010.

Richardson, Riche. *From Uncle Tom to Gangsta: Black Masculinity and the U. S. South*. Athens, GA: University of Georgia Press, 2007.

Rosen, Steven J. "African American Anti-Semitism and Himes's *Lonely Crusade*." *MELUS*, 1995(20): 47-68.

Stauffer, John. "Frederick Douglass's Self-Fashioning and the Making of a Representative American Man." *The Cambridge Companion to the African American Slave Narrative*. Ed. Audrey Fish. Cambridge: Cambridge University Press, 2007: 201-217.

Summers, Martin. *Manliness and Its Discontents: The Black Middle Class and the Transformation of Masculinity, 1900—1930*. Chapel Hill: The University of North Carolina Press, 2004.

Taylor, Charles. *The Ethics of Authenticity*. Cambridge, MA: Harvard University Press, 1991.

Trilling, Lionel. *Sincerity and Authenticity*. Cambridge, MA: Harvard University Press, 1972.

Turner, Darwin T. "Frank Yerby as Debunker." *The Massachusetts Review*, 1968, 9(3): 569-577.

Walker, Alice. *The Third Life of Grange Copeland*. Orlando: A Harvest Book Harcourt, Inc., 2003.

Wiggins, William H. Jr. "Black Folktales in the Novels of John O.

Killens." *The Black Scholar*，1971(3)：50-58.

Williams，Andrew P. *The Image of Manhood in Early Modern Literature：Viewing the Male.* Westport，CT：Greenwood Press，1999.

Wright，Richard. *Native Son.* New York：Harper Perennial Modern Classics，2005.

Wright，Richard. *Eight Men.* New York：Harper Perennial Modern Classics，2008.

Yerby，Frank. *The Dahomean.* New York：Dell Publishing Co.，Inc.，1971.

鲍迈斯特.部落动物：关于男人、女人和两性文化的心理学.刘聪慧，刘洁，袁荔，等译.北京：机械工业出版社,2014.

本词典编译出版委员会.新牛津英汉双解大词典.上海：上海外语教育出版社,2007.

布尔迪厄.男性统治.刘晖,译.深圳：海天出版社,2002.

布劳迪.从骑士精神到恐怖主义：战争和男性气质的变迁.杨述伊,韩小华,马丹,等译.北京：东方出版社,2007.

方刚.男性研究与男性运动.济南：山东人民出版社,2008.

龚静.销售边缘男性气质——彼得·凯里小说性别与民族身份研究.成都：四川大学出版社,2015.

吉登斯.社会学(第五版).李康,译.北京：北京大学出版社,2009.

江畅.德性论.北京：人民出版社,2011.

金梅尔,梅斯纳.心理学：关于男性(第 8 版).张超,等译.上海：上海人民出版社,2012.

康奈尔.男性气质.柳莉,张文霞,张美川,等译.北京：社会科学文献出版社,2003.

李佑新.走出现代性道德困境.北京：人民出版社,2006.

刘翠湘.惠特曼诗歌的男性气质.吉首大学学报(社会科学版),2009,30(2):111-113.

刘慧英.走出男权传统的樊篱：文学中男权意识的批判.北京：生

活·读书·新知三联书店,1995.

　　刘岩.男性气质.外国文学,2014(4):106-115.

　　罗尔斯.正义论.何包钢,何怀宏,廖申白,译.北京:中国社会科学出版社,2011.

　　麦金太尔.追寻美德:道德理论研究.宋继杰,译.南京:译林出版社,2011.

　　麦克因斯.男性的终结.黄菡,周丽华,译.南京:江苏人民出版社,2002.

　　曼斯菲尔德.男性气概.刘玮,译.南京:译林出版社,2009.

　　帕森斯.性别伦理学.史军,译.北京:北京大学出版社,2009.

　　浦立昕.身份建构与男性气质:舍伍德·安德森小说研究.南京:南京大学出版社,2015.

　　邱枫.男性气质与性别政治——解读伊恩·麦克尤恩的《家庭制造》.外国文学,2007(1):15-20.

　　舒奇志.当代西方男性气质研究理论发展概述.湘潭大学学报(哲学社会科学版),2011,35(4):119-126.

　　舒奇志.男性气质的多维想象——斯蒂芬·克莱恩作品研究.南京:南京大学,2011.

　　隋红升.危机与建构:欧内斯特·盖恩斯小说中的男性气概研究.杭州:浙江大学出版社,2011.

　　隋红升.约翰·基伦斯《杨布拉德》对美国南方男性气概的伦理批判.外国文学研究,2014(3):102-109.

　　佟新.社会性别研究导论(第二版).北京:北京大学出版社,2011.

　　汪民安.文化研究关键词.南京:江苏人民出版社,2007.

　　王澄霞.女性主义与"男性气概".读书,2012(12):112-120.

　　王海明.新伦理学(修订版).北京:商务印书馆,2008.

　　王家湘.20世纪美国黑人小说史.南京:译林出版社,2006.

　　王守仁,吴新云.性别·种族·文化:托妮·莫里森的小说创作.北京:北京大学出版社,2004.

王先霈,王又平.文学理论批评术语汇释.北京:高等教育出版社,2006.

王晓路,等.文化批评关键词研究.北京:北京大学出版社,2007.

徐艳蕊.媒介与性别:女性魅力、男子气概及媒介性别表达.杭州:浙江大学出版社,2014.

许德金.叙述的政治与自我的成长——弗雷德里克·道格拉斯的两部自传.外国文学评论,2001(1):33-40.

詹俊峰.性别之路:瑞文·康奈尔的男性气质理论探索.桂林:广西师范大学出版社,2015.

张伯存.1980年代"男子汉"文学及其话语的文化分析.上海师范大学学报(哲学社会科学版),2009,38(1):93-97.

张军.论美国黑人文学的三次高潮.西南大学学报(社会科学版),2008,34(2):150-154.

郑建青,罗良功.在全球语境下:美国非裔文学国际研讨会论文集.武汉:华中师范大学出版社,2011.

周敦颐.周子通书.上海:上海古籍出版社,2000.

祝平燕,夏玉珍.性别社会学.武汉:华中师范大学出版社,2007.

索 引

后 记

　　本书是我主持的国家社会科学基金一般项目"当代非裔美国文学中的男性气概研究"(项目号:12BWW051)的最终研究成果。从项目申请、立项到结项,再到书稿的完成,前后经历了五年多的时间。凭着一种对学术的热爱和对人文事业的坚定信念,我呕心沥血,完成了这一项目的研究。回首这五年多的时光,有山重水复的困惑和苦闷,也有柳暗花明的快慰和欣喜。种种酸甜苦辣,多少煎熬和挣扎,也让这段岁月多了几分峥嵘,给生命增添了几分厚重。

　　本书可以看作是我第一本专著《危机与建构:欧内斯特·盖恩斯小说中的男性气概研究》(2011)的丰富和深化,在运思方式和研究维度等方面都有所开拓。前者主要关注的是盖恩斯小说中美国黑人男性气概的实践性多元建构策略,而本书则紧紧围绕男性气概这一学术概念本身的文化思想内涵以及作品中人物对男性气概的认知、建构和实践状况展开论证,加强了理论探索的深度和批评实践的广度,重在挖掘非裔美国文学在反思美国黑人男性气概认知和实践误区以及重构男性气概理想过程中体现出来的思想和文化价值。为了凸显这一运思方式,本书曾拟名为《反思与重构:非裔美国文学中的男性气概研究》,但出于对书名简洁明了原则的考虑,最终还是把主标题去掉了,这也让全书的论证多了几分自由度。

　　本书秉承着一种正本溯源、去伪存真的学术态度,经过艰深的理论探索和细致的文本分析,不仅让真正男性气概的思想内涵与社会流俗中的种种刻板印象划清了界限,而且从历时和共时两个维度把它与现代男性气质区分开来,纠正了世人在男性特质认知、建构与实践方面存在的种种盲点和误区,让诸多尘封已久的传统男性气概美德得以显现,并且对其实践过程中潜在的问题提出了必要的风险防范方式，使之真正成为一种抵制恐惧的德性、一种坚定的意志品质、一种自控力和自律精神、一种在风险和挑战面前的自信、一种勇于担当重任的责任意识、一种人格尊严和荣誉感。所有这些美德和精神品质对于健康个体和民族人格的建构有着不容忽略的战略意义。

这一文学专题的研究让我更加明晰了文学研究的学科特性、学科优势和学科使命，认识到文学在诸多文化命题上展现出的独特的美学判断和智慧，这种美学判断和智慧是文学所具有的不可替代的思想与文化价值。同时，文学家对众生持有的那种恻隐之心和悲悯之情，更是文学之人文特性的典型体现。这些都是文学创作、阅读和研究的独特魅力和价值所在。

从这项国家社会科学基金项目的立项、结题到本书的完成，我得到了国内外很多学术前辈和同行以及浙江大学外语学院领导和同事的鼓励、鞭策和支持，在此表示衷心的感谢。同时感谢国家社会科学基金的评审和鉴定专家，他们的学术眼光、学术真诚和公正无私是本课题立项的前提，他们对项目最终成果学术价值和现实意义的肯定让我备受鼓舞，他们对研究成果的修改意见为本书的完善起到了重要的指导作用。

本书的第一章、第二章、第三章、第四章、第六章、第七章、第八章中的部分内容已经作为项目的阶段性成果分别发表在《外国文学》（2015 年第 5 期）、《文艺理论研究》（2016 年第 2 期）、《英美文学研究论丛》（2017 年第 1 期）、《山东外语教学》（2014 年第 4 期）、《华中学术》（2016 年第 3 期）、《外国文学》（2013 年第 6 期）、《浙江工商大学学报》（2016 年第 1 期）上，感谢以上期刊编辑部老师和论文评审专家，他们的支持让本课题的部分研究成果能够及时与广大学者交流，扩大了本课题研究的学术影响力，为男性特质专题研究的发展起到了积极的推动作用。同时，在论文投稿和修改的过程中，论文评审专家们敏锐的学术洞见和中肯的修改建议也为本书的完善起到了重要的促进作用。

另外，本书被选入浙江大学外国文学研究所最新推出的"浙大外国文学研究丛书"并得到研究所一定的出版资助，在此表示感谢。在出版过程中,浙江大学出版社副总编辑张琛女士对本书的选题给予了积极的肯定和支持,编辑董唯女士在书稿的编辑和修改过程中表现出了相当高的专业水准和敬业精神,为本书的完善付出了辛勤的汗水,在此表示衷心感谢。

本书所选作品都是 1980 年以前出版的,主要考察了美国奴隶制时期到 1980 年之前的美国黑人男性气概状貌。从 1980 年到现在的三十多年中,美国黑人的生存境遇发生了很大的变化,无论在政治、经济方面,还是在教育和各种社会权益方面,都有了很大的改变,关于其男性气概的认知、建构和实践等方面也必定会出现新的维度、策略和方式,也一定有很多值得研究的地方。但由于时间和篇幅所限,这个时段的男性气概境况无法纳入本书的研究体系之中。有鉴于此,本书把立项时所拟题目中的"当代"二字去掉,以便为学界对这一专题的后续研究留下完整的学术空间。

本书存在的不当之处,还请广大学术同仁批评指正。

隋红升

2017 年 9 月于杭州雅仕苑寓所

图书在版编目（CIP）数据

非裔美国文学中的男性气概研究／隋红升著. —杭州:浙江
大学出版社，2017.12
ISBN 978-7-308-17360-5

Ⅰ.①非… Ⅱ.①隋… Ⅲ.①美国黑人－文学研究－
美国 Ⅳ.①I712.06

中国版本图书馆 CIP 数据核字（2017）第 216704 号

非裔美国文学中的男性气概研究

隋红升 著

责任编辑	董 唯	
责任校对	刘序雯 杨利军	
封面设计	周 灵	
出版发行	浙江大学出版社	
	（杭州市天目山路 148 号 邮政编码 310007）	
	（网址:http://www.zjupress.com）	
排 版	杭州中大图文设计有限公司	
印 刷	浙江省良渚印刷厂	
开 本	710mm×1000mm 1/16	
印 张	16.5	
字 数	240 千	
版 印 次	2017 年 12 月第 1 版 2017 年 12 月第 1 次印刷	
书 号	ISBN 978-7-308-17360-5	
定 价	49.00 元	